HEYNE <

Karsten Dusse

ACHTSAM **MORDEN** AM RANDE DER WELT

ROMAN

WILHELM HEYNE VERLAG
MÜNCHEN

MIX
Papier aus verantwortungsvollen Quellen
FSC® C014496

Penguin Random House Verlagsgruppe FSC® N001967

2. Auflage
Vollständige Taschenbuchausgabe 09/2022

Redaktion: Heiko Arntz
Printed in the EU
Umschlaggestaltung: Cornelia Niere, München,
unter Verwendung von Shutterstock-Motiven
Satz: Leingärtner, Nabburg
Druck und Bindung: GGP Media GmbH, Pößneck
ISBN: 978-3-453-42493-7

www.heyne.de

Für Lina

INHALT

PROLOG 9

1 SEELENREINIGUNG 13

2 NÄHE UND DISTANZ 25

3 IRRITATIONEN 33

4 EIGENINITIATIVE 43

5 ACHTSAMKEIT ALS WAFFE 51

6 INSPIRATIONEN 67

7 PILGERN 75

8 KONSEQUENZEN 85

9 MIDLIFE-CRISIS 95

10 JAKOBSWEG 103

11 GEPÄCK 111

12 GEDANKENKARUSSELL 117

13 SAINT-JEAN-PIED-DE-PORT 131

14 FRAGEN 139

15 BEGEGNUNG 145

16 TÄLER 157

17 BEZIEHUNGEN 169

18 MINIMIERUNG 181

19 ZEIT 187

20 ORISSON 193

21 ABENDESSEN 203

22 ERKENNTNISSE 211

23 SUCHEN 221

24 NAMEN 227

25 IBAÑETA-PASS 239

26 RÜCKSCHRITTE 251

27 VORSÄTZE 259

28 PAMPLONA 265

29 SORGEN 275

30 RACHE 285

31 HYSTERIE 293

32 WUT 301

33 IRACHE 307

34 HERAUSFORDERUNG 315

35 DUNKELHEIT 323

36 FONCEBADÓN 329

37 WEISHEIT 339

38 MOSAIK 345

39 CRUZ DE FERRO 353

40 SANTIAGO DE COMPOSTELA 361

41 AM RANDE DER WELT 367

DANKE 381

PROLOG

»Jeder Mensch, der geboren wird, stirbt. Das ist unglaublich beruhigend. Anstatt uns jeden Tag mit der Frage zu belasten, wann wir sterben werden, könnten wir uns auch jeden Tag an der Frage erfreuen, wie wir an all den anderen Tagen leben wollen.«

JOSCHKA BREITNER,
»ZU FUSS INS ICH –
PILGERN ALS SELBSTFINDUNG«

DREI KILOMETER WAREN wir schweigend und in Meditation versunken nebeneinander hergepilgert. Dann explodierte der Kopf des Staatsanwaltes wie aus dem Nichts in einer rosaroten Wolke.

Den Schuss vernahm ich erst Sekundenbruchteile später.

Der Teil meines Pilgerfreundes, der eben noch seine Gedanken enthalten hatte, war mit einem Mal auf dem Regenschutz seines Wandergepäcks und auf dem Jakobsweg in der Nähe des Ibañeta-Passes, kurz vor Roncesvalles, verteilt.

Und nur einen Wimpernschlag nachdem ein Projektil seinen Schädel durchdrungen hatte, schoss auch mir etwas durch den Kopf. Ein Gedanke: Pilgern wirkt!

Der Staatsanwalt hatte bereits auf der zweiten Etappe des Camino Francés seinen Frieden gefunden, wenn auch nicht auf sehr friedvolle Weise. Monate voller Angst und Schmerzen, bis der Krebs ihn endgültig dahinraffen würde, waren ihm erspart geblieben. Er hatte es schon in dieser Sekunde hinter sich.

Vor mir aber lag noch ein sehr langer Weg.

Eigentlich hatte ich vor, mich auf der Strecke nach Santiago de Compostela auf drei einfache Fragen zu konzentrieren:

Was ist der Sinn des Lebens?

Welches Verhältnis habe ich zum Tod?

Was brauche ich wirklich für ein erfülltes Leben?

Zu diesen drei Fragen hatten sich nun sehr überraschend zwei weitere, für meine Zukunft nicht weniger entscheidende gesellt:

Wer hatte da gerade geschossen?

Und warum erschießt jemand einen Staatsanwalt, der ohnehin nicht mehr lange zu leben hat?

Auf die letzte Frage gab es eigentlich keine vernünftige Antwort.

1 SEELENREINIGUNG

»Es gibt einen elementaren Unterschied zwischen der Pflege Ihrer Zähne und der Pflege Ihrer Seele. Wenn Sie vergessen, Ihre Zähne zu putzen, stinkt das zuerst den anderen.«

JOSCHKA BREITNER,
»ZU FUSS INS ICH –
PILGERN ALS SELBSTFINDUNG«

ICH MÖCHTE VON ANFANG an ehrlich sein: Ich war nie ein großer Freund des Pilgerns.

Pilger waren für mich immer Menschen mit Luxusproblemen und Multifunktionskleidung. Wer es sich leisten konnte, wochenlang zur Selbstfindung mit einem Sonnenhut durch Spanien zu wandern, hatte offensichtlich zumindest nicht so banale Probleme wie Kind und Beruf unter welche Kopfbedeckung auch immer zu bringen. Wochenlang gegen seine seelische Armut anzupilgern musste man sich zeitlich und finanziell erst einmal leisten können.

Dass Familie und Arbeit kein Hindernis, sondern vielleicht gerade ein guter Grund für eine Pilgerschaft sein könnten, kam mir in der ersten Hälfte meines Lebens nie in den Sinn. Dass sich das nach fünfundvierzig Jahren ändern könnte, ahnte ich noch nicht, als ich dieses Mal an der Tür meines Therapeuten Joschka Breitner klingelte.

Früher hielt ich Therapeuten für ungefähr so sinnvoll wie Golflehrer. Sie verbessern Handicaps, die im Alltag eher eine untergeordnete Rolle spielen. Doch dann lernte ich Joschka Breitner kennen. Weil mich Katharina, die Mutter meiner Tochter und damals noch meine Frau, zur Entspannung gezwungen hatte.

Joschka Breitner brachte mir die Achtsamkeit näher. Und ein mittleres Wunder geschah: Mithilfe der Achtsamkeit war ich dazu in der Lage, alle drei Arten von Problemen im Leben eines Mannes zu lösen. Die Probleme, die ich schon lange hatte. Die Probleme, von denen ich gar nicht wusste, dass ich sie hatte. Und die Probleme, die täglich neu in mein Leben traten.

Joschka Breitner und die Achtsamkeit hatten mein Leben verändert. Ich ging jetzt zum Therapeuten, wie die meisten Männer zum Friseur gehen: Sie wollen keine neue Frisur, sie möchten einfach nur weiterhin so aussehen, wie sie nach dem letzten Friseurbesuch ausgesehen haben. Ich spürte eine gewisse Selbstzufriedenheit oder das Gefühl, im Wesentlichen da angekommen zu sein, wo ich sein wollte.

Ich führte ein geregeltes Leben. Hatte ein wunderbares Verhältnis zu meiner fünfjährigen Tochter und ein entspanntes zu meiner Ex-Frau. Ich hatte sogar ein erwachsenes Verhältnis zum neuen Lebensgefährten meiner Ex-Frau. Zudem hatte ich ein mehr als ausreichendes Einkommen, und zwar ohne, dass ich mich allzu sehr dafür anstrengen musste. Ob »geregelt«, »wunderbar«, »entspannt«, »erwachsen«,und »nicht allzu anstrengend« tatsächlich das war, was ich vom Leben erwarten sollte, darüber hatte ich mir bis zu dieser Coaching-Stunde keinerlei Gedanken gemacht.

Die therapeutischen Gespräche mit Herrn Breitner alle vier Wochen waren für mich eine Art Zahnreinigung der Seele.

Bei zu langen Abständen zwischen zwei Zahnreinigungen kann man irgendwann mit der Zunge unangenehme Unebenheiten hinter den Vorderzähnen erfühlen. Die müssen dann beseitigt werden.

Mit meiner Seele war das ähnlich.

Das achtsame Beseitigen meiner seelischen Unebenheiten zwischen zwei Coaching-Sitzungen hatte allerdings bislang das Leben von acht anderen Menschen beendet. Davon wusste Joschka Breitner nichts. Die Toten, die mein Leben begleiteten, waren für mich eine irgendwie logische Folge seines Coachings. Nicht dessen Grund.

Die therapeutischen Sitzungen waren nicht nur eine schöne Routine geworden, sie sorgten auch dafür, dass meine seelischen Unebenheiten so früh beseitigt wurden, dass in letzter Zeit niemand mehr deshalb in Lebensgefahr geraten war. Dass dabei eines Tages auch ein komplett hohler Zahn entdeckt werden könnte, lag außerhalb meiner Vorstellungskraft.

Ich kam regelmäßig und entspannt zehn Minuten vor meinem 17-Uhr-30-Termin vor Joschka Breitners Haustür an. Um jedes Mal aufs Neue festzustellen, dass es in dem Jugendstil-Viertel, in dem seine Praxis lag, keine freien Parkplätze für meinen leicht überdimensionierten Land Rover Defender gab. Gewohnheitsmäßig fuhr ich zweimal vergeblich gemäß Einbahnstraßenregelung um den Block, um im Anschluss auf einem drei Straßen entfernten Supermarktparkplatz zu parken. Ich hetzte dann jedes Mal aufs Neue die achthundert Meter zur Praxis und tauschte dabei mein ehemals entspanntes Zeitpolster gegen eine verspannte Beinahe-Pünktlichkeit ein.

Mit absoluter Zuverlässigkeit betätigte ich dann um Punkt 17.31 Uhr die Türklingel von Joschka Breitner.

Der einzige Unterschied zu dieser seit gut zwölf Monaten währenden Routine bestand an diesem Tag darin, dass ich erst um 17.32 Uhr klingelte. Und mit dem Taxi gekommen war. Der Fahrer war bei der ersten Anfahrt eine Einbahnstraße zu früh abgebogen. Meine Entspannung hielt sich in Grenzen. Ich hatte immer noch einen leichten Hangover vom Vortag. Eine Unpässlichkeit, die mich störend daran erinnerte, dass ich den vorherigen Abend eigentlich vergessen wollte.

Auch diesmal machte mir Herr Breitner mit seiner Heimat bietenden Ausgeglichenheit die Tür auf. Er quittierte meine leichte Unpünktlichkeit mit einem freundlichen Schweigen und ging mir in sein Besprechungszimmer voraus. Ich habe nie herausgefunden, ob Herr Breitner nur einen einzigen Satz Kleidung besaß oder unendlich oft die gleiche ausgeblichene Jeans, das gleiche baumwollene Hemd, die gleiche grobe Strickjacke. Ich kann mich nicht erinnern, dass er jemals etwas anderes getragen hätte. Aber nie war diese ewig gleiche Kleidung auch nur im Ansatz schmuddelig. Die scheinbare

Bedeutungslosigkeit, die er seiner Garderobe beizumessen schien, unterstrich deren Bedeutung nur zu deutlich.

Ich ließ mich, wie gewohnt, auf dem einen seiner beiden mit Cord bespannten Chromrohrstühle nieder, und mein Blick schweifte zum wiederholten Male über die Bücherrücken in seinem Regal, während Herr Breitner uns beiden von seinem grünen Tee eingoss.

Wie üblich fragte ich mich, warum der Zwischenraum zwischen den Büchern *Die Kunst des Krieges* von Sun Tsu und den *Selbstbetrachtungen* von Marc Aurel von Ernest Hemingways Roman *Siesta* gefüllt wurde.

Ich war darauf vorbereitet, diese Frage unbeantwortet in meinem Kopf verhallen zu lassen, weil ich genau in diesem Moment von Joschka Breitners Einstiegsfrage nach meinem Befinden unterbrochen werden würde.

Doch dem war nicht so.

Herrn Breitners übliche »Schön, dass Sie da sind, wie fühlen Sie sich?«-Frage blieb aus. Und bildete ein nicht zu überhörendes Loch im gewohnten Klangteppich meiner Besuche.

Irritiert durch diese Abweichung von der gewohnten Routine, blickte ich ihn an. Er stand mit zwei Tassen grünem Tee vor mir und lächelte fragend.

»Warum zwei Minuten?«, wollte er wissen, als er mir meine Teetasse reichte.

»Bitte?« Ich hatte keine Ahnung, worauf er hinauswollte.

»Nun, seit über einem Jahr kommen Sie mit verlässlicher Unpünktlichkeit eine Minute zu spät zu unseren Sitzungen. Heute sind es zwei. Warum?«

Ich hatte von Herrn Breitner viel gelernt. Vor allem darüber, mir achtsam meiner Bedürfnisse bewusst zu werden. In diesem Moment hatte ich eigentlich nur ein Bedürfnis: Mir über diese blöde Frage keine Gedanken machen zu müssen.

Mit preußischer Genauigkeit nach meiner minimal erweiterten

Unpünktlichkeit gefragt zu werden ließ mich nur in noch größeren Schlenkern um meine innere Mitte eiern.

»Aber … ich … was macht das für einen Unterschied?«

»Genau das würde ich gerne von Ihnen erfahren. Bezogen auf einen Tag, machen zwei Minuten nicht viel aus. Bezogen auf eine Minute machen zwei Minuten einen Unterschied von hundert Prozent aus. Das ist keine Kleinigkeit. Warum also ist Ihre Verspätung heute doppelt so groß wie üblich?«

Wegen des gestrigen Abends. Den ich eigentlich lieber vergessen wollte.

Wegen der gebrochenen Achse meines Land Rovers. Wegen des Gesangs der beiden Prostituierten. Wegen der beiden chinesischen Geschäftsleute in der Notaufnahme. Wegen all der Dinge, die mich zu sehr störten, als dass ich mich daran erinnern wollte.

Die mich emotional allerdings zu wenig belasteten, als dass ich mit meinem Therapeuten darüber reden wollte.

Wegen Ereignissen, die nun wohl doch Gegenstand meines Coaching-Gesprächs werden sollten.

Ich wand mich noch ein wenig.

»Der Taxifahrer ist falsch abgebogen.«

Herr Breitner schaute mich an, als wäre er eines dieser Pappschilder, das nach Orientierung suchende Menschen immer medienwirksam am Schauplatz von Tragödien hinterlassen.

Auf diesen Schildern steht: *Warum?*

Ich vermutete, die Frage bezog sich auf die Tatsache, warum ich überhaupt ein Taxi genutzt hatte.

»… weil ich mein Auto gerade nicht benutzen kann …«

Wieder dieser *Warum?*-Schild-Blick.

»Weil ich gestern ein kleines … Essen mit Mandanten hatte. Ist ein wenig später geworden«, konkretisierte ich verlegen lächelnd und machte lapidar mit der Hand eine Bewegung, wie wenn sich jemand ein eiskaltes Glas Wodka in den Rachen kippt.

Joschka Breitner wusste, welchen Beruf ich ausübte.

Ich übte den Beruf des Rechtsanwaltes aus.

Er wusste allerdings nicht, *wie* ich diesen Beruf konkret ausübte.

Im Wesentlichen ging es um Drogenhandel, Prostitution, Waffen.

Zu meiner Entlastung: Es gab da auch noch einen Kindergarten, um den ich mich kümmerte.

Meinem Therapeuten war grundsätzlich klar, dass ein festes Standbein meines Einkommens als Strafverteidiger naturgemäß die rechtliche Beratung krimineller Mandanten war.

Er wusste allerdings nicht, dass sich die Anzahl meiner Mandanten auf die Mitglieder zweier einstmals konkurrierender Clans beschränkte, die ich nicht nur rechtlich beriet, sondern de facto vollumfänglich führte.

Weil ich beide Chefs aus Gründen der Seelenreinigung getötet hatte.

Den einen, weil er mich auf einer Zeitinsel gestört hatte.

Den anderen, weil sein Weiterleben nicht mit den Interessen meines inneren Kindes zu vereinbaren war.

Aber das war Vergangenheit.

Seit über einem Jahr verlief meine Gegenwart in geregelten Bahnen.

Und Anwälte mit geregelten Geschäften gehen nun mal regelmäßig mit Mandanten essen. Das musste ich meinem Achtsamkeitscoach nicht verschweigen.

Wertungsfrei betrachtet, war der gestrige Abend eine Zusammenkunft eines Anwalts mit einem Drogendealer, einem Waffenhändler, der Chefin eines Escortservice und einem Kindergartenleiter gewesen.

Liebevoll betrachtet, sollte es gestern ein ganz entspannter Abend mit einer lustigen Mischung aus unkonventionellen Menschen werden.

Realistisch betrachtet, wurde es das aber nicht. Ganz im Gegenteil.

Und ich ahnte, dass Herr Breitner genau das nun haarklein auseinandernehmen würde.

»Herr Diemel – wie alt sind Sie?«, riss mich mein Therapeut mit gewohnter Sensibilität aus meinem Verschweigen.

Herr Breitner kannte die Antwort.

»Fünfundvierzig. Ich hatte gestern Geburtstag.«

Diesmal wusste ich seinen Schilder-Blick nicht zu deuten.

»Warum ich Geburtstag hatte?«

»Warum Sie an Ihrem Geburtstag mit Mandanten ausgehen.«

Das war der erste Stich mit der therapeutischen Lanze der Wahrheit. Ich wurde fünfundvierzig Jahre alt und feierte nicht mit echten Freunden, sondern mit Menschen, die schon aus beruflichen Gründen gar keine andere Wahl hatten, als eine Einladung von mir anzunehmen.

»Ich wollte kein großes Ding aus diesem Datum machen«, druckste ich herum, wohl wissend, dass der krampfhafte Versuch, kein großes Ding aus meinem Geburtstag machen zu wollen, die tatsächliche Bedeutung dieses Datums kein bisschen kleiner machte.

»Fünfundvierzig Jahre ... das ist so ziemlich die statistische Lebensmitte. Ungewöhnlich, dieses Ereignis so ... wie soll ich sagen ... ›neutral‹ zu begehen«, stellte Herr Breitner wertungsfrei fest.

»Ich habe meinen Geburtstag ja gefeiert. Nachmittags wollte meine Tochter mit mir in den Zoo, und danach wollte Katharina, dass wir noch gemeinsam Geburtstagstorte essen.«

Katharina und ich waren seit einem halben Jahr geschieden. Den Umgang mit Emily hatten wir in Freundschaft sehr flexibel geregelt.

»Was davon wollten Sie?«, fragte Herr Breitner.

»Bitte?«

»Es war Ihr Geburtstag. Was Ihre Tochter und Ihre Ex-Frau an Ihrem Geburtstag wollten, weiß ich jetzt. Was wollten Sie?«

Ich verstand nicht ganz.

»Ich? Ich ... ich habe mich gefreut, meinen Geburtstag mit meiner Familie zu verbringen ...«

»Wären Sie auch alleine an Ihrem Geburtstag in den Zoo gegangen?«

»Natürlich nicht«, sagte ich, ohne darüber nachdenken zu müssen.

»Sie haben also mit Ihrer Familie den Geburtstag gefeiert, den Ihre Familie sich gewünscht hat. Und als die Familie weg war, sind Sie – um das Loch, das Sie alleine zu Hause erwartete, zu umgehen – lieber arbeiten gegangen«, brachte Herr Breitner meine spärlichen Antworten auf den Punkt.

Das lief in die falsche Richtung.

Weil es der Wahrheit sehr nahe kam.

»Nein, auch feiern.«

»Mit Mandanten?«

»Zwischen uns herrscht ein fast freundschaftliches Verhältnis.«

»Wie viele von Ihren Mandanten wussten von Ihrem Geburtstag?«

Touché. Kein einziger.

»Nur damit ich Sie richtig verstehe. Sie wollten Ihren fünfundvierzigsten Geburtstag abends ganz bewusst mit Menschen feiern, die von Ihrem Geburtstag gar nichts wussten?«, fragte Herr Breitner zusammenfassend.

»Um ehrlich zu sein, hätte ich den Abend ja am liebsten alleine zu Hause verbracht.«

»Aber?«

»Mein inneres Kind wollte feiern.«

Herr Breitner kannte mein inneres Kind. Er hatte es mir schließlich gezeigt. »Und da habe ich mir gedacht – Kompromiss. Wir feiern mit Menschen, die gar nicht wissen, dass ich Geburtstag habe.«

Der professionell bleibende *Warum?*-Blick meines Therapeuten ließ sich nur dadurch erklären, dass er es schon gewohnt war, sich von mir blödsinnige Erklärungen anhören zu müssen.

»Ja … gut … und irgendwie hatte ich auch ein bisschen Lust, mich einfach mal achtsam zu betrinken.«

»Wie soll das gehen?«, fragte Herr Breitner halb irritiert, halb neugierig.

»Achtsames Betrinken ist der liebevolle und wertungsfreie Genuss von Alkohol im Augenblick. Ich berausche mich allein um des Rausches willen. Nicht, um irgendwelche negativen Emotionen zu verdrängen.«

»Achtsames Betrinken ist wie liebevolles Verprügeln«, fuhr mir Herr Breitner ohne jede Anstrengung in die argumentative Parade.

»Bitte?«

»Mit dem ersten Schlag endet die Geschäftsgrundlage. Mit dem ersten Glas betäuben Sie genau die Sinne, die die Grundlage achtsamer Wahrnehmung des Augenblickes sind.«

Den Fehler hätte ich mir sparen können. Man sollte nie einem Künstler die Fälschung seines eigenen Werkes verkaufen.

»Ja, gut. Dann war ›achtsam betrinken‹ der falsche Ausdruck. Ich wollte mich eher ›bewusst‹ betrinken.«

»Wie betrinkt man sich bewusst?«

»Seriös geplant. Ich hatte mit Katharina ausgemacht, dass sie an diesem Abend Emily übernimmt. Ich hatte mir in dem Hotel, in dem das Geschäftsessen stattfinden sollte, bereits im Vorfeld ein Zimmer gemietet – um betrunken ins Bett fallen zu können. Ich hatte mir sogar zwei Extra-Flaschen Mineralwasser eingepackt, um sie nachts gegen den drohenden Kater zu trinken. Ich hatte mich auf einen schönen Abend gefreut, an dem mein inneres Kind und ich, ganz alleine, unter Bekannten, unerkannt die letzten fünfundvierzig Jahre feiern konnten.«

Während ich das so erzählte, fragte ich mich selber, wann ich eigentlich so ein Spießer geworden war, der auch ein Besäufnis präzise planen musste.

»Wenn Sie gestern also doch einen so bewusst geplanten Abend vor sich hatten, warum wirken Sie dann heute wie ein bockiger Teenager, dem man seine Party versaut hat?«

Nun, vielleicht, weil genau das gestern Abend der Fall war.

2 NÄHE UND DISTANZ

»Der Mensch ist ein soziales Wesen. Die Nähe zu anderen Menschen ist lebensnotwendig. Abstand hat für die eigene Seele nur dann einen positiven Aspekt, wenn er freiwillig gewählt wurde, um die vorherige Nähe aus örtlicher und zeitlicher Distanz zu betrachten.«

JOSCHKA BREITNER,
»ZU FUSS INS ICH –
PILGERN ALS SELBSTFINDUNG«

TROTZ ODER VIELLEICHT gerade wegen meines erkennbaren Widerwillens führte mich Herr Breitner mit einer Engelsgeduld behutsam an den Vorabend heran.

»Bevor wir dazu kommen, was gestern Abend passiert ist – gehen Sie oft raus zum Feiern?«

»Ich? Nein – ich gehe abends eher selten weg.«

»›Eher selten‹ heißt wie oft?«

»So gut wie nie.«

»Hat das einen Grund?«

Wie sehr sich die Zeiten ändern. Es gibt Lebensphasen, da muss man sich für sein überbordendes Party-Verhalten rechtfertigen. Und es gibt Lebensphasen, da muss man sich für sein Nicht-Party-Verhalten rechtfertigen.

»Nun, die Hälfte meiner Abende übernachtet meine Tochter bei mir. Da gehe ich selbstverständlich nicht weg. Da trinke ich noch nicht mal Alkohol.«

»Vermissen Sie das?«

»Ganz im Gegenteil«, schoss es ein wenig zu schnell aus mir heraus. »Ich freue mich, jede Sekunde meines Vaterseins mit allen Sinnen ungetrübt genießen zu können.«

»Ein hoher Anspruch«, bemerkte Herr Breitner kritisch.

»Ja. Und bevor Sie fragen – noch mal ja! Vater sein ist manchmal auch anstrengend. Und deswegen freue ich mich auf der anderen Seite auch, wenn ich die andere Hälfte meiner Abende dann einfach mal für mich alleine habe.«

»Was strengt Sie an?«

»Das räumliche Hin-und-her-Gehetze von Kinderschwimmen zu Kindertanz und diversen Kindergeburtstagen, verbunden mit dem emotionalen Hin-und-her-Gehopse auf jeder einzelnen dieser Veranstaltungen. Ich bin am Ende mancher Tage kaum noch in der Lage, meiner Tochter etwas vorzulesen. Tue es aber trotzdem. Und schlafe dann meistens neben ihr ein.«

»Die Hälfte Ihrer Tage opfern Sie sich für Ihre Tochter auf, die andere Hälfte brauchen Sie zum Regenerieren«, fasste Herr Breitner den Sachverhalt mit verstörender Klarheit für sich selbst zusammen, bevor er fortfuhr.

»Dann sind die Gelegenheiten für Sie, abends auszugehen und neue Menschen kennenzulernen, eher begrenzt.«

»Mein Bedürfnis, neue Menschen kennenzulernen, ist begrenzt«, erwiderte ich. Und wegen Breitners *Warum?-Blick* schickte ich gleich hinterher: »Es ist geschmälert durch die Erkenntnis, dass es bereits ziemlich viele Menschen in meinem Leben gibt, die ich gar nicht näher kennenlernen will. Ich stelle mit zunehmendem Alter immer mehr fest, dass sich der Drang des Menschen-kennen-Wollens auf einen immer kleiner werdenden Personenkreis konzentriert, in dessen Zentrum meine Familie, meine Tochter und am Ende ich selbst stehe.«

»Sofern Sie mal im Zentrum Ihrer Bedürfnisse stehen, dann ganz am Ende«, murmelte Herr Breitner nickend vor sich hin.

»Bitte?«, hinterfragte ich sein Gemurmel.

»Sie haben also manchmal das Gefühl, da fehlt was, richtig?«

Richtig. Sonst hätte ich mich ja nicht zum Geburtstag ganz bewusst mit im Grunde fremden Menschen betrinken wollen. Ich nickte.

»Na, das ist ja mal ein Anfang«, murmelte Herr Breitner beruhigend.

»Ein Anfang wovon?«

»Die Frage ist eher – ein Anfang wofür. Aber das können wir

gleich noch erörtern. Erzählen Sie mir lieber zunächst von gestern Abend. Was sind das für Mandanten?«

Es waren die Führungspersonen der Verbrecherorganisation von Dragan Sergovicz. Menschen, die ich seit dem Mord an Dragan nun selber führte.

Wir trafen uns zweimal im Jahr in schöner Atmosphäre, aßen gut, tranken gerne und lachten viel. Ergaben sich nebenbei berufliche Themen, so besprachen wir die.

Diese Treffen steigerten nicht nur die Loyalität und Effektivität. Sie hatten einen für mich persönlich noch viel schöneren Effekt: Diese Treffen machten mir schlicht und ergreifend Freude.

Sie waren für mich ein angenehmer Ausbruch aus meinem gewohnten Alltag als sich einigelnder Vater.

Und ganz egal, was es landläufig für Vorurteile über Callgirl-Chefinnen, Waffen- und Drogenhändler sowie Kindergartenleiter gibt: Carla, Walter, Stanislav und Sascha waren Menschen, auf deren Gesellschaft ich mich freute. Mit ihnen konnte man mit einer unkonventionellen, fast kindlichen Freude an absurdem Blödsinn feiern, wie ich es sonst nur aus meinen Studiennächten oder aus meiner Bundeswehrzeit kannte.

Ich versuchte, meinem Achtsamkeitscoach diesen Sachverhalt zu erklären, ohne den Mord an Dragan zu erwähnen.

»Es gibt da eine Gruppe von Mandanten aus dem Milieu, die ich beruflich berate. Wir treffen uns regelmäßig in lockerer Atmosphäre. Ich mag diese Treffen. Ist mal was anderes. Und da habe ich mir gedacht, das kann ich ja auch gleich mit meinem Geburtstag verbinden.«

Auch aus dieser lapidaren Information konnte Herr Breitner tiefgründige Schlussfolgerungen ziehen.

»Sie treffen sich also lieber mit Menschen, bei denen die Rollen und die Beziehungen zu Ihnen geklärt sind, als sich auf völlig neue Menschen einzulassen?«

Ich überlegte, was daran falsch sein könnte. Ich kam nicht drauf.

»Richtig. Ist da irgendetwas dran auszusetzen?«

»Es soll Menschen geben, die gehen mit echten Freunden am Geburtstag auf Partys.«

Da ich meinen sehr begrenzten Freundeskreis nicht näher erläutern wollte, erläuterte ich lieber meine Abneigung gegenüber Partys.

»Ich kann mit diesem ganzen aufgetakelten Schaulaufen von Fremden nichts anfangen. Egal ob auf Ü-40-Partys oder bei sonst welchen Feiern. Diese immer gleichen Mein-Haus-mein-Auto-mein-Boot-Gockel-Typen, die ihre Hohlräume mit Alkohol und Designerklamotten auffüllen. Die grotesk bemalten Schnatter-Frauen, die ihre Selbstzweifel und Zukunftsangst mit Prosecco wegspülen. Final tragisch wird's dann, wenn auf solchen Partys beide Gruppen aufeinandertreffen. Nicht meine Welt.«

In dem auf meinen spontanen Hass-Monolog folgenden Schweigen kam ich mir ein wenig verloren vor.

»Worüber sind Sie so enttäuscht?«, wollte Herr Breitner schließlich wissen.

»Ich ... ich ...«

»Sie werden fünfundvierzig Jahre alt und haben niemanden, der Sie deswegen abends zum Feiern einlädt, ist es das?«

Aua. Das tat weh. Traf den Kern aber ganz gut.

Ich nickte.

»Das ist also die erste negative Erkenntnis des gestrigen Abends?«, fragte ich resigniert.

»Oder die erste positive Erkenntnis des heutigen Tages. Sie würden Menschen gerne ungeschminkt kennenlernen, wissen aber anscheinend nicht, wo.«

Ich überbrückte die eintretende Gesprächspause mit einem Schluck Tee. Herr Breitner kam nach einem weiteren Schluck wieder auf mich zu.

»Aber bleiben wir bei gestern Abend. Ihr inneres Kind oder Sie – lassen wir das mal offen – hatte sich als Geburtstagsgeschenk gewünscht, feiern zu gehen. Etwas, wofür Sie ansonsten in der Regel zu erschöpft sind. Um sich Ihrer Abneigung gegen Fremde nicht stellen zu müssen, wollten Sie mit Mandanten feiern, die von Ihrem Geburtstag nichts wussten. Sie hatten sich auf den Abend gefreut und sich sogar darauf vorbereitet. Alkohol hatten Sie ganz bewusst mit eingeplant, allerdings weder, um Ihre Hohlräume aufzufüllen, noch, um Ihre Zukunftsangst wegzuspülen. Richtig?«

So zusammengefasst, hörte sich das alles ziemlich behämmert an. Ich nickte zögerlich.

»Was soll daran falsch sein?«

»Nichts. Nur dass Ihre Planung anscheinend nicht funktioniert hat. Sonst wäre der Abend ja nicht – wie auch immer – in die Hose gegangen. Sie wären heute nicht doppelt so viel zu spät wie sonst und obendrein mit dem Taxi gekommen und hätten wahrscheinlich auch bessere Laune. Also, was ist gestern Abend passiert?«

Also begann ich zu erzählen.

3 IRRITATIONEN

»Smartphones unterscheiden sich nur geringfügig von Zigaretten. Gerade wenn Sie selber Ihren eigenen Konsum eingeschränkt haben, weht der Konsum der anderen umso störender zu Ihnen herüber.«

JOSCHKA BREITNER,
»ENTSCHLEUNIGT AUF DER ÜBERHOLSPUR –
ACHTSAMKEIT FÜR FÜHRUNGSKRÄFTE«

ICH HATTE FÜR MEINE Undercover-Geburtstagsparty einen Tisch in der Sky-Lounge reserviert, einem Restaurant in der dreiundzwanzigsten Etage eines Fünfsternehotels. Es bot von jedem Platz aus einen fantastischen Ausblick über die Stadt. Bei klarer Sicht konnte man von hier aus bis zum nächsten Mittelgebirge sehen. Die Aussicht wurde bei schönem Wetter nur noch getoppt von der Atmosphäre der Cocktailbar auf der vorgelagerten Dachterrasse.

Hoch über den Dächern der Stadt fühlte man sich auch nüchtern schon den Dingen des Alltags da unten entrückt, erhaben, überlegen.

Als ich eintraf, stand Sascha bereits an der Bar. Sascha war Dragans ehemaliger Fahrer, gelernter Erzieher und nun der Leiter des Kindergartens, den wir nicht ganz selbstlos einer selbstverliebten Elterninitiative abgenommen hatten. Sascha und ich wohnten mittlerweile in verschiedenen Wohnungen über der neu erworbenen Kindertagesstätte.

Zu Sascha hatte ich ein fast freundschaftliches Verhältnis. Er wusste viel über mich. Mein Geburtsdatum gehörte nicht dazu.

Zu meinem bewussten Betrinken gehörte eine vorher von mir festgelegte Getränke-Reihenfolge. Ich hatte geplant, einen Gin Tonic als Aperitif zu trinken, ein Glas Champagner am Tisch, danach zwei Gläser Weißwein beim Essen und zum Abschluss einen doppelten Wodka. Wenn ich dazu parallel zwei Liter Wasser tränke, würde ich bei dem Alkoholkonsum in Relation zu meinem Körpergewicht gut angetrunken ins Bett fallen und am nächsten Morgen fit wieder aufstehen können.

Und sollte meinem völlig untrainierten Magen das Ganze irgendwann sauer aufstoßen, hatte ich für alle Fälle ein paar Talcid-Tabletten dabei.

Mit meinem ersten Gin Tonic in der Hand freute ich mich auf die Ankunft von Carla, Stanislav und Walter, die alle innerhalb der nächsten Viertelstunde eintrafen.

Carla, ein ehemaliges Callgirl, war, aufgrund meiner seriösen Umgestaltung von Dragans Rotlicht-Betrieben, nun die Geschäftsführerin von »S-Exclusive«, einem hochklassigen Escortservice. Sie hätte, rein optisch, auch die weltläufige Empfangschefin eines Fünfsternehotels sein können. Nur ihr derber Humor und das unvermittelt aus ihr herausbrechende lebensbejahende Lachen standen dazu im Kontrast.

Walter, ein ehemaliger Berufssoldat, leitete die Firmensparte »S-Protection«. Offiziell ein Security-Unternehmen. Inoffiziell waren Walters Jungs und Mädels zuständig für einen lukrativen Handel mit Kleinkaliberwaffen sowie die muskuläre Animation von argumentativ unzugänglichen Geschäftspartnern. Walter war der Typ Mann, den Otto Normalbürger im Baumarkt immer um Hilfe bitten kann, wenn er den Rindenmulch für den Vorgarten nicht alleine auf den Wagen hieven kann. Walter würde dem Otto Normalbürger aber auch ohne jede Gefühlsregung den Rindenmulch-Vorgarten in Schutt und Asche legen, wenn er dafür bezahlt würde.

Stanislav hatte nach dem Ableben von Toni – einem weiteren Officer in Dragans Clan – dessen Drogenhandel übernommen. Die Drogen wurden über eine Reihe von Clubs und Diskotheken vertrieben, aus deren Besucherinnen sich auch der Nachwuchs für Carlas »S-Exclusive« rekrutierte. Stanislavs Geschäft firmierte unter dem Namen »S-Events«.

Sascha hielt uns als Leiter des Kindergartens »Wie ein Fisch im Wasser« mit der Vergabe von Kindergartenplätzen all die Menschen gefügig, die wir mit Sex, Drogen und Gewalt alleine nicht genügend unter Druck setzen konnten.

In einer Ecke der Dachterrasse war ein Bereich für ein Firmenevent abgetrennt. Der chinesische Hersteller von Solar-Panels schien hier für Geschäftskunden einen kleinen Umtrunk zu veranstalten. Wie mir der Concierge schon bei meiner Buchung mitgeteilt hatte, fand in diesen Tagen eine Messe für erneuerbare Energien statt, und das Hotel war weitgehend ausgebucht mit deren Besuchern.

Walter teilte uns voller Stolz mit, dass er sich von exakt dieser Firma am letzten Wochenende ein paar Solar-Panels gekauft und aufs Dach gesetzt habe. Selbst montiert.

Ich fühlte mich nach einem Dreiviertel Gin Tonic bereits angenehm angeheitert. Und frei. Als ich gerade anregen wollte, an den reservierten Tisch im Innenbereich zu wechseln, klingelte Carlas Handy.

Ich mochte es nicht, wenn bei Treffen irgendwelcher Art irgendwelche Handys klingelten.

Meinen eigenen Handykonsum hatte ich aus Gründen der Achtsamkeit auf ein Minimum reduziert. Ich hatte zwei Telefone: ein berufliches Smartphone und ein privates »Vintage«-Handy. Teil meiner Digital-Detox-Strategie war es, das Smartphone nur dann einzuschalten, wenn ich es wirklich brauchte. Um trotzdem im Notfall für meine Ex-Frau und Emily erreichbar zu sein, war dafür mein altes Nokia-Handy immer an. Aber niemand außer Katharina und mir kannte dessen Nummer.

Für mich war es nicht nur eine Sache der eigenen Einstellung zur permanenten Erreichbarkeit, nicht permanent erreichbar zu sein. Es war für mich auch eine Frage des Respekts meinem Gegenüber gegenüber, das Telefon zumindest auf lautlos zu stellen, wenn ich meine Zeit gerade bewusst mit anderen teilte.

Carla schien das anders zu sehen.

Da mein Gesicht offensichtlich nicht über die Fähigkeit verfügte, meine innersten Wünsche mimisch verständlich nach außen zu tragen, drehte sie sich zur Seite und nahm das Gespräch an.

Wenn schon anderen meine nicht kommunizierten Regeln egal

waren, dann konnte ich mich auch darüber hinwegsetzen. Ich bestellte mir einen ungeplanten Gin Tonic und unterhielt mich mit Walter über die Frage, wie viele Quadratkilometer Solar-Panels wohl nötig seien, um bei Windstille eine Windradfabrik betreiben zu können. Die mangels Fachkenntnis ins Nichts führende Diskussion endete, als ich Carlas sehr lauten Gesprächsfetzen hörte: »... dann verlass sofort das Zimmer und komm rauf auf die Dachterrasse. Ja – notfalls im Bademantel.«

Carla legte auf und wandte sich wieder zu uns.

»Das war gerade Chayenne, sie ist neu bei mir«, erklärte sie.

Niemand heißt gerne Chayenne. Es gibt im Grunde nur drei Gründe, warum jemand Chayenne heißt: Man ist entweder ein zweimotoriges Propellerflugzeug oder man hat Eltern mit einem zweifelhaften Geschmack in Sachen Namensgebung. Alle anderen Chayennes brauchten auf die Schnelle einen Arbeitsnamen als Prostituierte.

»Chayenne ist für heute Abend hier im Hotel gebucht. Der Kunde verlangt Sachen von ihr, die ... also ... ich hab ihr gesagt, sie soll sofort das Zimmer verlassen und hochkommen. So lasse ich mit meinen Mädels nicht umspringen! Was dagegen, dass ich sie gebeten habe hochzukommen?«

Wer war ich, um Einwände zu erheben?

Ich war zu feige, meinen Mitarbeitern zu sagen, dass ich an meinem Geburtstag nicht alleine sein wollte. Stattdessen spielte ich ihnen vor, dass ich ihnen mit einem Incentive-Essen etwas Gutes tun wolle. Es wäre also völlig inkonsequent, meinen Mitarbeitern zu verbieten, auch ihren Mitarbeitern etwas Gutes zu tun. Nichts sprach dagegen, auch Chayenne auf dem Dach willkommen zu heißen. Bis auf die Tatsache, dass der Grund des Abends, mein ungestörter Undercover-Geburtstag ohne neue Menschen, dabei unter die Räder zu kommen drohte.

Wenige Minuten später traf eine immer noch vor Empörung aufgelöste mittezwanzigjährige Dame auf der Dachterrasse ein. Der

Effekt, dass sämtliche Gespräche auf dem Hoteldach sofort verstummten, war den beiden Umständen geschuldet, dass Chayenne zum einen fantastisch aussah und dies zum anderen durch den nur sehr locker um ihre Dessous geschwungenen Bademantel kaum steigerbar unterstrich. Ihre eigentlichen Klamotten trug sie unter dem Arm. Carla nahm Chayenne in den ihren und tuschelte mit ihr wie eine große Schwester.

Um nicht noch mehr Aufmerksamkeit auf uns zu lenken, bat ich meine beruflichen Freunde und Chayenne schließlich an den reservierten Tisch im Inneren des Restaurants.

Ich legte Chayenne im Gehen mein Sakko um den Bademantel, was dazu führte, dass sie sich auf dem Platz neben mir niederließ. Im Sitzen sah sie nun fast bekleidet aus. Und immer noch verboten attraktiv.

Zwei Kellner gossen uns den gekühlt bereitstehenden Champagner ein.

Chayenne erzählte uns, was im Hotelzimmer vorgefallen war. Ihr Kunde, ein chinesischer Geschäftsmann, der offensichtlich an der gerade stattfindenden Messe für erneuerbare Energien teilnahm, hatte im Vorgespräch ein paar ziemliche schräge Wünsche geäußert.

»Ihr könnt euch nicht vorstellen, was dieser Typ von mir verlangt hat! Er wollte …«

Es folgte eine Reihe von sexuellen Wünschen, auf die ich, bei aller Fantasie, im Leben nicht selber gekommen wäre. Keiner davon erregte mich. Aber viele Mütter aus dem Kindergarten meiner Tochter erregten mich auch nicht. Und augenscheinlich hatte trotzdem jemand mit ihnen geschlafen. Zum Sex gehören halt in der Regel mindestens zwei Menschen mit der gleichen Vorstellung von Toleranz. Und wenn Chayenne – in meinen Ohren verständlich – den Wünschen ihres chinesischen Kunden die dafür notwendige Toleranz nicht entgegenbringen konnte, dann gab es eben keinen Sex.

»Ich habe Nein gesagt, mich im Bad eingeschlossen, um mit Carla zu telefonieren. Als sie gesagt hat, ich soll sofort auf die Dachterrasse, hab ich meine Sachen gepackt und bin raus. Wo ist denn meine … Mist … ich glaub, ich habe meine Handtasche im Zimmer gelassen …«

Sie hatte Nein gesagt und das Zimmer verlassen. Damit hätte die Sache beendet sein können.

Ich hob mein Champagnerglas, um diese kleine Störung des Abends offiziell für beendet zu erklären.

Aber Stanislav war schneller.

»Er wollte dir *was* in den …?«

»Leute, bitte!«, unterbrach ich sofort. »Die Sache ist geklärt. Chayenne ist hier. Der Typ nicht. Damit ist das Thema erledigt.«

Alle schauten mich an. Niemand erhob das Glas.

»Sorry, wenn ich da mal kurz interveniere«, machte sich Carla bemerkbar. »Aber ich meine nicht, dass wir hier einfach so zur Tagesordnung übergehen können. Das ist schlicht frauenverachtend, wenn sich jemand so danebenbenimmt. Wenn wir hier kein Zeichen setzen, lernt der Typ doch nie, dass man so was nicht macht.«

»Es ist aber nicht unsere Aufgabe, chinesische Geschäftsleute pädagogisch zu betreuen«, warf ich ein. Immer noch mit dem Glas in der Hand.

»Was meinst du, Sascha, als Pädagogik-Experte? Was macht man mit solchen Typen?«, wollte Stanislav wissen.

»Sascha ist Leiter eines Kindergartens, kein Experte für asiatische Freier.« Mein Glas schwebte immer noch vor meinem Mund. Vor Saschas Mund schwebte bereits die Antwort.

»Also«, ließ er uns an seinem Wissen als Kindergartenleiter teilhaben, »es ist bei Streitigkeiten immer sinnvoll, die Beteiligten die Rolle des anderen nachvollziehen zu lassen.«

»Okay …«, verarbeitete Carla die Information. »Wie wäre es dann, wenn der Typ einfach mal selber die Erfahrung macht, etwas in den Hintern gesprüht zu bekommen, was er nicht will?«

Das war auf der einen Seite genau der unkonventionelle Humor, den ich an meinen Mitarbeitern so schätzte. Er war mir allerdings ein wenig zu moralisch aufgeladen. Und vor allem drohte dieser Humor gerade, meine achtsam geplante Abendplanung zu unterwandern.

Ich stürzte mein mittlerweile sinnlos in der Luft schwebendes Champagnerglas hinunter und intervenierte.

»Ich glaube nicht, dass das notwendig ist. Wie Chayenne schon gesagt hat, wollte der Typ doch auch selber von Chayenne die Sprühsahne in den …«

Doch Walter überholte mich bereits inhaltlich: »Wie wäre es dann mit Bauschaum? Das ist etwas, was er nicht wollte.«

Fröhlich nickende Gesichter am Tisch. Fassungslosigkeit bei mir.

Mit Menschen aus der Halbwelt konnte man eine Menge Spaß haben. Es war mir allerdings auch nach Jahren der Zusammenarbeit nicht möglich, ihren derb-infantilen Humor komplett zu teilen. Ich war außerdem lange genug dabei, um zu wissen, dass Walter seinen Scherz nicht nur absolut ernst meinte, sondern auch für moralisch gerechtfertigt hielt. Der erfrischend andere Humor, mit dem ich meinen Geburtstag versüßen wollte, drohte, ihn jetzt zu versalzen.

»Ihr könnt doch nicht …«, setzte ich an.

Carla ignorierte mein Bemühen, die Sache gütlich beizulegen.

»Gute Idee. Aber wo sollen wir denn um die Uhrzeit noch Bauschaum herbekommen?«

Interessanterweise sah Carla in Walters Vorschlag lediglich ein logistisches Problem.

»Hab ich im Kofferraum. Brauchte ich, um die Solar-Panel-Verschraubung wasserdicht im Dachstuhl zu befestigen. Das Zeug wird hart wie Kruppstahl.«

»Hat der Bauschaum im Chinesen denn genug Luft, um aufzuschäumen und auszuhärten?«, war Stanislavs einzige Sorge.

»Das Aufschäumen funktioniert, glaube ich, über den Druckabfall. Ist wie beim Ausperlen von Kohlensäure, wenn du die Mineralwasserflasche aufdrehst.«

Ich musste dazwischengehen.

»Leute – ihr könnt doch nicht ernsthaft einem chinesischen Geschäftsmann den Hintern mit Bauschaum auffüllen, nur weil er ein paar exotische Wünsche gegenüber einem unserer Callgirls geäußert hat«, wollte ich die Kirche im Dorf lassen.

»Frauenverachtende exotische Wünsche«, korrigierte mich Stanislav.

»Blanker Sexismus«, ergänzte Carla.

»Wir haben auch eine gesellschaftliche Verantwortung als Arbeitgeber«, trug Walter bei.

Das war nicht mehr der unkonventionelle Humor, den ich von früher kannte und mochte. Meine Teilzeitfreunde hatten ihre Unschuld an die Moral verloren.

Ich hörte etwas klicken. Es war der Verschluss eines Kästchens. Es war die Büchse der Pandora.

4 EIGENINITIATIVE

»Wenn Ihre Mitarbeiter Eigeninitiative zeigen, erfordert das von Ihnen Vertrauen. Schauen Sie dazu nicht ängstlich auf mögliche Risiken. Schöpfen Sie achtsam Mut aus dem Moment heraus.«

JOSCHKA BREITNER,
»ENTSCHLEUNIGT AUF DER ÜBERHOLSPUR –
ACHTSAMKEIT FÜR FÜHRUNGSKRÄFTE«

MIR WAR NICHT ganz klar, was frauenverachtender war: als Kunde ein Callgirl zu fragen, was es gegen Geld zu tun bereit wäre, oder – wie wir alle am Tisch – von dem Geld zu leben, das die Dame dafür bekam, dass sie es tat. Aber es ist immer einfacher, den Teil des Problems zu lösen, den man nicht selber darstellt.

Was mir allerdings sehr klar war, war, dass ich in diesem Kreis keine Sexismus-Debatte führen wollte. Nicht an meinem Geburtstag. Nicht mit alkoholisierten, zeitgeistbeseelten Milieugrößen.

Als Übersprungshandlung goss ich mir selber den Champagner nach und trank das Glas sofort aus, in der Hoffnung, in der Zwischenzeit würde irgendjemand die Büchse der Pandora schon wieder schließen. Aber das war nicht der Fall.

Es mag auch an meinen zwei Gin Tonics und den zwei Gläsern Champagner gelegen haben, dass sich die Diskussion von nun an überschlug. Zumindest fühlte es sich für mich so an.

»Wir sollten jetzt runter zu diesem Mr. Yellow gehen und ein Zeichen setzen. Für Gendergerechtigkeit«, begeisterte sich Walter nicht ganz ohne Pathos.

Sascha schien das kritisch zu sehen.

Als Leiter des Kindergartens nahm er an einer Vielzahl von Fortbildungskursen teil. Schließlich konnte man Kinder nur dann auf gesellschaftliche Probleme aufmerksam machen, wenn die zuständigen Erwachsenen über die dafür notwendige Sensibilität verfügten.

Früher reichte es, Zwei- bis Fünfjährigen liebevoll den Unterschied zwischen »meins und deins«, »beißen und reden« oder

»mit oder ohne Windel« nahezubringen. Heute rückten – völlig zu Recht – fundierte Kenntnisse über Diversität, Gendergerechtigkeit und latenten Rassismus in den Vordergrund. Und über all diese Themen hielt sich Sascha regelmäßig durch Fortbildungskurse auf dem Laufenden. Sein Wissen sollte uns auch hier bereichern. Zumindest in Bezug auf Walters Formulierung.

»Ich bin mir nicht sicher, aber das könnte rassistisch sein …«, merkte Sascha an.

»Was bitte soll an meinem Bauschaum rassistisch sein?«, wollte Walter wissen

»Der Bauschaum ist nicht das Problem«, konkretisierte Sascha. »Aber der Begriff ›Mr. Yellow‹ ist rassistisch. Der würdigt den Typen aufgrund seiner ethnischen Herkunft herab.«

»Mehr, als eine Tube Bauschaum im Hintern es könnte?«, fragte ich ein wenig zu leise und wurde von Chayenne übertönt.

»Wieso? ›Mr. Yellow‹ ist doch lediglich eine Tatsachenbeschreibung. Der Typ in Zimmer 498 kommt schließlich aus dem Land des Lächelns und hat ganz offensichtlich einen Penis.«

»Richtig. Und als Chinese ist er ja wohl auch eine Person of Color. Sonst würden wir ihn ja nicht ›Mr. Yellow‹ nennen«, gab Sascha zu bedenken.

Das wurde mir zu bunt.

»Leute – es ist doch völlig egal, welche Hautfarbe jemand hat«, platzte es aus mir heraus.

»Richtig«, sekundierte mir Walter, um dann in die komplett andere Richtung zu marschieren. »Die Hautfarbe ist keine Entschuldigung für Sexismus. Der Typ bekommt jetzt seine Lektion.«

Er stupste Stanislav an. Beide schienen sich einig zu sein, ihren Bauschaum-Plan in die Tat umzusetzen. Und schauten mich an.

Ich spürte, wie mir vom Zwerchfell aus eine unangenehme Kälte nach oben in Richtung Kehle kroch. Diese Form des Aktionismus ging mir zu weit. Ich musste etwas unternehmen. Und sei es nur gegen die unangenehme Kälte.

Joschka Breitner hatte mich gelehrt, dass nicht eine konkrete Situation das Problem war, sondern immer nur meine Einordnung dieser Situation.

Ich ordnete den Plan, einen wildfremden Mann für die verbale Äußerung seiner sexuellen Vorlieben massiv körperlich zu misshandeln, als moralisch verwerflich ein.

Das rief dieses unangenehme Kältegefühl in mir hervor.

Ich versuchte also, die Situation zunächst einmal nicht einzuordnen, sondern wertungsfrei und liebevoll zu betrachten.

Hier saßen ein paar Mitarbeiter am Tisch, die in Bezug auf eine beruflich aufgetretene Problemstellung Eigeninitiative zeigen wollten.

Sie wollten ein in ihren Augen moralisch verwerfliches Handeln sanktionieren, um die Welt besser zu machen.

Das war für sich genommen kein Grund für Schauergefühle.

Im Gegenteil. Ich war ja generell bereit, meinen Mitarbeitern Freiräume zu lassen. Ich hatte durch Joschka Breitners Achtsamkeitsregeln für mich einen ganz neuen Führungsstil entwickeln können.

Die Bestrafung des Chinesen zu tolerieren, auch wenn sie mir persönlich missfiel, musste also unter dem Gesichtspunkt moderner Mitarbeiterführung gar kein Fehler sein.

Um Risiko und Chance von eigenständigem Mitarbeiterhandeln achtsam gegeneinander abwägen zu können, hatte mir Herr Breitner die Theorie der vier W's der Mitarbeiterführung nähergebracht:

Würdigung, Wachsamkeit, Wiedergutmachung und Wärme.

In vier Schritten gelangte man mit diesen vier W's immer zu einer achtsamen Lösung.

Im ersten Schritt würdigte ich zunächst einmal das bisherige Verhalten meiner Mitarbeiter. Würdigung war die dankbare Anerkennung dessen, was meine Mitarbeiter mir bislang an beruflicher Bereicherung hatten zuteilwerden lassen.

Bislang konnten Carla, Walter und Stanislav ihre auf Sex und Gewalt basierenden Geschäftsbereiche sehr gut ohne meine Ratschläge führen. Ich war lediglich für die rechtliche Seite zuständig. Sie standen an der Front. Ich hatte in meinem Leben noch keine einzige Waffe, kein Gramm Koks und keinerlei sexuelle Dienstleistung verkauft. Sie jede Menge. Und zwar sehr erfolgreich. Was ich also persönlich von ihrem Lösungsansatz hielt, sagte rein gar nichts über die Effektivität der Lösung aus.

In puncto Würdigung ein Argument pro Bauschaum.

Mit Wachsamkeit war die liebevolle Betrachtung etwaiger zukünftiger Probleme gemeint, die sich aus dem eigenverantwortlichen Handeln der Mitarbeiter ergeben könnten.

Bei aller Liebe würde das Injizieren von Bauschaum in einen Freier unweigerlich mit einer Körperverletzung einhergehen. Dies könnte zu strafrechtlichen Problemen führen. Wertungsfrei betrachtet, *musste* dies aber nicht der Fall sein. Vor allem dann nicht, wenn der Freier die Tat gar nicht zur Anzeige bringen würde.

Bevor ein chinesischer Geschäftsmann, der wegen seiner sexuellen Wünsche gegenüber einer Prostituierten die Unversehrtheit seines Hinterns verloren hatte, zusätzlich noch gegenüber der Öffentlichkeit sein Gesicht verlöre, würde er wahrscheinlich eher sehr kleinlaut zu Protokoll geben, dass es sich bei der Sache mit dem Hintern um ein bedauerliches Versehen ohne Fremdbeteiligung gehandelt hatte.

Mit ein bisschen Wohlwollen konnte man Punkt zwei als unentschieden werten.

Sofern bei meinen Mitarbeitern nach den ersten beiden Schritten also kein großes Fehlverhalten vorlag, stellte sich im dritten Schritt die Frage der Wiedergutmachung erst gar nicht.

Mit der Wärme des vierten Schrittes konnte ich schließlich loslassen und meine Mitarbeiter ihren Plan, so bescheuert ich ihn auch fand, in die Tat umsetzen lassen.

Die vier W's wirkten. Die Kälte wich aus meinen Schultern.

Ich füllte den Rest aus der Champagnerflasche in mein Glas und trank einen großen Schluck.

Wenn der Zeitgeist ein klares Zeichen gegen Sexismus erforderte, wie konnte ich mich da der gut gemeinten Eigeninitiative meiner Mitarbeiter entgegenstellen?

Beim Trinken muss mein Kopf wohl eine Bewegung gemacht haben, die einem Nicken nicht unähnlich war.

Walter und Stanislav standen auf und verließen das Restaurant. Zunächst in Richtung Tiefgarage. Zum Bauschaum. Und dann zum chinesischen Geschäftsmann.

Ich blieb mit Carla, Sascha und Chayenne am Tisch zurück.

5 ACHTSAMKEIT ALS WAFFE

»Achtsamkeit ist der Schild.
Nicht die Waffe.
Sie ist der Bunker,
nicht der Panzer.«

JOSCHKA BREITNER,
»ENTSCHLEUNIGT AUF DER ÜBERHOLSPUR –
ACHTSAMKEIT FÜR FÜHRUNGSKRÄFTE«

ICH HATTE HERRN BREITNER nun doch sehr offen vom bisherigen Verlauf des Abends erzählt. Nur die Sache mit dem Freier und dem Bauschaum hatte ich kreativ umformuliert.

»Ihre Mandanten wollten den renitenten Freund Ihrer Mitarbeiterin also gewaltsam aus dem Hotel befördern«, fasste Herr Breitner die Version zusammen, die dabei entstanden war. Ich nickte.

»Und Sie haben eine Übung aus meinem Achtsamkeitscoaching dafür verwendet, Ihr schlechtes Gewissen gegenüber einer geplanten Körperverletzung zu minimieren?«, fragte er erstaunt.

»Ja ... war das falsch?«, fragte ich nicht minder erstaunt. Schließlich hatten mir seine Übungen bereits bei ganz anderen Handlungen die seelische Balance bewahrt.

»›Richtig‹ und ›falsch‹ sind Wertungen. Gerade denen wollen wir uns bei der Achtsamkeit ja entziehen. Ich war nur ein wenig verwundert ...«

»Worüber?«

»Ich selbst verstehe Achtsamkeit als Schild. Nicht als Waffe. Sie ist der Bunker, nicht der Panzer.«

»Wobei der Panzer als Waffe nur deshalb so effektiv ist, weil er für die Besatzung der Bunker ist«, warf ich ein.

Herr Breitner lächelte.

»Ich werde diesen Aspekt in meine zukünftigen Coachings einarbeiten. Sie saßen also in Ihrem Achtsamkeitspanzer und haben zugesehen, wie Walter und Stanislav die Kanone geladen haben. Stimmt das Bild jetzt wieder?«

Ich nickte. Herr Breitner fuhr fort in seinem Resümee:

»Sie waren also gestern im Zoo, ohne das zu wollen. Sie waren bei Ihrer Ex-Frau Kuchen essen, ohne das zu wollen. Sie haben eine Ihnen unbekannte Mitarbeiterin an Ihrem Tisch Platz nehmen lassen, ohne das zu wollen, und Sie haben Ihre Mandanten bezüglich einer gewaltsamen Lösung gewähren lassen, ohne das zu wollen. Richtig?«

»So gesehen ...«

»Wissen Sie eigentlich, was Sie wollen?«

Ich zuckte mit den Schultern.

Herr Breitner nickte. »Gut, darauf werden wir später noch zurückkommen. Was passierte nach dem Abgang der beiden Mandanten?«

»Der Auftritt meiner Ex-Frau.«

Ich kehrte in meiner Erzählung zurück zum gestrigen Abend.

Da saß ich also. An meinem fünfundvierzigsten Geburtstag.

Im Aussichtsrestaurant eines Luxushotels.

Zusammen mit zwei attraktiven Damen aus dem Rotlicht-Gewerbe in verschiedenen Stufen der Entblößung und einem Kindergartenleiter. Angetrunken. Und unzufrieden.

Vielleicht hätte es mich freuen sollen, in der Mitte meines Lebens so ungebunden zu sein, dass daran im Grunde nichts Verwerfliches war. Aber das gelang mir nicht. Ich wusste nur in dem Moment nicht, was ich lieber hätte tun wollen. Weil ich schlicht und ergreifend überhaupt keine Vorstellung davon hatte, was ich eigentlich wollte.

Und genau das machte mich unglücklich.

Ich bestellte den Weißwein.

In genau dem Moment, in dem ich meinen Mund schloss und den ersten Gaumen voll kühlen Grauburgunders schluckte, öffnete sich der Fahrstuhl gegenüber der gläsernen Restauranttür und spuckte seine Passagiere aus.

Katharina, meine attraktive Ex-Frau, erschien auf der Bildfläche.

Sie trug ein ebenso elegantes wie kurzes schwarzes Abendkleid. In der einen Hand hielt sie ihre Handtasche. Und in der anderen ein weniger attraktives Accessoire: ihren aktuellen Freund. Ein Heiko.

Katharina und ich hatten ein ausgesprochen gutes Verhältnis zueinander.

Durch Zufall hatten wir uns vor geraumer Zeit gegenseitig das Geschenk gemacht, dem anderen verzeihen zu können, dass wir als Paar nicht funktionierten. Seitdem verband uns eine Freundschaft, die uns ein gewisses Maß an Offenheit ermöglichte. Wir nutzten diese Offenheit im Sinne von Emily und informierten uns über alles aus unserem Leben, was Einfluss auf das Leben unserer Tochter haben könnte. Unter anderem informierten wir uns über neue Partner, die über eine Affäre hinausgingen.

Katharina hatte mir von Heiko erzählt, und ich hatte ihn auf ihren Wunsch hin auch bereits persönlich kennengelernt.

Was weder Katharina bei ihrem noch ich vor meinem ersten Treffen mit Heiko wusste, war die Tatsache, dass Heiko und ich uns bereits kannten. Heiko war vor Jahren einmal ein Mandant von mir gewesen.

Damals nannte er sich allerdings nicht Heiko. Und wir hatten beide unsere Gründe, dieses Geheimnis für uns zu behalten.

Den Mann, der sich jetzt Heiko nannte und soeben aus dem Fahrstuhl kam, hatte Katharina vor gut einem halben Jahr über eine Dating-App kennengelernt. Aufgrund meiner Digital-Detox-Philosophie war ich kein großer Freund von Dating-Apps. Wie alles Digitale lassen sich auch die Inhalte einer virtuell romantischen App in der Realität auf einen binären Code aus Nullen und Einsen reduzieren. Katharina war die Eins. Heiko nicht.

Wenn jemand Zweifel daran hat, wie viel Leid einem durch Digital-Detox erspart werden kann, dann sollte sich dieser Jemand einfach mal kostenpflichtig bei einer Dating-App anmelden und durch die Profile der Mitglieder scrollen.

Oder Heiko anschauen. Ein kleines, hutzeliges Männchen mit Nickelbrille und beginnender Stirnglatze in Designer-Klamotten.

Aber als toleranter Ex-Mann respektierte ich ihn als Katharinas Freund.

Wobei meine Toleranz ein Stück weit auf meinem Wissen über Heiko basierte. Mir war es lieber, Katharina war mit einem Partner zusammen, über dessen zwielichtige Vergangenheit ich Bescheid wusste, als dass auch ich mich vom vermeintlichen Glanz seiner Gegenwart blenden ließe.

Bei seiner zwielichtigen Vergangenheit hatte ich als Anwalt nicht ganz unwesentlich meine Finger im Spiel. Und solange es keinen negativen Einfluss auf Emily hatte, durfte sich Katharina blenden lassen, von wem sie wollte.

Katharinas und meine Ansichten in Bezug auf Heiko waren schon aufgrund unseres Wissensunterschiedes verschieden. Sie ließen sich am besten durch die Worte »mit« und »über« zusammenfassen.

Katharina war der Ansicht, man könne »mit« Heiko lachen.

Als Eckdaten über ihren neuen Freund hatte mir Katharina erzählt, Heiko leite eine journalistische Internet-Agentur und sei zeugungsunfähig.

Beide Informationen standen in keinem kausalen Zusammenhang. Aber letztere erklärte sein Interesse an Frauen ohne weiteren Kinderwunsch, die er offensichtlich mit ersterer beeindrucken wollte.

Heiko betrieb einen sogenannten Faktenchecker-Dienst mit dem schönen Namen VERITAS. Er und seine Angestellten überprüften im Auftrag von Social-Media-Anbietern die Beiträge von Usern auf »Hate Speech« und »Fake News«.

Ich hatte aufgrund meiner Digital-Detox-Philosophie keinen Bezug zu Social Media. Sie hatten für mich den kommunikativen Wert von Klotüren. Man konnte sie beschreiben.

Man konnte es auch lassen.

Amüsant fand ich allerdings die Vorstellung, sein Geld damit zu verdienen, diese Klotüren zu korrigieren.

Heiko schien Arbeit und Privatleben offenbar gut voneinander trennen zu können. Ich habe keine Ahnung, wie Heiko sich im Detail im Internet beschrieben hatte, aber falls er ein Profil mit Foto verwendet haben sollte, muss er im Gegenzug viel mit faktenfernen Begriffen wie »finanziell unabhängig«, »innere Werte« und »Humor« gearbeitet haben.

Doch all das war mir egal. Katharina konnte sich treffen und zusammen sein, mit wem sie wollte. Sie war eine erwachsene Frau mit eigenen Bedürfnissen. Sollte es ihr – warum auch immer – mit Heiko gut gehen, freute mich das für sie.

Ich schenkte Heiko nur in dem Maße Beachtung, wie er in Kontakt zu Emily kam. Und mit meinem Wissen über Heiko war ich mir sicher, dass er jeglichen Ärger mit mir vermeiden wollte.

Wobei ich mich in dem Moment, als Katharina und Heiko aus dem Aufzug traten, fragte, wer denn heute Abend eigentlich bei unserer Tochter war.

Katharina, die mich ebenfalls entdeckt hatte, kam an unseren Tisch. Heiko nicht. Als er mich in Gegenwart von Sascha wahrgenommen hatte, drückte er sich, auf Katharina wartend, im Eingangsbereich herum. Ich hatte Verständnis dafür.

»Hi, Björn, so sieht man sich wieder.«

Unsere kleine Familienfeier lag nur wenige Stunden zurück, schien aber in einer anderen Welt stattgefunden zu haben.

»Du feierst also weiter?«, fragte sie in die Runde.

Ich stellte ihr die Anwesenden vor. Sie kannte Sascha, schließlich war er der Leiter des Kindergartens unserer Tochter. Von Carla, die ich ihr vorstellte, hatte sie im Rahmen meiner Arbeit gehört. Die betörende Dessous-Schönheit mit meinem Sakko über dem hoteleigenen Bademantel war ihr ebenso neu wie mir. Katharina akzeptierte meine Chayenne mit ähnlich verwunderter Toleranz wie ich ihren Heiko.

»Chayenne ist … eine Bekannte von Carla. Sie hat Probleme mit ihrem Hotelzimmer«, erklärte ich trotzdem ohne Not. Katharina lächelte und gab mir einen Kuss auf die Wange. Dabei flüsterte sie: »Du musst mir nichts erklären.« Bevor sie ging, fragte ich noch, wo Emily gerade sei.

»Meine Mutter ist bei ihr. Sie bleibt über Nacht. Heiko hat mich heute hier ins Hotel eingeladen. Ich löse Mama morgen wieder ab«, erklärte mir Katharina. Mit einem gehauchten »Happy Birthday!« und einem nur für mich sichtbaren Fingerzeig auf Chayenne verließ sie unseren Tisch in Richtung Heiko und setzte sich mit ihm ans andere Ende des Restaurants.

Mir war nicht klar, ob der Fingerzeig die moralische Erlaubnis war, mir zum Geburtstag eine Prostituierte zu gönnen. Und ich wusste nicht, was mich daran mehr gestört hätte: dass sich meine Ex-Frau anmaßte, mir das erlauben zu können, oder die Tatsache, dass sie es ohne Eifersucht tat.

Aber eines wusste ich: Während ich mit schlechtem Gewissen Katharina darum gebeten hatte, Emily an diesem Abend zu hüten, um eine Nacht alleine im Hotel zu übernachten, gab Katharina unsere Tochter problemlos an ihre Mutter weiter. Um in derselben Nacht, im selben Hotel mit oder an Heiko zu schlafen. Was für ein toller …

»Geburtstag? Warum sagst du nicht, dass du Geburtstag hast?«, unterbrach Sascha meine Gedanken.

»*Happy Birthday to you* …«, intonierte Carla, und Chayenne fiel mit ein.

Ich vergrub mein Gesicht in den Händen. Ich war völlig überfordert. Ich spürte die Gin Tonics, den Champagner, den Wein. Auf die Umherstehenden wirkte es aber wohl eher wie eine Verlegenheitsgeste.

In der Zwischenzeit hatte sich der Chor der Singenden um zwei Bassstimmen erweitert, eine davon mit kroatischem Akzent. Walter und Stanislav waren also wieder zurück. Aber wem gehörte die junge Frauenstimme, die ebenfalls neu hinzugekommen war? Ich nahm die Hände von den Augen.

Vor mir stand eine weitere Schönheit im Bademantel, ihre Kleidung unter dem Arm. Als das Ständchen vorbei war, fielen die Herren mir, und Carla dem Mädchen um den Hals.

»Sandy? Was machst du hier?«, fragte Carla die junge Frau, die im richtigen Leben wohl ebenso wenig Sandy hieß wie Chayenne Chayenne.

»Ich hatte einen Kunden unten auf Zimmer 489. Ich war grad im Bad – und als ich rauskam, standen Walter und Stanislav im Zimmer.«

»Lustig«, sagte Chayenne, »ich war auf 498. Das sind ja fast dieselben Ziffern ...«

Was nicht so lustig war, war mit anzusehen, wie sich bei allen Anwesenden, stehend oder sitzend, schlagartig die Erkenntnis dessen breitmachte, was wohl da unten passiert sein musste. Walter bestätigte meine Befürchtung.

»Ja, mein Gott. Zahlendreher. Wir wollten bei 498 klopfen, haben aber bei 489 an die Tür gehämmert. Als wir das bemerkt hatten, war der Bauschaum allerdings schon aus der Tube.«

»Sorry, Leute«, intervenierte nun auch Sascha kritisch, »aber spätestens als der Typ die Tür aufgemacht hat, musstet ihr doch feststellen, dass er nicht zu Chayennes Beschreibung des chinesischen Geschäftsmannes passt!«

»Eben nicht. Der Typ aus 489 ist auch Chinese. Ist also alles halb so wild«, wollte Stanislav relativieren.

»Ihr könnt doch nicht einfach jedem Chinesen hier im Hotel ...«, hörte ich mich sagen, als Walter wieder übernahm.

»Das mit dem Zahlendreher war die einzige Abweichung vom Plan. Ansonsten lief alles wie besprochen.«

»Wie besprochen? Ihr habt doch gerade erzählt, dass ihr einem völlig unschuldigen Kunden ...«, wollte nun auch Carla wissen.

»Unschuldig? Als wir fertig waren, kam – gut: ein wenig überraschend – eine schreiende Sandy aus dem Bad gerannt.«

Weil alle Blicke nun auf ihr ruhten, äußerte sich Sandy zu den Schreien.

»Ich hab geschrien, weil da auf einmal zwei maskierte Typen im Zimmer standen. Aber die haben mich dann liebevoll auf den Gang gezerrt. Und da habe ich dann Walter und Stanislav erkannt.«

»Als wir Sandy gesehen haben, haben wir natürlich gemerkt, dass wir offensichtlich auf dem falschen Zimmer waren. Aber unschuldig ist der Typ ganz sicher nicht«, versicherte Walter, bevor Stanislav auch das erklärte.

»Der Chinese von 489 wollte von Sandy nämlich exakt das Gleiche wie der Chinese von 498 von Chayenne.«

Betroffenes Schweigen am Tisch.

»Und?«, fragte ich mit mitleidigem Blick auf Sandy. »Wie geht's dir jetzt?«

Irritierenderweise wirkte Sandy nicht im Ansatz, als hätte sie Mitleid nötig.

»Also, ich fand's lustig. Ziemlich schräg, klar – aber mal was Neues«, antwortete sie munter.

Sascha beendete die eintretende Gesprächspause mit einer philosophischen Zusammenfassung des zugrunde liegenden Problems.

»Pervers ist halt nur, wenn's keinen gibt, der mitmacht.«

An dieser Stelle hätte ich die erste Magentablette zu mir nehmen können.

Oder nach Hause fahren.

Ich kam allerdings weder zu dem einen noch zu dem anderen.

Chayenne unterbrach mich in meinen Fluchtgedanken mit einer Angriffsfrage.

»Und was ist jetzt mit dem Arschloch aus Zimmer 498? Kommt der einfach so davon mit seinem frauenverachtenden Verhalten, oder was?«

Die fragenden Blicke von Chayenne, Carla, Walter, Stanislav, Sascha und auch Sandy trafen sich in der Mitte des Tisches und wanderten dann gemeinsam zu mir.

Gut, dachte ich, mein Magen kann warten.

Ich musste die neue Situation einfach erneut auf Basis der vier

W's achtsam zu Ende denken. Was schwierig genug war, angetrunken, wie ich war.

Trotz der Würdigung der bisherigen Leistungen meiner Mitarbeiter war ihnen mit dem Zahlendreher offensichtlich ein Fehler unterlaufen.

Wachsam betrachtet, änderte das allerdings nichts an der Gefahreneinschätzung. Der verwechselte Chinese von Zimmer 489 würde aus denselben Gründen wie der gemeinte Chinese von Zimmer 498 bezüglich des Vorfalls kein großes Aufsehen machen.

Es stellte sich nun aber erstmals die W-Frage der Wiedergutmachung. Damit der Fehler meiner Mitarbeiter weder unser Verhältnis zueinander noch ihr Selbstvertrauen belastete, brauchten sie eine Chance, etwas wiedergutmachen zu können.

Der Chinese auf Zimmer 498 bot diese Chance.

Ich versuchte, den fragenden Blicken also mit Wärme zu begegnen. Hatte aber selber noch eine Frage:

»Sollten wir die Aktion auf Zimmer 489 nicht einfach als Fehler verbuchen und die Sache mit Zimmer 498 gut sein lassen?«

»Wieso Fehler? Der 489-er war auch Chinese!«, protestierte Stanislav.

»Und warum sollte der Idiot auf Zimmer 498 von unserem Zahlendreher profitieren? Wo bleibt da die Gerechtigkeit?«, fragte Walter.

Auf eine Gerechtigkeitsdiskussion wollte ich mich nun ganz bestimmt nicht einlassen.

Wenn man einmal, wie meine Mandanten, damit angefangen hatte, einzelne Gesetze für sich nicht als verbindlich anzusehen, dann hat man schlagartig ziemlich viele Freiheiten. Unter anderem die kolossale Freiheit, den abstrakten Begriff der Gerechtigkeit als etwas sehr Biegsames zu benutzen. In etwa so, wie ein Straßenkünstler einen Luftballonschlauch benutzt. Je nach Bedarf ist der mal Dackel und mal Pony. Genauso lässt sich auch die Gerechtigkeit, befreit aus dem Korsett der Gültigkeit von Gesetzen, inhaltsleer aufblasen und zum hehren Ideal oder zum beliebigen Totschlagargument knoten.

Gerecht sind nicht mehr Regeln, sondern was der Einzelne für gerecht hält.

»Außerdem müsste eh noch jemand meine Handtasche aus Zimmer 498 holen«, ergänzte Chayenne meine abstrakt-philosophische Diskussion mit mir selbst durch ein konkret-egoistisches Argument.

Ich hatte zwei juristische Staatsexamina in den Knochen und zu viel Alkohol im Blut. Mir fehlte die Kraft, mit Mafiosi und Prostituierten längst vereinbarte Selbstverständlichkeiten wie das Gewaltmonopol des Staates neu auszuverhandeln. Meine Güte. Sollten sie halt. Und sei es nur wegen der Tasche.

Mein nächster Schluck Weißwein wurde wieder als Nicken gedeutet. Walter und Stanislav standen erneut auf.

Carla verschwand mit Chayenne und Sandy in Richtung WC.

»Der Typ, mit dem Katharina hier ist – war das nicht ›Olaf, der Schneemann‹?«, fragte Sascha, als wir alleine am Tisch saßen. Sein gutes Personengedächtnis war der Grund, warum Heiko ihm nicht begegnen wollte.

»Das war er mal. Jetzt ist er Heiko. Katharinas Freund.«

»Und Katharina weiß nichts von seiner Vergangenheit?«

»Jeder Mensch hat ein Recht darauf, von seinem Partner angelogen zu werden. Das nennt sich Menschenkenntnis.«

»Wenn du meinst.« Sascha spürte immer recht schnell, wenn ich keine Lust hatte, ein Thema zu vertiefen. »Du scheinst heute eh ein Freund von Geheimnissen zu sein. Warum hast du nicht gesagt, dass du Geburtstag hast?«

»Ich wollte keine große Aufmerksamkeit, sondern nur einen netten Abend.«

»Nun, wie es scheint, hast du jetzt von beidem das Gegenteil«, bemerkte Sascha trocken. »Darf ich dir zum Geburtstag einen Hinweis schenken?«

Ich stutzte. Nach einem Segelboot-Bild von Emily und dem

Kuchen von Katharina war dies erst das dritte Geschenk des Tages. »Klar. Gerne sogar.«

»Du denkst viel zu wenig an dich. Selbst die Wünsche von Chayenne und Sandy waren an diesem Abend wichtiger als deine.«

Und schon wieder stellte ich fest, dass ich nicht wirklich wusste, welche Wünsche ich überhaupt hatte.

Carla, Chayenne und Sandy kamen zurück vom WC. Die beiden Letzteren waren wieder vollständig angezogen, dafür mit Bademantel über dem Arm.

Unmittelbar danach gesellten sich auch Walter und Stanislav wieder zu uns und ließen sich lachend abklatschen. Sie gaben Chayenne ihre Tasche zurück. Chayenne und Sandy blieben mit am Tisch. Wir aßen gemeinsam ziemlich gute Steaks, und meine Mandanten ließen es sich nicht nehmen, mir eine Geburtstagstorte und eine Flasche eisgekühlten Wodka zum Nachtisch zu spendieren. Das Funkeln der Wunderkerzen harmonierte schön mit dem Flackern der Blaulichter, die sich plötzlich in den umliegenden Glasfassaden brachen, die beiden Notarztwagen waren offensichtlich zeitgleich vor dem Hotel vorgefahren. Und ich saß angetrunken mittendrin und hoffte nur, dass der Rest des Geburtstages spurlos an mir vorübergleiten würde.

Aber das tat er nicht.

Nach dem Nachtisch stand ich auf, um mich auf der Toilette ein wenig frisch zu machen und endlich eine Magentablette zu nehmen, bevor ich mich in Richtung meines Zimmers verabschieden würde.

Kurz vor Erreichen des WCs traf ich vor dem Fahrstuhl wieder auf Katharina. Und Heiko. Ich gab ihm die Hand.

»Hi, Heiko.« Hörte ich mich an, als würde ich lallen? »Wie geht's?«

»Ja, danke«, antwortete Heiko sehr knapp. War er eingeschnappt? Nachdem seine Hand wieder frei war, drückte er sofort auf den Fahrstuhlknopf. Ich wollte die Begegnung nicht schweigend ins Peinliche abrutschen lassen und unternahm einen erneuten Gesprächsanlauf.

»Fantastische Aussicht hier, was? Selbst wenn man mal den Blick von Katharina abwendet.«

»Ja, sieht toll aus«, erwiderte er und drückte erneut auf den Fahrstuhlknopf. Ich hatte keine Ahnung, ob er damit – wie ich – Katharina *und* die Aussicht meinte.

Katharina knuffte ihn wie ein trotziges Kind.

»Jetzt hab dich nicht so.«

In ungewohnter Offenheit erklärte mir Katharina, weswegen ihr neuer Freund gerade offensichtlich schmollte.

»Heiko hat mir einen Heiratsantrag gemacht!«

Jetzt war ich baff. Sie wird doch nicht …? Ich schaute zwischen Katharina und Heiko hin und her. Wie frisch verlobt sahen die beiden nicht aus.

»Und? Hast du …?«, fragte ich zögerlich. Unter anderem weil ich mit meinen Worten einen spontanen Würgereiz unterdrücken musste.

»Ich hab ihm gedankt und gesagt, dass ich mir das in Ruhe überlege. Und dass ich das mit der Familie besprechen werde. Ich bin ja schließlich weder Teenager noch schwanger.«

Da war sie wieder, die bewundernswerte Sachlichkeit von Katharina, die selbst der gefühlvollsten Situation einen grauen Schleier der Realität überstülpen konnte. Da ich mich offensichtlich auf der Innenseite des Schleiers befand, konnte ich erstmals voll Überraschung feststellen, dass die Unterseite des Schleiers durchaus rosa Einfärbungen hatte.

An Heikos Stelle, auf der Außenseite, wäre ich jetzt allerdings wohl auch doppelt beleidigt gewesen. Nicht nur wegen Katharinas Antwort an ihn, sondern auch wegen ihrer Offenheit mir gegenüber.

An meiner Stelle war ich unendlich stolz auf Katharina. Und auf die Bedeutung, die sie unserer Familie beimaß.

»Na dann … Wir reden die Tage«, antwortete ich erleichtert.

»Ja. Und ich werde jetzt unten auf dem Zimmer mal schauen, wie ich diesem schmollenden Jungen wieder etwas Begeisterung ins

Gesicht treibe«, sagte sie eine Spur zu plump lasziv und stellte sich in den Fahrstuhl.

»Zimmer 1-2-5?«, fragte sie Heiko, der ihr hinterhertrottete.

»2-1-5«, murmelte der vor sich hin und drückte einen Knopf.

»Hach, Zahlendreher«, lachte Katharina und hauchte mir ein »Gute Nacht« durch die sich schließenden Türen zu.

Auch unter Freunden musste man nicht jede Information teilen.

2-1-5. Die Zimmernummer kannte ich. Sie stand auf dem Zimmer neben meinem.

Nachdem meine Undercover-Geburtstagsfeier schon von fremden Gästen gesprengt, von achtsam erduldeten Misshandlungen unterbrochen und von allen Anwesenden enttarnt worden war, musste ich mir nicht noch durch die Hotelwand anhören, wie meine Ex-Frau ihrem neuen Freund mit viel Elan die schlechte Laune aus dem Leib vögelte.

Ich hatte genug von meinem Geburtstag.

Ich ging nicht zum WC. Ich ging nicht zurück zu meinem Tisch. Ich fuhr mit dem nächsten Fahrstuhl rotzbesoffen in die Tiefgarage, stieg in mein Auto und fuhr nach Hause.

Das ultimative Geburtstagsgeschenk, das mir an diesem Abend zuteilwurde, war das reine Glück, dass ich auf dem Rückweg niemanden überfuhr und von keiner Polizeistreife angehalten wurde.

Beides hatte zur Folge, dass ich meinen bis dahin unbeschädigten Land Rover Defender so nah an die Wand meines Wohnhauses fahren konnte, dass das rechte Vorderrad in einen Kellerfensterschacht krachte und mir bei der Gelegenheit die Vorderachse brach.

6 INSPIRATIONEN

»Wenn Sie in einem Problem in erster Linie eine Inspiration sehen, müssen Sie nicht mehr krampfhaft nach Lösungen grübeln. Lassen Sie die Lösungen sich finden. Meditieren Sie über die Inspiration und schauen Sie, was Sie an Ihrem Verhalten ändern können. Aus dem verkrampften Trio ›Problem–Grübeln–Lösung‹ wird so der entspannte Dreiklang ›Inspiration–Meditation–Veränderung‹.«

JOSCHKA BREITNER,
»ZU FUSS INS ICH –
PILGERN ALS SELBSTFINDUNG«

ICH HATTE MEINEM Achtsamkeitstrainer den zweiten Chinesen komplett unterschlagen und – um Nachfragen zu vermeiden – Heikos und meine gemeinsame Vorgeschichte nicht erwähnt. Beim Rest hatte ich mich weitgehend an die Wahrheit gehalten, was mir schon unangenehm genug war.

»Also gut.« Herr Breitner nahm einen Schluck Tee, stellte die Tasse neben sich auf dem Tisch ab und faltete die Hände ineinander. Seine beiden Zeigefinger zeigten auffordernd auf mich. »Was ist in Ihren Augen die Bilanz?«

»Von gestern Abend?«

»Von den letzten fünfundvierzig Jahren.«

Ich fühlte, wie sich mein Magen zusammenzog.

Ich hatte eigentlich nur vorgehabt, heute ein paar seelische Unebenheiten zu entdecken und zu glätten.

Ich musste einsehen, dass der gestrige Abend irgendwie auf das Vorhandensein einer solchen Unebenheit hindeutete.

Aber was Herr Breitner jetzt von mir wollte, war, meine ganze Seele unter die Lupe zu nehmen, anstatt einfach diese eine Unebenheit wegzuhobeln.

Das passte mir nicht. Ich versuchte abzulenken.

»Sie wollen gar nicht wissen, was mit Chayennes Freund passiert ist?«

»Ich bin nicht der Paartherapeut Ihrer Mitarbeiter. Ich bin Ihr Achtsamkeitstrainer. Also, was ist Ihre Bilanz der letzten fünfundvierzig Jahre?«

»Wieso der letzten fünfundvierzig?«

»Ihr fünfundvierzigster Geburtstag war ja nun mal der Anlass für den gestrigen Abend. Es war Ihre freie Entscheidung, wie Sie die erste Hälfte Ihres Lebens würdigen wollten. Wenn die Trümmer von gestern das Denkmal Ihres Lebens darstellen, wird das einen Grund haben.«

Das war mir entschieden zu viel Pathos.

»Moment! Nur weil einmal eine kleine Feier in die Hose geht, muss ich ja nicht an der Zwischenbilanz meines Lebens zweifeln.«

»Wenn ich Sie richtig verstanden habe, war es Ihre einzige Feier seit geraumer Zeit. Somit sind seit geraumer Zeit wohl alle Feiern in die Hose gegangen. Vielleicht ist dieser eine Abend genau deswegen in die Hose gegangen, weil Sie Zweifel an Ihrer Lebensbilanz haben.«

»Warum sollte ich Zweifel an meinem Leben haben?«

»Nun, allein Ihren Erzählungen des gestrigen Abends entnehme ich da so einiges. Sie fallen privat in ein Loch, sobald Sie nicht mehr als Vater oder Ex-Mann die Wünsche Ihrer Tochter oder Ihrer Ex-Frau befriedigen können. Nach fünfundvierzig Lebensjahren haben Sie keine Freunde, die von selbst auf die Idee gekommen wären, Sie zu feiern. Ihren offensichtlichen Wunsch, mal auszubrechen, verleugnen Sie vor sich selbst und schieben ihn Ihrem inneren Kind in die Schuhe. Feiern können Sie auch nicht als Sie selbst, sondern nur in der Rolle des Milieuanwalts. Ihre minutiös geplante Spontaneität scheitert dann trotzdem, weil Sie den Wünschen fremder Menschen mehr Raum einräumen als Ihren eigenen. Sie haben offensichtlich nicht komplett mit Ihrer Ex-Frau abgeschlossen. Und über die völlig verantwortungslose Art und Weise, mit fünfundvierzig Jahren wie ein Spätpubertierender betrunken mit dem eigenen Auto nach Hause zu fahren, müssen wir uns ja wohl gar nicht erst unterhalten.«

Mich erfasste eine Mattigkeit, die weit über einen normalen Hangover hinausging. So formuliert, hörte sich das in der Tat an, als wäre die Bilanz der ersten Hälfte meines Lebens ein wenig mau. Aber ich kannte das. Herr Breitner wollte mich nur ein wenig aus der Reserve locken, damit ich selber auf das Positive in meinem Leben kam.

»Moment! So einseitig ist das ja nun nicht. Gut, das mit dem Auto war einmaliger Mist. Aber ansonsten? Ich habe in fünfundvierzig Jahren einer Tochter das Leben geschenkt, habe ein angenehmes Verhältnis zu meiner Ex-Frau, und mein Job ist eigentlich auch ganz okay.«

»Ein Leben zu schenken, für das Sie Ihr Leben aufopfern, eine Ehe in den Sand zu setzen und beruflich nicht komplett im Abseits zu stehen ist also die Bilanz der ersten Lebenshälfte? Da würde ich mich zur Feier des Tages auch zu Hause einigeln wollen oder mit Fremden betrinken.«

»Ein schönes Verhältnis zu meiner Tochter zu haben, ein angenehmes Verhältnis zu meiner Ex-Frau, ein ausreichendes Einkommen, ohne mich krumm zu machen, und sogar eine Art freundschaftliches Verhältnis zu meinen Mandanten ist doch nichts Falsches!«

»Das ist also alles, was Sie vom Leben erwarten?«

Bei einer Zahnreinigung wäre dies der Moment gewesen, wo der Patient mit seiner Zunge feststellt, dass an der Stelle, wo sich vorhin noch Zahnstein befand, offensichtlich jetzt ein ganzer Zahn hohl in sich zusammengebrochen war.

»Ich dachte, Sie sind mein Entspannungscoach«, bemerkte ich, innerlich um Hilfe flehend.

»Richtig. Das bedeutet, dass ich Ihnen auch offen sagen muss, was es bei Ihnen zu entspannen gilt. Wenn ich Orthopäde wäre, müsste ich Sie auch zunächst auf den Beinbruch hinweisen, bevor ich den Gips anrühre.«

»Was wollen Sie mir damit sagen? Dass ich ein Versager bin, der völlig zu Recht einen Versager-Geburtstag gefeiert hat?«, versuchte ich, die Trümmer meines Seelenlebens irgendwie zu deuten.

»Ganz im Gegenteil. Ich möchte Sie darauf hinweisen, dass Sie dankbar für die Erkenntnisse des gestrigen Abends sein sollten.«

»Welche Erkenntnisse? Dass ich offensichtlich eine ganze Reihe ungelöster Probleme mit mir rumschleppe?«

»Zunächst versuchen Sie doch bitte einmal, Probleme nicht als Probleme, sondern als Inspiration zu sehen. Dadurch bekommen Sie gleich eine viel positivere Konnotation.«

»Hört sich an wie ein psychologischer Marketing-Gag.«

Auf Breitners Gesicht erschien die Andeutung eines Lächelns. »Schwere Sachen schleppen zu müssen war jahrtausendelang ein Problem der Menschheit. Bis ein Mensch in diesem Problem die Inspiration gesehen hat, das Rad zu erfinden. Ist das Rad deswegen ein psychologischer Marketing-Gag?«

»Meinetwegen. Probleme inspirieren mich. Macht das das Grübeln über die Lösungen einfacher?«

»Wenn Probleme eine Inspiration darstellen, müssen Sie nicht krampfhaft nach Lösungen grübeln. Lassen Sie die Lösungen sich von selbst einstellen. Meditieren Sie über die Inspiration und schauen Sie, was Sie ändern können. Aus dem verkrampften Trio Problem–Grübeln–Lösung wird so der entspannte Dreiklang Inspiration–Meditation–Veränderung.«

»Aha …«, sagte ich mehr als skeptisch. »Was an gestern Abend war jetzt noch gleich inspirierend?«

»Sie haben den gestrigen Abend nach allen Regeln der Kunst vor die Wand gefahren. Inklusive Ihres Autos. Nehmen Sie das als Inspiration, darüber nachzudenken, zu meditieren, ob Ihr derzeitiges Lebenskonzept, bestehend aus Sich-für-Ihre-Tochter-Aufopfern, Sich-ansonsten-Einigeln und dann zum Ausgleich einmal im Jahr Bewusst-betrinken-Müssen, wirklich alles ist, was Sie vom Leben erwarten. Oder ob Sie da irgendetwas verändern wollen.«

Drei Hiebe mit der Wahrheitslanze, die als Essenz des gestrigen Abends leider alle ins Schwarze trafen. Herr Breitner sah mir an, dass er auf der richtigen Spur war, was ihn offenkundig anspornte weiterzumachen.

»Nach allem, was Sie mir über gestern Abend erzählt haben, hatten Sie noch nicht einmal an Ihrem Geburtstag eigene Wünsche, die Sie geäußert, geschweige denn verteidigt hätten. Das ist doch eine inspirierende Erkenntnis. Nutzen Sie den gestrigen Abend als Chance, ganz bewusst über Ihre Wünsche bezüglich der zweiten Hälfte Ihres Lebens nachzudenken.«

Ich zuckte mit den Schultern. »Vielleicht bin ich ja wunschlos glücklich …«

»Wünsche sind das Holz, aus dem die Zukunft geschnitzt wird. Gerade deshalb ist wunschlos glücklich zu sein eher selten. Die meisten Menschen sind wunschlos unglücklich. Werden Sie sich Ihrer Wünsche für die zweite Lebenshälfte bewusst!«

»Sonst?«

»Sonst stehen Sie irgendwann mit Depressionen in einem Porsche-Zentrum und schauen sich mit einer gemieteten Zwanzigjährigen Leasingfahrzeuge an.«

»Bitte?«

»Das nennt sich dann Midlife-Crisis. Midlife-Crisis bedeutet, keine befriedigende Antwort auf die legitime Frage zu bekommen: Soll das alles gewesen sein? Sie verweigern sich bereits der Frage, was Sie von der zweiten Hälfte Ihres Lebens überhaupt erwarten.«

Mir war schlagartig klar, dass ich tatsächlich keine Ahnung hatte, was ich von der zweiten Hälfte meines Lebens erwartete.

Ich hatte noch nicht einmal darüber nachgedacht.

Heute ging es ganz offensichtlich nicht um kleine seelische Unebenheiten.

Es ging um den Sinn meines restlichen Lebens.

7 PILGERN

»Der Weg zu sich selbst endet mit dem ersten Schritt. Sich selbst zu finden heißt, Neuland zu betreten.«

JOSCHKA BREITNER,
»ZU FUSS INS ICH –
PILGERN ALS SELBSTFINDUNG«

ICH LEBTE OFFENBAR seit geraumer Zeit dermaßen unzufrieden im Augenblick, dass ich mir über meine Zukunft keinerlei Gedanken gemacht hatte. Ich versuchte, darin eine Inspiration zu sehen.

»Wie finde ich denn raus, was ich von der zweiten Hälfte des Lebens erwarte?«

Herr Breitner führte mich an die passende Meditation heran.

»Indem Sie erst einmal herausfinden, wer Sie überhaupt sind. Wenn Sie das wissen, werden Sie auch wissen, was Sie brauchen. Und damit können Sie dann die zweite Hälfte Ihres Lebens füllen.«

Nichts einfacher als das. Ich wusste, wer ich war.

»Ich bin Björn Diemel, fünfundvierzig Jahre, geschiedener Vater einer Tochter, Rechtsanwalt.«

Für Herrn Breitner reichte das anscheinend nicht ganz.

»Name, Alter, Familienstand, Beruf. Würden Sie so einen Apfel beschreiben?«

»Bitte?«

»Na, wenn ich Ihnen sagen würde, ich hätte gestern einen vor zwei Wochen gepflückten, ledigen Baraboo-Apfel gegessen, der im Supermarkt als blank poliertes Obst-Model in der Apfelkiste jobbte – wüssten Sie dann irgendwas über den Apfel?«

»Nein.«

»Richtig. Wenn Sie wirklich etwas über den Apfel erfahren wollen, sollten Sie ihn aus der Apfelkiste rausnehmen und für sich alleine betrachten. Erst dann können Sie den Dingen auf den Grund gehen, die ihn wirklich beschreiben würden. In welchem Boden steckten die Wurzeln seines Baumes? An welchem Himmel schien die Sonne, die ihn wachsen ließ? Welchen Weg haben die Wolken zurückgelegt, deren Wasser sein Stamm aufsog? Sie werden feststellen, dass Alter, Familienstand und Beruf bei einem Apfel keine allzu große Rolle spielen, wenn Sie wirklich wissen wollen, was in dem Apfel steckt.«

»Gut, jetzt bin ich aber kein Apfel.«

»Richtig. Sie sind ein noch komplexeres Lebewesen als ein Apfel. Wenn Sie wirklich wissen wollen, wer Sie eigentlich sind, sollten Sie zunächst einmal aufhören, sich über Ihre Beziehung zu anderen zu definieren. Definieren Sie sich aus sich selbst heraus. Schauen Sie, wo Ihre Wurzeln liegen, welches Licht Sie erwärmt, welche Gedanken Sie nähren.«

»Wie soll das gehen?«

»Verlassen Sie den Obstkorb. Verlassen Sie Ihre Rollen. Seien Sie ein paar Wochen lang mal nicht Vater, Ex-Mann, Anwalt. Und schauen Sie dann, wer Sie sind.«

»Ich soll mich also einkapseln?«

»Genau das Gegenteil. Sich loslösen. Gehen Sie raus. Gehen Sie weg. Verlassen Sie für ein paar Wochen Ihren Alltag. Örtlich. Inhaltlich. Emotional.«

Eine in meinen Augen naive Wunschvorstellung, die nichts mit den tatsächlichen Verpflichtungen des Lebens zu tun hatte.

»Sorry, mal ganz praktisch. Wie soll ich für ein paar Wochen aus dem Alltag raus? Alleine schon wegen meiner Kanzlei kann ich doch nicht …«

»Sie wären nicht der erste Anwalt, der für dringende Fristsachen einen Vertreter organisiert und ansonsten einfach mal einen Monat lang alle Besprechungen umdisponiert. Wie viele nicht verschiebbare Termine haben Sie in, sagen wir mal – drei Monaten?«

Wir hatten Ende April. In drei Monaten war Juli. Ich tat so, als dächte ich an meinen sehr übersichtlichen Terminkalender, der seit meiner Selbstständigkeit eher selbst zu gestaltende Ausredemöglichkeit als tatsächliche Verpflichtung war.

»Im Juli – puh – da müsste ich mal überlegen …«

Mein Rumgedruckse bewirkte das Gegenteil dessen, was ich damit beabsichtigt hatte.

»Also nichts, was so wichtig wäre, dass Sie es jetzt schon auf dem Schirm hätten. Sehr gut. Was hindert Sie sonst noch, sich den Monat Juli mal nur um sich selbst zu kümmern?«

Jetzt ging es ans Emotionale. Klar konnte ich meine Kanzlei einen Monat schließen. Aber ich würde mich nicht einen ganzen Monat lang von meiner Tochter trennen wollen. Auch hier beging ich den Fehler, nicht über meine Wünsche, sondern über meine Pflichten zu reden.

»Ich kann meine Tochter nicht einen Monat lang alleine lassen. Das ist organisatorisch gar nicht zu regeln.«

»Haben Sie das überhaupt mal versucht? Sie haben doch ein so gutes Verhältnis zu Ihrer Ex-Frau. Ihre Tochter hat einen Kindergartenplatz und fühlt sich auch bei Ihrer Ex-Frau sehr wohl. Die Betreuung Ihrer Tochter ohne Sie wäre also organisatorisch nichts Unmögliches. Vielleicht versuchen Sie einfach mal, das anzusprechen.«

Gut – konnte ich ja mal probieren. Spätestens wenn Katharina mich fragte, ob ich noch alle Latten am Zaun hätte, wäre das organisatorische Thema vom Tisch. Und das emotionale gar nicht erst angesprochen.

»Sie wirken nicht überzeugt«, merkte Herr Breitner an.

»Ich … ich kann mir unmöglich vorstellen, meine Tochter einen Monat lang nicht zu sehen. Ich glaube, das schaffe ich nicht«, entfuhr es mir dann doch ganz ehrlich.

»Warum?«

»Weil sie … das mag jetzt kitschig klingen … weil meine Tochter für mich wie die Sonne ist. Ich kann mir nicht vorstellen, einen Monat ohne das Strahlen meiner Tochter auszukommen.«

»Das ist ein tolles Bild. Denken wir das mal weiter. Ihre Tochter ist die Sonne, um die sich Ihr ganzes Leben dreht, richtig?«

Ich nickte zögerlich, weil ich nicht wusste, worauf das hinauslief.

»Dann sind Sie in diesem Bild also die Erde«, stellte Herr Breitner fest.

Ich nickte wieder zögerlich.

»Ich nehme an, Sie wissen, dass sich die Erde in erster Linie um sich selber dreht und erst in zweiter Linie um die Sonne, oder? Die Erde wäre schlicht unbewohnbar, wenn sie aufhören würde, sich um sich selbst zu drehen. Die eine Seite würde dann nämlich verbrennen und die andere erfrieren. Sie sollten begreifen, dass es sich in Ihrem Leben auch mal um Sie selbst drehen muss, damit es überhaupt einen Sinn ergibt, sich um andere drehen zu können.«

»Das ist sicherlich in dem Bild ein tolles Argument. Ich käme aber trotzdem nicht damit klar, mich zulasten meiner Tochter einen Monat auszuklinken.«

»Und wenn Sie es *zugunsten* Ihrer Tochter tun?«

»Was sollte Emily davon haben, mich vier Wochen lang nicht zu sehen?«

»Eine Menge. Sie würden sich vier Wochen lang um den Menschen kümmern, der Emily alles bedeutet – um sich. Kann man für seine Tochter etwas Schöneres tun?«

»Aber ich gebe doch jetzt schon alles für meine Tochter.«

»Vielleicht ist das ja eine wichtige Sache, die Sie in der zweiten Hälfte Ihres Lebens ändern könnten. Was hat Ihre Tochter davon, wenn sie am Ende alles hat und ihr Vater nichts? Vielleicht hat Ihre Tochter viel mehr davon, wenn sich ihr Vater zunächst einmal alles nimmt, was er braucht, und das dann nicht seiner Tochter opfert, sondern es mit ihr teilt.«

Aus der Perspektive betrachtet, wurde mein Widerwille bereits geringer, und eine neugierige Skepsis machte sich breit.

»Okay, nur mal angenommen, das würde zeitlich irgendwie klappen. Und was mache ich dann mit den vier Wochen Freiraum?«

»Reduzieren Sie sich auf das Nötigste und finden Sie sich selbst.«

Sich selbst finden. In meinen Augen eine weitere Floskel. Gerade hatten wir noch darüber gesprochen, dass ich an meinem Geburtstag ganz genau wusste, wo ich war: Ich stand offensichtlich neben mir.

»Ich meinte jetzt rein praktisch. Wo soll ich hin, um mich zu finden? Wo meditiere ich über meine Probl… Inspirationen? In irgendeinem Spa? Einem Kloster? Einer Alm mit angeschlossener Käserei?«

Sollte ich mir wirklich einen Monat freischaufeln können, würde es sicherlich ein paar passende Wellness-Angebote mit Massagen und überteuerter Küche für mich geben, um das inspirierende Erlebnis meiner Wunschlosigkeit wegzumeditieren.

»Pilgern Sie.«

»Ich soll – *was?*«

In diesem Moment kreuzte die Idee des Selber-Pilgerns das erste Mal meinen Lebensweg.

Und zwar so überraschend, dass ich einen Moment brauchte, um den Sachverhalt richtig einzuordnen. Das war auf jeden Fall nicht das Wellness-Angebot zur Ich-Findung, das ich erwartet hatte.

»Ich soll meine Tochter verlassen, um mit Kirchentags-Heinis durch die Gegend zu schlendern?«, platzte es schließlich aus mir heraus.

Herr Breitner stellte seine Tasse ab, sah mir in die Augen und schlug einen vertraulichen Tonfall an.

»Wissen Sie eigentlich, was Pilger sind?«

Klar wusste ich das. Es gab ja genügend Arte-Dokumentationen darüber.

Ich fasste meine Kenntnisse zusammen: »Pilger sind Menschen, die sich für das mehrfache Jahresgehalt eines pakistanischen Textilarbeiters die von diesem hergestellten, atmungsaktiven Schuhe, Gore-Tex-Hosen und Trekking-Rucksäcke kaufen und damit dann auf dem Rücken der Dritten Welt die Luxusprobleme der Ersten Welt wegwandern.«

Herrn Breitners liebevoller Blick war weiterhin auf mich gerichtet. »Der Begriff Pilger kommt vom lateinischen *peregrinus*. Das bedeutet schlicht ›in der Fremde sein‹. Ein Pilger ist der Apfel, der den Obstkorb verlassen hat.«

Ich begann, seinen Blick schüchtern zu erwidern.

»... und der dann doch nur wieder dahin kullert, wo alle anderen Äpfel auch hinkullern. Zu irgendwelchen Kisten mit alten Knochen«, ergänzte ich.

»Pilgern ist der Versuch, auf dem Weg zu einem äußeren Ziel ein inneres Ziel zu finden«, bereicherte mich Herr Breitner.

»Verstehe. ›Der Weg ist das Ziel‹ und ›Auch der längste Weg beginnt mit dem ersten Schritt‹ und so.« Ich hasste Kalendersprüche, konnte mir aber erstaunlich viele merken.

Herr Breitner begegnete meinem trotzigen Defätismus weiterhin mit äußerster Ruhe.

»Eben nicht«, wandte er ein. »Das äußere Ziel ist das äußere Ziel. Das kann durchaus eine Kiste mit alten Knochen sein. Die Bezeichnung ›Reliquie‹ klingt allerdings würdevoller. Das ist aber am Ende egal. Das äußere Ziel ist der Rahmen. Das innere Ziel sind Sie.«

»Der Weg zu mir selbst ist also das Ziel.«

»Nein. Der Weg zu sich selbst endet mit dem ersten Schritt. Sich selbst zu finden heißt Neuland zu betreten. Das ist ein großes Abenteuer. Sie könnten der Entdecker von etwas unfassbar Einzigartigem sein. Von sich selbst.«

Ich ließ die Vorstellung auf mich wirken, mich tatsächlich auf dieses Abenteuer einzulassen.

»Und warum die Nummer mit den alten Knochen? Warum pilgere ich zu irgendeinem Sarg?«

»Warum ist am vierundzwanzigsten Dezember immer das größte Stück Schokolade im Adventskalender?«

Ich schaute Herrn Breitner so an, wie ich mich fühlte: ahnungslos.

»Um ein Ziel zu haben«, erklärte er mir. »Ob Sie daran glauben, dass die angeblichen Knochen eines Heiligen eine Wirkung haben oder nicht, ist völlig egal. Es braucht auch kein Mensch am vierundzwanzigsten Dezember ein doppelt so großes Stück Schokolade wie an den dreiundzwanzig Tagen zuvor. Aber allein dass das äußere Ziel da ist, gibt Ihrem Weg Struktur. Einen Anfang und ein Ende. Sie kommen dem äußeren Ziel jeden Tag nachweislich näher. Sie haben einen Grund, morgens aufzustehen. Sie haben ein Recht, abends müde ins Bett zu fallen. In diesem Rahmen bewegen Sie sich. In diesem Rahmen können Sie sich selbst entdecken.«

Ich hatte das Bild jetzt verstanden. Es war mir aber immer noch viel zu weit von einer konkreten Umsetzung entfernt.

»Heißt konkret? Wo, wann, wie soll ich pilgern?«

Und dann brachte mich Herr Breitner gedanklich das erste Mal auf den Weg, der mein Leben verändern sollte.

»Ganz konkret? Nehmen Sie den Jakobsweg. Der klassische Camino Francés verläuft von Saint-Jean-Pied-de-Port nach Santiago de Compostela. Das sind rund achthundert Kilometer. Sie könnten am ersten Juli losgehen und am einunddreißigsten Juli zurück sein. Macht bei einunddreißig Tagen fünfundzwanzig Kilometer pro Tag. Wenn Sie mit fünf Stundenkilometern pilgern, macht das fünf Stunden Wandern pro Tag. Konkret genug?«

»Das hört sich sehr kleinkariert an.«

»Richtig. Aber Sie haben um ein konkretes Beispiel gebeten. Da Sie mir vorhin ernsthaft erzählt haben, wie kleinkariert Sie die Getränkechoreografie eines einzigen Abends in Bezug auf Ihren Wasserhaushalt mit Ihrem Körpergewicht verrechnet haben, habe ich gedacht, Sie mit spießigen Statistiken ködern zu können.«

Herr Breitner lächelte mich an, als er mein verdutztes Gesicht sah. »Selbstverständlich laufen Sie nicht einunddreißig Tage lang fünf Stunden mit fünf Stundenkilometern am Tag. Mal laufen Sie acht Stunden mit sechs Kilometern pro Stunde, mal bleiben Sie zwei Tage lang einfach in irgendeiner Stadt. Und wenn Sie wollen, fahren Sie die ein oder andere Strecke auch mit dem Bus. Und vielleicht werden Sie hinter Santiago de Compostela noch bis Finisterre weiterlaufen und Ihre Pilgerschaft erst an dem Ort beenden wollen, den man früher für den Rand der Welt hielt. Das ist völlig egal. Das wird sich alles unterwegs ergeben. Das ist Teil des Abenteuers. Bei diesem Abenteuer ist nur eines sicher – Sie werden am Ende des Weges nicht besoffen mit Ihrem Wagen im Kellerfenster Ihres Wohnhauses stehen.«

In diesem Moment merkte ich, dass ich mich gedanklich bereits auf dem Camino Francés befand.

8 KONSEQUENZEN

»So wie Sie in den Wald hineinpilgern, kommen Sie garantiert nicht wieder heraus.«

JOSCHKA BREITNER,
»ZU FUSS INS ICH –
PILGERN ALS SELBSTFINDUNG«

ICH VERABREDETE MIT HERRN BREITNER, die organisatorischen Fragen rund um meine mögliche vierwöchige Pilgerfreiheit bis zum nächsten Coaching-Termin zu klären. In der Zwischenzeit wollte ich mich auch selber ein wenig schlaumachen über diesen Camino Francés. Den achthundert Kilometer langen Weg, der von den französischen Pyrenäen in vielen Windungen bis ins spanische Santiago de Compostela führen sollte. Einen Weg, der mir vielleicht die Möglichkeit bot, in einem großen Bogen um meine Midlife-Crisis herumzuwandern.

Zu Hause angekommen, erwartete mich allerdings zunächst einmal die nächste Inspiration in Bezug auf den gestrigen Abend. Kaum hatte ich die Tür meiner Altbauwohnung hinter mir zugezogen, hörte ich die Holzstufen im Treppenhaus knarren. Sascha hatte wohl mitbekommen, dass ich zurück war, und kam nun zu mir hoch.

Ich war ihm den ganzen Tag aus dem Weg gegangen. Meinen Land Rover hatte ich am Vormittag von meiner Autowerkstatt abholen lassen. Nachdem meine hämmernden Kater-Kopfschmerzen mir ein Telefonieren ermöglicht hatten. Was leider erst der Fall war, nachdem sämtliche Kindergartenkinder und ihre Eltern ihn im Kellerschacht hatten stehen sehen. Aber Sascha war Pragmatiker. Er sprach ein Problem nur dann an, wenn es ihn betraf und wenn eine Lösung möglich erschien.

Sein Ratschlag von gestern Abend, ich solle auch mal auf meine eigenen Wünsche achten, war das Maximum dessen, was er sich mir gegenüber an unaufgeforderter Einmischung in mein Privatleben erlauben würde. Er würde mir weder Moralpredigten wegen Trunkenheit am Steuer halten noch meine Seele erkunden wollen. Die Frage war nur: Was wollte er dann von mir?

»Wir müssen über gestern Abend reden«, begann er sofort, kaum dass ich die Tür geöffnet hatte.

»Ich würde dir gerne einen Wein anbieten, aber ich habe immer noch Kopfschmerzen«, versuchte ich, die Situation entspannt zu moderieren.

»Das kann ich nachvollziehen. Bei dir müssen gestern einige Sicherungen ...«

»Das mit dem Wagen tut mir leid«, flüchtete ich mich sofort in die Entschuldigung. »Ich konnte ihn leider nicht vor Kindergartenbeginn abholen lassen. Die Schäden an der Hauswand lasse ich morgen ...«

Sascha winkte ab. »Es geht nicht um den Wagen. Es geht um die Chinesen.«

Mein Magen zog sich zusammen. Es würde durch die von mir achtsam und betrunken tolerierten Bauschaum-Scherze doch hoffentlich keine weiteren negativen Konsequenzen zu beseitigen geben?

»Was ist mit den Chinesen? Sind sie – tot?«

»Nicht ganz.«

»Wie kann man nicht ganz tot sein?«

»Zwei Chinesen. Einer tot. Einer nicht. Beide zusammen also – nicht ganz. Und das ist das Problem.«

Saschas mathematisch erhellende Argumentation verdunkelte mein Wohlbefinden erheblich.

Pessimistisch betrachtet, hatte ich gerade erfahren, dass das Anti-Sexismus-Zeichen auf meiner gestrigen Geburtstagsfeier zu einem Todesfall geführt hatte.

Ich war ein verantwortungsvoller Mensch. Mein Bedürfnis, die Verantwortung für den Tod anderer Menschen zu übernehmen, hatte ich in meinem bisherigen Leben bereits übererfüllt.

Aber auch Sascha hatte durchaus Raum für menschliche Regungen. Er respektierte den Wert menschlichen Lebens. In unterschiedlichen Preisstufen. Am teuersten war ihm sein eigenes. Wenn er den Tod des einen Chinesen hinnahm und das Weiterleben des anderen Chinesen bedauerte, dann nur, weil Letzteres sein eigenes Überleben negativ beeinflussen könnte.

»Was genau ist das Problem?«, wollte ich wissen.

»Ich hab vorhin Laura im Supermarkt getroffen. Sie sah ziemlich übernächtigt aus, weil sie gestern Nachtdienst in der Notaufnahme hatte.«

Laura war eine wunderbare Frau. Ihr Sohn war im letzten Jahr sogenanntes Maxikind im Kindergarten gewesen. Wir hatten uns als Elternvertreter im Kindergartenbeirat kennengelernt. Auch sie lebte, wie ich, getrennt. Wir hatten eine heiße, aber kurze Affäre gehabt. Uns war beiden aber schnell klar geworden, dass wir auf Dauer nicht zueinanderpassten. Was keiner von uns als schlimm empfand.

Laura arbeitete als Ärztin und stand nach wie vor sowohl zum Kindergarten und damit zu Sascha als auch zu mir in freundschaftlichem Kontakt.

»Und was hat Laura mit den beiden Chinesen zu tun?«

»Die beiden sind ihr gestern als Anekdote begegnet. Lauras Kollege, ein junger Urologe, hatte beide Chinesen gestern Nacht auf dem OP-Tisch. Der ältere der beiden klagte neben offensichtlichen Schmerzen im Unterleib auch über eine Enge im Brustkorb, worauf ihm der junge Kollege prophylaktisch ein Nitro-Spray gegen einen drohenden Herzinfarkt verabreichte.«

Ein Funken Hoffnung glomm in mir auf.

»Der Typ ist also an einem Herzinfarkt gestorben?«, fragte ich. Der in Form eines Herzinfarktes eingetretene Todeserfolg war also nicht die Realisierung der in der Bauschaum-Misshandlung liegenden Gefahr. Das würde mein Gewissen erheblich erleichtern.

»Ja. Wegen des Nitro-Sprays«, erklärte Sascha.

»Wie das? Das hatte er doch gegen den Herzinfarkt bekommen?«

»Das Nitro-Spray«, klärte mich Sascha auf, »sollte den Blutdruck senken, damit der Herzmuskel entlastet wird. Wenn allerdings der Patient vorher Viagra eingenommen hat, fällt der Blutdruck als Wechselwirkung der beiden Medikamente so dermaßen ins Bodenlose, dass der Patient am Ende doch am Herzinfarkt stirbt, weil das Herz nicht mehr genügend durchblutet wird.«

Achtsam betrachtet, wusste ich jetzt, dass einer der Chinesen bis vorgestern noch Potenzprobleme hatte.

Und seit vorgestern eben nicht mehr.

Und juristisch betrachtet, war die Bauschaum-Kausalitätskette durch die selbstständigen Faktoren Viagra und Nitro-Spray – wobei ich für keinen dieser Faktoren verantwortlich war – überholt worden.

»Der Chinese Nummer eins ist also nicht am Bauschaum gestorben, sondern an dem Behandlungsfehler des jungen Urologen«, stellte ich fest.

»Richtig«, bestätigte mir Sascha.

»Womit der Urologe im Notdienst dann ja wesentlich mehr Zeit für Chinese Nummer zwei hatte, oder?«, wollte ich wissen.

»So ist es. Das Verhalten des zweiten Chinesen hat die Arbeit des Urologen aber auch nicht nachhaltig erleichtert.«

»Wieso?«

»Weil der zweite Chinese den Arzt darauf hingewiesen hat, dass er jeden, der auch nur ein Wort über den Bauschaum oder den wahren Grund der Einlieferung seines Kollegen verliert, töten würde. Genauso wie diejenigen, die ihm das angetan hatten. Außerdem wollte er unbedingt bar zahlen.«

Die Angst des Chinesen vor einem Gesichtsverlust war gut.

Seine Wut war schlecht. Mir war noch nicht klar, was überwog.

»Und was hat der Kollege von Laura gemacht?«

»Er hat das Geld genommen, den Bauschaum entfernt, den Totenschein auf Herzinfarkt ausgestellt und anschließend jedem in der Klinik von den beiden Bauschaum-Chinesen erzählt. Unter anderem Laura.«

»Der Bauschaum wird also nirgendwo offiziell erwähnt werden, und Laura hat inoffiziell eine Anekdote mehr aus der Notaufnahme. Wo liegt das Problem?«

»Beide Chinesen hatten klassische Triaden-Tattoos.«

»Chinesische Mafia?« Das mulmige Gefühl im Magen ging unangenehm auf Wanderschaft, und ich bekam eine trockene Kehle.

»Richtig. Und auch nicht irgendwer. Du erinnerst dich an die Zimmernummern?«

Wie könnte ich die vergessen. Durch die Verwechslungsorgie hatte ich beide bestens behalten.

»489 und 498, wieso?«

»Die chinesischen Triaden geben ihren Mitgliedern Nummern. Jede Nummer fängt mit einer vier an. Das Oberhaupt einer Triade trägt die Nummer 489.«

»Die Zimmernummer des Verwechslungsopfers?«

»Exakt.«

»Wir haben also aus Spaß einem chinesischen Triaden-Kopf den Hintern mit Bauschaum aufgefüllt?«

»Aus Spaß ... und um ein Zeichen gegen Sexismus zu setzen.«

»Das scheint ja bestens gelungen zu sein. Der überlebende Typ wird nie wieder eine Prostituierte mit ausgefallenen Sexwünschen behelligen – ohne sie anschließend umzubringen. Ich hoffe, damit sind auch deine Bedenken vom Tisch, wir könnten einen von den Triaden-Chinesen rassistisch beleidigt haben«, merkte ich an, um meine aufkommende Panik zu verdecken.

»Nicht alle Chinesen sind Triaden-Mitglieder. Das wäre in der Tat ein rassistisches Vorurteil.«

»Aber alle Chinesen, denen wir gestern Abend eine Lektion in Sachen Sexismus erteilt haben.«

»So gesehen – ja.«

»Und was bedeutet das jetzt für uns? Wie groß ist die Gefahr, dass der Chinese sich rächen wird?«

»Im Moment ist die Gefahr ziemlich gering. Selbst wenn er

wollte – er wüsste gar nicht, an wem er sich rächen soll. Er kann keine Verbindung zu uns herstellen. Walter und Stanislav waren maskiert.«

»Zwei Triaden-Mitglieder buchen sich Callgirls beim selben Escortservice und bekommen im Anschluss Besuch von denselben beiden maskierten Männern, die ihnen gegenüber dieselbe sexuelle Gewalt ausüben. Da ahnt doch ...«

»Sexualisierte Gewalt – nicht sexuelle«, korrigierte mich Sascha.

Ich schaute ihn irritiert und verwirrt an.

»Sexuell ... sexualisiert ... Ist das nicht vollständig egal?«

»Nein. Bei der sexualisierten Gewalt wird die Sexualität funktionalisiert, um Gewalt auszuüben.«

Ich war mir in diesem Moment nicht ganz sicher, ob Sascha wirklich jeden Fortbildungskurs mitmachen musste.

»Wie dem auch sei«, fuhr ich fort, »ich glaube, man muss nicht allzu viele Glückskekse essen, um zu der Weisheit zu gelangen, dass da ein Zusammenhang zwischen den Escort-Ladys und den Bauschaum-Jungs besteht.«

»Hab ich schon recherchiert«, versuchte Sascha, mich zu beruhigen, »die Chinesen haben Chayenne und Sandy über den Concierge gebucht. Der Chinese hat also nicht die geringste Ahnung, von welcher Agentur die Callgirls überhaupt kamen.«

»Und mit dem Concierge ...?«

»Hat Walter bereits intensiv gesprochen. Der wird sich an den ganzen Abend nicht mehr erinnern. Er hat Walter zusätzlich mitgeteilt, dass die chinesische Delegation, der auch die beiden Herren angehört haben, planmäßig heute Vormittag aus dem Hotel ausgecheckt hat. Wahrscheinlich ist der eine längst an seinem Platz im Himmel und der andere am Platz des himmlischen Friedens.«

»Und wenn nicht? Was ist mit Chayenne und Sandy? Die sollten keinerlei Risiko ausgesetzt werden.«

»Zur Sicherheit hat Carla Chayenne und Sandy vorerst aus dem Programm genommen.«

Die in meine Nieren gewanderte Verspannung schien sich dort in Form von Kälte zu perpetuieren. Statt einer empörten und einer amüsierten Prostituierten hatten wir nun einen toten und einen potenziell rachsüchtigen Chinesen, einen bis auf die Knochen verängstigten Concierge und zwei arbeitslose Prostituierte. Walters und Stanislavs Zeichen gegen Sexismus war eine der Lösungen, bei denen man sich anschließend lieber wieder das Problem herbeiwünschte.

9 MIDLIFE-CRISIS

»Eine Midlife-Crisis kann eine Midlife-Chance sein. Nur wer sein Leben kritisch hinterfragt, kann anschließend aufhören, es infrage zu stellen. Schließlich hat einzig Ihr bisheriges Leben Sie exakt zu dem Punkt gebracht, an dem Sie feststellen, dass Sie Ihr Leben entweder so lieben dürfen, wie es ist, oder es so ändern können, wie Sie wollen.«

JOSCHKA BREITNER,
»ZU FUSS INS ICH –
PILGERN ALS SELBSTFINDUNG«

»EMILY HAT GESAGT, dein Land Rover steckte gestern im Kellerfenster des Kindergartens – stimmt das?«, war die erste Frage, die mir Katharina am nächsten Tag stellte. Gestern hatte Katharinas Mutter Emily im Kindergarten abgegeben.

Zwischen Katharina und mir hatte es sich eingespielt, dass sie, nachdem sie Emily im Kindergarten abgegeben hatte, auf dem Weg zur Arbeit meist noch kurz auf einen Espresso bei mir vorbeischaute.

Ohne Emily.

Um uns als Eltern und Freunde in Ruhe auszutauschen.

Katharina arbeitete seit über einem Jahr wieder als Juristin bei einer Versicherung. Von Erwachsenen wieder als vollwertige Arbeitskraft anerkannt zu werden hatte ihr eine Menge der mütterlichen Verbitterung genommen, die ehemals erfolgreiche Business-Frauen in den mit Holzspielzeug ausgestatteten Warteräumen von Kindertanzschulen empfinden.

Mittlerweile hatten wir die Rollen getauscht.

Als Freiberufler mit freier Zeiteinteilung hatte ich mit Emilys Betreuung die Überstunden abgefedert, die Katharina zum Wiedereinstieg in den Beruf leisten musste. Ich hatte mit Emily Hunderte von Stunden in körperwarmen Schwimmbecken, auf Kinderspielplätzen oder in den Vorräumen von allen möglichen Schulen für nicht schulpflichtige Kinder abgesessen.

Ich konnte Katharinas frühere Verbitterung jetzt sehr gut nachvollziehen.

Orte, an denen sich einzelne Elternteile mit ihren Kindern aufhalten, sind Orte, an denen die Lebensleistung des anwesenden Elternteils nichts zählt. Die zukünftige Lebensleistung des spielenden Kindes und die aktuelle des abwesenden Partners zählen dort dafür umso mehr.

Es sind Orte, an denen Mütter anwesend und Väter allenfalls präsent sind.

»Mein Mann ist gerade geschäftlich in Hamburg«, »Mein Mann hat gestern den neuen Firmenwagen bestellt«, »Mein Mann hat uns für den Sommer die Finca auf Mallorca gebucht« ... Dergleichen schwirrte mir ständig um die Ohren.

Nur den Satz »Mein Mann kommt gleich vorbei und löst mich ab« hörte ich nie.

Kinderspielplätze sind ein wunderbarer Ort für Sexismus-Studien.

Aus den beiden Tatsachen, dass ich a) ein Mann war und b) trotzdem gerade Zeit mit meinem Kind auf einem Spielplatz verbrachte, folgerten die Spielplatzmamas, dass ich offensichtlich nicht der erfolgreiche Typ für a) Geschäftsreisen nach Hamburg, b) Dienstwagen oder c) Finca-Buchungen war.

Um von diesen Frauen als Mann akzeptiert zu werden, fehlte mir die Karriere.

Um als vollwertiger Elternteil akzeptiert zu werden, die Erfahrung der Geburt.

Ich hatte mich bis dato nie als Hausmann gesehen, aber mittlerweile erfahren, wie es ist, von allen anderen so wahrgenommen zu werden.

Dass ich nun auch, wie zuvor Katharina, mitbekam, wie man als erwachsener Spielplatzbesucher die Karriere abgesprochen bekommt, hatte Katharina und mich einander ein wenig nähergebracht.

»Also, was ist mit deinem Wagen passiert?«, hakte Katharina nach.

»Problem mit der Vorderachse«, sagte ich beiläufig und schob eine Espresso-Kapsel für sie in die Maschine.

»Als Hochzeitswagen kann ich den Defender in naher Zukunft wahrscheinlich nicht verleihen«, bemerkte ich bedauernd.

»Ich werde in naher Zukunft auch nicht heiraten. Heiko und ich kennen uns einfach noch nicht lange genug.«

Da war sie wieder. Die rationale Seite meiner Ex-Frau. Nicht die Gefühle für, sondern das Wissen über den anderen entschieden über die Intensität der Bindung. Eine Charaktereigenschaft, die mich in diesem Moment sehr beruhigte. Wobei ich Katharina weiterhin verschwieg, dass ich Heiko schon länger kannte. Was ich über ihn wusste, qualifizierte ihn aber auch nicht gerade zum Heiratskandidaten.

»Danke, dass du mir das mit dem Antrag vorgestern am Fahrstuhl so offen gesagt hast«, bemerkte ich.

»Gerne. Ich wollte vor allem, dass Heiko sieht, wie überfordert ein Mann aussehen kann, der schon mal mit mir verheiratet war.«

Ich reichte Katharina den Espresso und nutzte diese sicher nur halb scherzhaft gemeinte Beleidigung, um sie nach ihrem konkreten Vorgehen in Sachen Heirat zu befragen.

»Und? Wird er dieses Wissen denn in ferner Zukunft selber anwenden können?«

»Ich habe Heiko um ein Vierteljahr Bedenkzeit gebeten. Ich muss mir erst in Ruhe darüber klar werden, was ich eigentlich will.«

Ich war also nicht der einzige Mensch, der sich nicht über seine Wünsche im Klaren war.

Ein Vierteljahr Bedenkzeit für Katharina. Und alles, was ich wollte, war in einem Vierteljahr einen Monat für mich.

Das war die passende Überleitung auf meine Pilgerpläne zur Selbstfindung.

»Wo wir gerade von Wünschen und Wollen reden …«

Ich erzählte Katharina in groben Zügen von der mit Herrn

Breitner ausgearbeiteten Idee, mir im Sommer eine Auszeit von vier Wochen zu nehmen, um eine Midlife-Crisis zu vermeiden.

»Vielleicht ein bisschen spät. Ich habe den Eindruck, du steckst schon mittendrin«, war Katharinas erste Reaktion.

Ich war verwirrt. Das hatte mir Katharina noch nie gesagt.

»Wie kommst du darauf?«

Katharina hob einen Zeigefinger. Das wirkte drohend. Das war nicht gut.

»Ein Anzeichen könnte sein, dass du deinen Geburtstag mit einer Prostituierten verbringst, die vom Alter her deine Tochter sein könnte, wenn du dich nicht jahrelang geweigert hättest, Kinder zu bekommen.«

Zwei nicht zusammenhängende Vorwürfe in nur einen Satz einzubauen gehörte zu Katharinas Spezialitäten. Ich kannte diese argumentative Zwickmühle bestens. Egal, gegen welchen der beiden Vorwürfe ich mich zuerst verteidigen würde, der nächste Vorwurf würde umgehend lauten: »Lenk nicht vom Thema ab!« Ich verteidigte mich also mit einem pauschalen »Es ist nicht so, wie du denkst. Ich …«

Um zu vermeiden, dass ich Katharina am Ende noch die Sache mit den Chinesen erklären musste, war die Geburtstagsprostituierte immerhin noch die nachvollziehbare Erklärung für den gestrigen Abend.

Doch ich kam gar nicht zu einer Erklärung.

»Geht mich nichts an«, unterbrach mich Katharina.

Sie fügte ihren Mittelfinger zu dem Zeigefinger, was beruhigend wirkte. Offensichtlich wollte sie nicht drohen, sondern nur aufzählen.

»Ein weiteres Anzeichen könnte sein, dass du dich sogar sturzbetrunken bemühst, den toleranten Ex-Mann zu spielen. Du betreibst lallend am Fahrstuhl Small Talk mit Heiko. Was ich zum einen sehr zu schätzen weiß – da mir klar ist, dass du Heiko für einen Vollidioten hältst. Allerdings ist deine zur Schau getragene Toleranz Heiko gegenüber fast noch entwürdigender für ihn, als wenn du ihm deine Verachtung offen zeigen würdest. Damit würdest du ihn wenigstens für voll nehmen. Deinen Würgereiz bei der Erwähnung des Heiratsantrags habe ich übrigens mitbekommen.«

Keine Ahnung, was gespielte Toleranz mit Midlife-Crisis zu tun haben sollte. Aber Katharina war ja noch nicht fertig. Der Ringfinger kam an die Reihe.

»Und ein ganz ausdrückliches Anzeichen von Midlife-Crisis ist das pubertäre Verhalten, mit dem Auto offensichtlich betrunken nach Hause zu fahren und es in die Kindergarten-Hauswand krachen zu lassen. Ganz nebenbei ein Auto, das ›Midlife-Crisis‹ quer über jeder Tür stehen hat. Welcher vernünftige Innenstadtbewohner über vierzig kauft sich einen Land Rover Defender?«

Ich hob – mich ergebend – die Hände. Aber Katharina war immer noch nicht fertig.

»Dabei wäre es dir als verantwortungsbewusstem Mann ein Leichtes gewesen, nach einem Abend mit reichlich Alkohol einfach ein Hotelzimmer zu nehmen. Heiko hat das gemacht. In sich ruhende Menschen tun so was.«

Wobei Heiko in dieser Nacht ganz offensichtlich nicht in sich, sondern in Katharina geruht hatte. Und das noch im Hotelzimmer neben dem, das ich längst vor ihm für mich angemietet hatte. Aber das konnte ich Katharina gegenüber genauso wenig erwähnen wie die Sache mit den Chinesen ein paar Stockwerke über meinem nicht genutzten Zimmer. Katharina hätte dann auch nicht mehr genügend Finger gehabt, um die sich daraus ergebenden Anzeichen einer Midlife-Crisis aufzuzählen.

Ich muss in diesem Moment wie jemand geguckt haben, der deutlich mehr als vier Wochen braucht, um die grundsätzlichen Probleme seines Lebens auch nur zu verstehen. Geschweige denn, sie gelöst zu bekommen.

Katharina klappte ihre drei Finger wieder ein, ließ ihre Hand sinken, kam auf mich zu und lächelte.

»Ja«, sagte sie. Ich guckte irritiert.

»Die Antwort ist Ja!« Sie packte mich bei den Schultern. »Selbstverständlich kannst du dir im Sommer vier Wochen freinehmen. Ich bekomme das mit Emily schon hin. Notfalls habe ich ja noch meine Mutter. Du hast dich in den letzten Wochen und Monaten für Emily aufgeopfert und warst immer da, wenn ich mal wieder länger arbeiten musste. Wenn ich dir ein bisschen von dieser Zeit zurückgeben kann, damit du dich selbst wieder findest, dann ist das das Geringste, was ich für dich tun kann.«

Ich überlegte zuerst, ob mich Katharinas Großmut misstrauisch machen sollte, aber dann beschloss ich, einfach nur dankbar zu sein. Konnte man ja mal versuchen.

»Und was erzählen wir Emily?«

»Sobald du weg bist, werde ich ihr erzählen, dass ihr Vater ein Egoist ist, der seine Familie im Stich lässt. Vielleicht fällt dir ja etwas Besseres ein, wenn du sie nachher vom Kindergarten abholst.«

Nachdem Katharina gegangen war, stand ich eine Weile vor mich hin starrend in der Küche. Als unten die Haustür ins Schloss fiel, erwachte ich aus meiner Stagnation. Ich verließ ebenfalls das Haus, ging in den nächsten Buchladen und durchstöberte das Regal mit den Reiseführern nach Büchern über den Camino Francés.

10 JAKOBSWEG

»Mit dem Jakobsweg ist es wie mit allem anderen im Leben: Es ist der Glaube, der die Faszination ausübt. Nicht die Tatsachen. Der Glaube an die Erlösung ist bereits die halbe Erlösung. Tatsache ist allerdings, dass der Jakobsweg obendrein landschaftlich sehr schön gelegen ist.«

JOSCHKA BREITNER,
»ZU FUSS INS ICH –
PILGERN ALS SELBSTFINDUNG«

MEINER TOCHTER MITZUTEILEN, dass ich in zwei Monaten für vier Wochen nicht zu Hause sein würde, war nicht schön. Zum Glück waren diese Zeiteinheiten für Emily noch zu abstrakt, um das Wann und das Wie-lang konkret zu begreifen. Die Tatsache, dass wir uns gegenseitig sehr vermissen würden, war uns beiden allerdings umso bewusster.

Der Umstand, dass ich meine Tochter so lange nicht sehen würde, hatte allerdings auch einen positiven Aspekt, da ich die Zeit mit ihr jetzt ganz besonders genoss.

In den Wochen bis zu meinem nächsten Coaching setzte ich mich intensiv mit den Möglichkeiten und Herausforderungen einer Pilgerreise im Sommer auseinander.

Aus den Reiseführern erfuhr ich alles über die notwendige Hardware des Pilgerns: Ausrüstung, Gepäckliste, Route, Herbergen, Pilgerpass.

Herr Breitner brachte mir in den nächsten Sitzungen die Software nahe: die Geschichte des Jakobsweges, die Mentalität des Pilgerns, meine innere Einstellung.

Vom ersten Moment an gefesselt war ich von der Historie des Jakobswegs.

»Sie wissen, wer dieser Jakob war, nach dem der Jakobsweg benannt ist?«, fragte mich Herr Breitner.

»So ein – Heiliger?«, war die spärliche Antwort eines evangelischen Mannes, dessen Konfirmation schon einige Jahre zurücklag.

»Das ist völlig richtig. Und gibt nicht im Ansatz wieder, was hinter der Entstehung des Jakobsweges steckt.«

Der nun folgende historische Abriss über die Geschichte von Jakob dem Älteren war faszinierend. Sie sagte viel darüber aus, was geschehen kann, wenn Zeitgeist, Macht und Glaube zusammentreffen.

Und sie hatte so gar nichts mit meinem Vorurteil von einem Friede-Freude-Eierkuchen-Kirchentags-Ausflugsziel mit Gruppenübernachtungen in Sammelunterkünften zu tun.

Jakobus war ein Jünger Jesu. Nach dessen – Jesu – Tod teilten sich die Jünger die Welt in verschiedene Wirkungsgebiete auf. Ich kannte dieses Vorgehen nur zu gut aus der Revierverteilung im Drogenhandel. Nur dass die von Jakobus zu vertreibende Droge eben der christliche Glaube war. Jakobus bekam Spanien als Revier zugeteilt. Ob er dort erfolgreich war, hängt von der Sichtweise ab.

Jakobus hat die Verbreitung des Christentums in Spanien um glorreiche zweihundert Prozent gesteigert. Was unter anderem an der Tatsache lag, dass er bei seiner Ankunft der einzige Christ Spaniens war.

Vor Adam Riese – den es damals noch gar nicht gab – hatte er also ganze zwei Spanier zum Christentum bekehrt.

Jakobus kehrte aus Karrieregründen zurück nach Jerusalem. Er sollte dort nämlich befördert, will heißen: gesteinigt werden. Persönlich war das natürlich bedauerlich, karrieretechnisch allerdings ein Pull-Faktor. Der Schritt vom Jünger zum Märtyrer war quasi nur ein paar Steinwürfe entfernt.

Jakobus' zunächst in Spanien verbliebenes Christen-Duo holte seinen Leichnam per Schiff zurück auf die Iberische Halbinsel. Bei der Ankunft des Schiffes soll dessen Rumpf über und über mit Jakobsmuscheln bedeckt gewesen sein.

Jakobus' Leiche wurde in Nordspanien begraben. Der nicht mehr ganz so junge Jünger gönnte sich nach seinem Tod erst mal eine achthundertjährige Ruhepause. Und danach startete er, ausgeruht und erholt, mit seiner zweiten Karriere richtig durch: als Leitfigur der europäischen Migrationspolitik.

Im Jahre 812 nach Christus wurden Jakobus' Gebeine aufgrund einer Sternenerscheinung von einem Einsiedler wiederentdeckt. Zufälligerweise zu einem Zeitpunkt, als ein großer Teil Spaniens von den Mauren besetzt war.

In der damaligen Zeit kannte man noch keine Kontaktschuld, dafür aber einen Kontaktbonus. Je näher man als Christ den Knochen eines Jüngers Jesu kam, desto positiver wirkte sich das auf das eigene Seelenheil aus.

Das gefundene Skelett war also ideal dafür, Unmengen von Christen auf die Iberische Halbinsel zu locken und so ein Gegengewicht zu den sich festsetzenden Mauren zu schaffen.

Jakobus' Leichnam barg quasi die erneuerbare geistliche Energie zur Vermeidung der von den damaligen Bewohnern Europas gefürchteten Islamisierung des Abendlandes.

Der für Nordspanien zuständige christliche Bischof war sich der medialen Brisanz, die dem Fund der Jakob-Knochen innewohnte, durchaus bewusst. Um jeglichen Zweifel an der Echtheit der Knochen auszuschließen, untersuchte er die gefundenen Gebeine seriös nach dem aktuellen Stand der damaligen Wissenschaft: Er schaute sie an.

Und er stellte fest: Dies sind die Knochen eines echten Jüngers Jesu.

Der heilige Jakob – auf Spanisch *San Tiago* – wurde neu gebettet und sein Grab zur Pilgerstätte erklärt.

Wie erhofft, wurden so nun aus ganz Europa Christen angelockt. Samt den sie schützenden Rittern. Und einmal vor Ort, konnten sich dann Christen und christliche Ritter gemeinsam und kämpferisch um die Lösung der maurischen Einwanderungsproblematik kümmern. Unterstützt vom heiligen Jakob persönlich, der es sich nicht nehmen ließ, zum Kämpfen sein Grab zu verlassen.

Die Entdeckung der Knochen läutete so das Ende der Maurenherrschaft in Spanien ein.

Jakobus galt jahrhundertelang als die erste gesamteuropäische Antwort auf die Einwanderungsfrage des neunten Jahrhunderts: als Jakob, der Maurentöter.

Doch dieses Image hatte sich zwischenzeitlich komplett gewandelt. Aus dem Vertreiber der Einwanderer wurde der Eintreiber der Wanderer. Jakobus zog nunmehr alle möglichen Fremden an, damit diese sich selber finden konnten.

Ich mochte diese Geschichte. Weil sie so schön zeigte, was es zur Relativierung auch der absolutesten Wahrheit brauchte: nur ein wenig Zeit.

Gerade diese Erkenntnis festigte mich in der Überzeugung, den Camino Francés relativ zeitnah zu gehen. Bevor irgendjemand im weiteren Verlauf der Geschichte auf einer anderen Wahrheit bestand und auf die Idee kam, man müsse den Jakobsweg als achthundert Kilometer langen Beweis des europäischen Rassismus einreißen. Oder zumindest eine verbindliche Maurenquote einführen. Und bei der Gelegenheit den Camino Francés auch gleich noch in »Camina Francesa« umgendern.

Vielleicht musste in Wahrheit sogar das ganze Christentum verboten werden, weil sich Jesus nicht bereits Jahrhunderte vor Jakobus' Solokarriere von diesem distanziert hatte.

Welchen Lauf auch immer die Zukunft des Camino nehmen würde – vorher wollte ich ihn noch ganz gerne selbst gegangen sein.

Herr Breitner fasste die Anziehungskraft, die der Jakobswegs seit Jahrhunderten ausübte, abschließend sehr prägnant zusammen:

»Mit dem Jakobsweg ist es wie mit allem im Leben. Es ist der Glaube, der die Faszination ausübt. Nicht die Tatsachen. Der Glaube an die Erlösung ist bereits die halbe Erlösung. Tatsache ist allerdings, dass der Jakobsweg obendrein landschaftlich sehr schön gelegen ist.«

Herr Breitner schwärmte mir von den Strapazen des Ibañeta-Passes direkt zu Beginn der Pilgerschaft vor. Er erzählte mir von einem Brunnen, aus dem Wein floss, von ausgestorbenen Dörfern und vom Cruz de Ferro, einem auf einen Baumstamm montierten Eisenkreuz, zu dessen Füßen Millionen von Pilgern Steine als Symbole ihrer Sorgen abgelegt hatten.

Mit den in mir entstehenden Bildern begann ich, ein eigenes Gefühl für den Camino zu entwickeln. Ich begann tatsächlich zu glauben, mich auf dem Jakobsweg selbst finden zu können.

11 GEPÄCK

»Pilgern bedeutet, seinen Tag zu strukturieren, sein Gepäck zu minimieren und dadurch viel mehr Zeit und Raum für Neues zu haben.«

JOSCHKA BREITNER,
»ZU FUSS INS ICH –
PILGERN ALS SELBSTFINDUNG«

MEINEN REISEFÜHRERN entnahm ich, dass es unter Pilgern geradezu ein Fetisch zu sein schien, das Reisegepäck auf das absolute Minimum zu reduzieren.

Als ich Herrn Breitner darauf ansprach, machte er mir das dahintersteckende Prinzip deutlich.

»Wie viele Unterhosen haben Sie im Schrank?«, fragte er mich freiheraus.

Ich hatte keine Ahnung, was dieser Griff in meine unterste Bekleidungsschublade sollte, aber ich ließ mich darauf ein.

»Vielleicht … ein Dutzend?«

»Und wie viele Unterhosen tragen Sie gleichzeitig?«

»Eine?«

»Die für Ihr Leben notwendige Anzahl von Unterhosen liegt also irgendwo zwischen einer und zwölf. Wie würde sich Ihr Leben ändern, wenn Sie nur sechs Unterhosen hätten?«

»Ich müsste doppelt so oft Unterhosen waschen.«

»Wenn Sie jeden Tag waschen würden, wie viele Unterhosen bräuchten Sie dann?«

»Zwei. Eine die ich trage, eine die ich wasche.«

»Und wenn die gewaschene Unterhose noch einen Tag trocknen muss?«

»Dann drei.«

»Also, mit ein wenig Nachdenken über Struktur kommen Sie schon vor Antritt Ihrer Pilgerreise zu dem Ergebnis, dass drei Unterhosen für Ihr Leben im Grunde völlig ausreichen. Sie schleppen derzeit also neun Unterhosen relativ sinnfrei durch Ihr Leben. Das Gleiche gilt für T-Shirts und Socken. Struktur sticht Masse.«

Vor meinen Augen schrumpfte mein Kleiderschrank in sich zusammen.

»Guter Gedanke.«

»Und im Grunde ist das der Hauptgedanke beim Pilgern.«

»Die Anzahl der Unterhosen zu reduzieren?«

»Nein. Seinen Tag zu strukturieren, sein Gepäck zu minimieren und dadurch Zeit und Raum für Neues zu haben. Neues, was Sie annehmen und auch wieder loslassen können. Sie werden jeden Tag woanders übernachten. Kein Tag wird wie der andere verlaufen. Sie werden zahlreiche zufällige Begegnungen haben. Aber Sie werden jeden Morgen Ihren Rucksack packen. Jeden Abend Ihre Wäsche waschen. Diese Kombination von Abwechslung und Routine öffnet ganz neue Bereiche Ihrer Seele. Irgendwann werden Sie aus sich heraus zu der Überzeugung gelangen, dass Sie getrost auf einen Teil Ihrer Probleme und Bedürfnisse einfach verzichten können, anstatt sie permanent mit sich rumzuschleppen.«

Mir selbst die Frage zu beantworten, was ich wirklich als Minimum für vier Wochen Wanderschaft brauchte, war also bereits ein Teil des Erkenntnisgewinns, den das Pilgern versprach.

Ich wollte auch meine Digital-Detox-Strategie beim Pilgern noch einmal verbessern. Ich würde nicht zwei Handys mit zum Pilgern nehmen, sondern lediglich eins. Das alte Nokia, um im Notfall für Emily erreichbar zu sein. Mein Smartphone würde ich ausgeschaltet zu Hause lassen. Wenn ich mich selbst finden wollte, musste ich dafür sorgen, dass ich mich nicht unterwegs in modernen Kommunikationsmitteln verlor. Ich verabredete mit Katharina, sie einmal in der Woche anzurufen. An jedem Samstag.

Genauso wichtig wie die Gedanken über das, was ich nicht mitnahm, waren meine Planungen bezüglich dessen, was ich mitnahm. Ich wollte die wenigen Dinge, die mich am Ende begleiten würden, selbst als natürlich empfinden. Viele Pilger-Ratgeber verwiesen in ihren Packlisten auf mir bis dahin gänzlich unbekannte Hightech-Stoffe für Bekleidung oder Handtücher. Warum jemand, der sein ewiges Seelenheil sucht, dabei eine genauso lange haltbare Kleidung tragen musste, erschloss sich mir allerdings nicht.

Ich entschied mich ganz bewusst, nur Ausrüstungsgegenstände mitzunehmen, die maximal die gleiche Rest-Lebenserwartung hatten wie ich. Das Gefühl, dass meine Kleidung mich nicht allzu lange überlebte, war mir wichtig. Ich entschied mich also aus Gründen des psychologischen Gleichgewichts für Baumwolle statt Polyacryl, Leder statt Gore-Tex, Metall statt Plastik.

Das damit verbundene Mehrgewicht nahm ich angesichts des zu erwartenden positiven Nebeneffektes für mein seelisches Gleichgewicht gerne in Kauf.

Ich hatte noch eine Kiste mit alter Bundeswehr-Ausrüstung im Keller, die ich auf Brauchbares durchwühlte. Der heilige Jakob wäre sicherlich der Letzte, der sich im Grabe umdrehen würde, wenn ich teilweise in Kampfkleidung vor dem Sarg erscheinen würde, den er so oft in Kampfkleidung verlassen hatte.

Ich entschied mich schließlich für meine alten Stiefel und meinen Bundeswehr-Rucksack.

Beide hatte ich das letzte Mal vor zwanzig Jahren bei einer Reserveübung getragen. Die Stiefel waren sauber, geputzt und steinhart. Der Rucksack faltig und verstaubt. Die Stiefel würde ich einlaufen müssen.

Der Rucksack war um einiges kleiner als ein moderner Trekking-Rucksack. Aber gerade seine minimierte Größe erinnerte mich an die beim Bund gelernte Taktik, mein Gepäck zu minimieren, indem ich es in Ausrüstungsschichten einteilte.

Zur ersten Schicht gehörte alles Überlebenswichtige, was ich sofort griffbereit haben wollte. Das würde ich in den Taschen meiner Cargo-Wanderhose oder Jacke verstauen: Tagesverpflegung, Medikamente, Papiere, Geld.

Zur zweiten Ausrüstungsschicht gehörte alles, was ich – je nach

Umständen – schnell griffbereit haben wollte: Nässeschutz, Wechselklamotten, Wasserflasche. Dazu würde ich, zusätzlich zum Rucksack, eine kleine Umhängetasche tragen.

Und der Rest, die dritte Ausrüstungsschicht, war purer Luxus, der bequem in den olivgrünen Rucksack passen würde: Schlafsack, Reservewäsche, Handtuch, Waschzeug.

Irgendwie erfüllte es mich mit innerem Frieden, Gegenstände, die ich während des Schritts aus der Kindheit ins Erwachsenenleben erhalten hatte, dazu einzuladen, mich bei meinen Schritten zur Selbstfindung in die zweite Lebenshälfte zu begleiten.

12 GEDANKENKARUSSELL

»Wenn Sie Ihr Gedankenkarussell auf die Schnelle nicht anhalten können, dann nehmen Sie ihm zumindest die Bedeutung. Anstatt das negative Karussell anzutreiben, stellen Sie mit der gleichen Fantasie einfach zwei weitere, positiv besetzte Karussells daneben. Mit heiterer Musik, leuchtenden Farben und fantasievolleren Motiven. Das Sie belastende Karussell wird dann, zumindest kurzfristig, verblassen.«

JOSCHKA BREITNER,
»ENTSCHLEUNIGT AUF DER ÜBERHOLSPUR –
ACHTSAMKEIT FÜR FÜHRUNGSKRÄFTE«

UM MEINE SECHSUNDZWANZIG JAHRE alten Wanderstiefel in Form zu bringen, nahm ich mir vor, mindestens dreimal in der Woche vormittags ausgedehnte Spaziergänge zu unternehmen. Mit meinen geschnürten Bundeswehr-Stiefeln marschierte ich jeweils zwei Stunden lang durch den Stadtwald.

Die hohen Schäfte meiner Schuhe gaben mir ein Gefühl der Erdverbundenheit und Sicherheit. Ich merkte, wie das alte Leder neues Leben in sich aufsog.

Irgendwie fühlte sich die erste Wanderung an wie ein Treffen zweier Menschen, die mal ein Paar gewesen waren, sich nach der Trennung aber seit ewigen Zeiten nicht mehr gesehen hatten. Und das bezog sich nicht bloß auf die optischen Veränderungen beim Leder. Die Schuhe waren vertraut, aber die ersten Schritte waren steif und holprig. Die Füße erinnerten sich sofort an längst vergangene Verletzungen.

Die ersten Gehversuche knirschten. Doch mit jedem Schritt wurde der nächste Schritt leichter. Nachdem die erste schmerzhafte Reibung Wärme erzeugt hatte, wurde der Umgang geschmeidiger. Innerhalb kürzester Zeit fragte ich mich, warum der Kontakt je abgebrochen war. Und als ich die Schuhe nach zwei Stunden wieder auszog, wusste ich wieder, warum: Sie passten zu einer gewissen Lebensphase. Aber waren nichts für den Alltag.

Im Anschluss an eine dieser Wanderungen, ungefähr einen Monat nach meinem Geburtstag, ging ich – noch in Wanderstiefeln – im Kindergarten vorbei, um Emily abzuholen.

Sascha sah mich, bat mich in sein Büro und machte die Tür hinter uns zu.

Das war ungewöhnlich.

»Wir haben ein Problem.«

Den Satz hörte ich nicht zum ersten Mal. Ich wartete ab und lehnte mich dabei an die Kante eines Aktenregals.

»Einer der Chinesen ist wieder aufgetaucht.«

Ich ging davon aus, dass es der ohne Herzinfarkt war. Wir hatten einen Monat lang nichts mehr von den Chinesen gehört. Ich hatte gehofft, das Problem hätte sich von selbst erledigt. Auch Chayenne und Sandy gingen längst wieder ihren Geschäften bei S-Exclusive nach.

»Was heißt das, aufgetaucht? Beim Urologen in der Notaufnahme?«, wollte ich wissen.

»Nein. Im Hotel. Beim Concierge. Der Concierge hat gerade eben bei Clara in der Escort-Agentur angerufen und um ein sofortiges Treffen mit jemandem von uns gebeten.«

»Was genau ist passiert?«

»Er hat gesagt, der Chinese sei wieder da. Er klang wohl etwas verwirrt. Walter ist auf dem Weg zu ihm und wird ihn in einer halben Stunde am ehemaligen Kiosk im Park hinter dem Hotel treffen.«

Ich kannte den Park und den Kiosk. Von Klientel und Ausstattung her das absolute Gegenprogramm zum angrenzenden Fünfsternehotel. Ein schöner Ort, um sich eine Spritze zu setzen oder um konspirativ Probleme zu diskutieren.

Aber ich kannte auch Walter. Da sein Verständnis von Problemlösungen erst zu dem Chinesen-Problem geführt hatte, hielt ich es nicht für zielführend, ihn mit weiteren Problemlösungsvorschlägen zu überfordern. Mir lag eher an einer frühzeitigen Deeskalation.

»Hast du gerade Zeit?«, fragte ich Sascha. Sascha nickte. »Dann lass uns Walter anrufen und gemeinsam zu dem Treffen fahren. Ich will nicht, dass noch jemand mit Bauschaum im Mund bei Lauras Kollegen vorstellig wird.«

Ich schaute kurz bei Emily in der Nemo-Gruppe vorbei und sagte ihr, dass ich sie in einer Stunde abholen würde. Für meine Tochter, die gerade ein Einhorn aus Bügelperlen erstellte, war das völlig okay.

Sascha kontaktierte in der Zwischenzeit Walter.

Der Concierge stand auf der kleinen Fläche vor dem geschlossenen Kiosk. Bereits aus dreißig Metern Entfernung war ersichtlich, dass seine rechte Hand in einem Mullverband steckte. Da, wo andere Menschen ihren kleinen Finger haben, hatte der Concierge einen roten Fleck auf dem weißen Stoff.

Ich konnte mit dem Anblick von Blut nicht umgehen. Jedenfalls nicht bei lebenden Menschen. Bei Toten war Blut ein Bestandteil einer Sache. Bei lebenden Menschen war Blut für mich ein wunderbares Elixier.

Ich konnte nicht ertragen, wenn es vergeudet wurde.

Mir wurde übel. Auch weil mein Gehirn sofort anfing, mir auszumalen, in welchem Verhältnis das Auftauchen des Chinesen zu dem Verschwinden des Fingers stehen könnte.

Mein Gedankenkarussell setzte sich in Bewegung. Das war nicht gut.

Vor allem, weil ich das Gespräch mit einem klaren Kopf führen wollte.

Ich konzentrierte mich auf den dreißig Metern, die ich noch auf den Concierge zulaufen würde, auf eine einfache Achtsamkeitsübung von Herrn Breitner:

Wenn Sie Ihr Gedankenkarussell auf die Schnelle nicht anhalten können, dann nehmen Sie ihm zumindest die Bedeutung. Anstatt das negative Karussell anzutreiben, stellen Sie mit der gleichen Fantasie einfach zwei weitere, positiv besetzte Karussells daneben. Mit heiterer Musik, leuchtenden Farben und fantasievolleren Motiven. Das Sie belastende Karussell wird dann, zumindest kurzfristig, verblassen.

Also gut. In fünfundzwanzig Metern Entfernung von dem Concierge stellte ich mir als erstes alternatives Gedankenkarussell vor, dass der rote Fleck auch ganz andere Gründe als einen fehlenden Finger haben könnte.

Vielleicht hatte der Chinese dem Concierge Frühlingsrollen mit roter Soße und Stäbchen mitgebracht. Der Concierge war ausgerutscht, hatte sich eines der Stäbchen in die Hand gerammt, die Hand verbunden und den Verband aus Versehen in die Soße getunkt.

Eher unwahrscheinlich.

Aber zumindest war ich auch fünfzehn Meter vor Erreichen des Concierge noch nicht in Panik ausgebrochen.

Nächstes Karussell: Der Concierge hatte sich beim Einchecken des Chinesen so sehr über den alten Bekannten gefreut, dass er in freudiger Hektik aus Versehen seinen kleinen Finger im Kabel der Computermaus verwickelt hatte. Als er dem Chinesen die Hand geben wollte, hat das Kabel ihm die Haut am Finger eingerissen.

Auch nicht unbedingt das, was ich wirklich vermutete.

Aber ich musste positiv feststellen, dass mich das Ausdenken dieser beiden alternativen Wirklichkeiten genug von der Vorstellung eines abgeschnittenen Fingers abgelenkt hatte, um dem Concierge anschließend ohne Panik gegenüberzutreten.

Ganz im Gegensatz zum Concierge. Der völlig panisch war.

»Ich musste es sagen! Ich musste es sagen! *Tun Sie mir nichts!*«

Für Walter ist so etwas normalerweise eine Aufforderung, sofort etwas zu tun. Ich hielt ihn zurück.

Sascha ist ohnehin eher der bedächtige Typ.

Auch ich tat mein Möglichstes, um die Ruhe zu bewahren. Das funktionierte in diesem Fall am besten, indem ich mich in meine Rolle als Anwalt zurückzog.

»Mein Name ist Björn Diemel. Ich bin der Anwalt von S-Exclusive. Wie ich hörte, gibt es eine neue Situation in Bezug auf einen Kunden, den Sie an meine Mandantin vermittelt hatten?«

»Eine neue Situation? Der wahnsinnige Quittenkopf hat mir mit einer Geflügelschere den kleinen Finger abgeschnitten, als ich mich geweigert habe, ihm Namen und Adresse eurer Agentur zu nennen.«

Sascha war nach vorne getreten und tat sein Bestes, um den Concierge aus seinem Panik-Loop herauszuholen.

»Sorry, wenn ich unterbreche, aber der Begriff ›Quittenkopf‹ könnte in diesem Kontext rassistisch sein.«

Es funktionierte. Der Concierge war über Saschas Einwand so verdutzt, dass er für einen Moment seine Panik vergaß.

Ich ergriff erneut das Wort.

»Können wir uns darauf verständigen, den Herrn als Chinesen zu bezeichnen?«

»Dieses Tier hat mir meinen kleinen Finger …!«

Ein Blick von mir zu Walter reichte, um den Concierge wieder einzunorden.

»Also«, bemühte ich mich, die hochkochenden Emotionen durch Fakten zu ersetzen, »der Chinese wollte vermutlich wissen, von welcher Agentur die Escort-Ladys kamen, richtig? Sie haben sich geweigert, den Namen zu nennen, und daraufhin wurde Ihnen der kleine Finger abgeschnitten. Kommt das ungefähr hin?«

»Er wollte mir alle anderen Finger auch abschneiden. Deswegen musste ich es ihm sagen.«

Walter trat einen Schritt vor. »Und ich habe dir gesagt, dass ich dir alle Finger breche, wenn du es sagst.«

»Eindeutig die weniger schlimme Alternative«, bemerkte Sascha.

»Leute!«, versuchte ich zu vermitteln. »Lasst doch mal die Finger aus dem Spiel. Also, der Reihe nach. Was genau ist passiert?«

Am Vorabend hatte eine Gruppe chinesischer Geschäftsleute im Hotel eingecheckt. Sie gehörten alle zum chinesischen Zweig der Solar-Panel-Firma, die an meinem Geburtstag auch auf der Dachterrasse gefeiert hatte. Wie sich herausstellte, erschienen die Chinesen alle vier Wochen zu Besprechungen mit den Kollegen der deutschen Dependance.

Der Concierge hatte den Chinesen sofort erkannt. Es war der Herr aus Zimmer 498, der Kunde von Chayenne. Das rangniedrigere Mitglied der Triade.

Allerdings wohnte er jetzt in Zimmer 489 – war also offensichtlich befördert worden. Der Grund seiner Beförderung hatte wohl nicht unwesentlich mit meiner Geburtstagsfeier zu tun. So gesehen hätte der Chinese durchaus Grund zur Dankbarkeit haben können. Das hatte er nur nicht begriffen.

Auch der Chinese hatte den Concierge sofort wiedererkannt. Er hatte sich seine Wiedersehensfreude allerdings aufgespart und ihm später am Abend einen Besuch abgestattet. Um höflich nach dem Namen der Escort-Agentur zu fragen, die ihm das unvergessliche Bauschaum-Erlebnis ermöglicht hatte.

Der Concierge tat, als könne er sich an nichts erinnern, so lange, bis der Chinese ohne Vorwarnung seine rechte Hand umklammerte, sie auf den Hoteltresen drückte, eine Geflügelschere hervorzauberte, dem Concierge den kleinen Finger abschnitt und die Frage wiederholte. Daraufhin flossen die Informationen schneller aus dem Concierge als das Blut aus dem Stumpf seines kleinen Fingers.

Er nannte Namen und Kontaktdaten der Agentur sowie die Namen der im Hotel bestens bekannten Chayenne und Sandy.

»Und dann ist der Chinese wieder gegangen?«, wollte ich abschließend wissen.

»Nicht sofort. Er hat meinen kleinen Finger hochgehoben und mir direkt vor die Augen gehalten. Und dann hat er gesagt: ›Wenn du glaubst, das hier sei schlimm, dann zeige ich dir jetzt, was ich mit jedem mache, der mit den Ereignissen letzten Monat im Zusammenhang steht!‹ Und dann … dann hat er …« Von seinen Emotionen übermannt, hatte der Concierge Schwierigkeiten weiterzureden.

»Dann hat er was?«, wollte Walter relativ emotionslos wissen.

»Dann hat er meinen kleinen Finger in den Aktenvernichter unter meinem Schreibtisch geworfen.«

Das Ganze war am späten Abend des Vortags passiert. Der Chinese hatte also über zwölf Stunden Zeit gehabt, um die Informationen zu nutzen.

Walter zückte sein Handy, um Carla anzurufen. Ich hörte ihn nach Chayenne und Sandy und irgendwelchen ungewöhnlichen Vorkommnissen fragen. Er hörte kurz zu und legte dann auf.

»Chayenne und Sandy waren gestern beide nicht verfügbar. Aber ein Anrufer mit kantonesisch gefärbtem Englisch hat wohl nach beiden gefragt.«

Ich zog mich mit Walter und Sascha unter die Überdachung des alten Kiosks zurück, um die neue Lage zu erörtern.

»Walter, du stellst sofort Personenschutz für Chayenne und Sandy. Die beiden werden die Nächsten sein, an die sich der Chinese wendet.«

»Wenn sich eine chinesische Triade gegen unsere Organisation wendet, ist Personenschutz nicht unser einziges Problem«, bemerkte Walter.

»Und wenn du deinen Bauschaum im Kofferraum gelassen hättest, hätten wir keines der Probleme«, entfuhr es mir ganz entgegen meinem ansonsten auf Harmonie bedachten Führungsstil.

Walter wirkte bedrückt. Ich fuhr versöhnlicher fort.

»Aber ich glaube, wir haben es hier nicht mit einer ganzen Triade zu tun.«

»Wie kommst du darauf?«, wollte Sascha wissen.

»Weil vier Wochen lang nichts geschehen ist. Hätte die Sache mit dem Bauschaum offizielle Kreise gezogen, hätten andere Chinesen dem Concierge viel schneller einen Besuch abgestattet. Es ist aber vier Wochen lang nichts geschehen. Der Typ aus Zimmer 489 hat genau das gemacht, was er dem Arzt in der Notaufnahme befohlen hatte – er hat niemandem von dem Vorfall erzählt. Das wäre mit einem empfindlichen Gesichtsverlust verbunden gewesen. Sein Chef hatte einen Herzinfarkt, er hingegen ist befördert worden. Der Typ mit der Geflügelschere ist in erster Linie rein geschäftlich wieder im Hotel abgestiegen. Dass der Concierge ausgerechnet an diesem Abend wieder Dienst hatte, war vielleicht ein dummer Zufall, der die Lust auf Rache im Chinesen getriggert hat. So wie ich das sehe, geht es hier um die persönliche Rache eines einzelnen Triaden-Mitglieds. Nicht um den offiziellen Kampf mit einer ganzen Triade.«

Sascha überlegte.

»Wenn der Chinese also auf eigene Rechnung handelt, wird er auch nur tätig werden, wenn er hier im Land ist, richtig?«

Ich überlegte.

»Da spricht einiges für.«

Walter überlegte nicht, sondern handelte. Er ging zum Concierge und nahm dessen bandagierte Hand.

»Wie lange ist der Chinese im Hotel eingebucht?«

Der Concierge tat so, als überlege er.

»Ich weiß nicht genau, das würde ohnehin dem Datenschutz unterlie…«

Walter drückte an der roten Stelle auf den Verband. Der Fleck erwies sich als Wahrheitsbutton.

»Noch zwei Tage! Die chinesische Delegation steigt immer an jedem letzten Montag eines Monats für drei Tage bei uns ab … seit ungefähr zwei Jahren … der Chinese heißt Yung Quang und ist zum zweiten Mal Gast in unserem Haus!«

»So viel zum Datenschutz. Vielen Dank.« Walter ließ die Hand los und wandte sich mir zu. »Ich schlage vor, wir statten dem Herrn jetzt einen Besuch ab und laden ihn ein, sich seine Solarzellen von oben anzusehen.«

Ich wollte meine Wünsche für die zweite Hälfte meines Lebens zwar erst noch auf dem Jakobsweg entdecken. Ich wusste aber jetzt schon, dass der Wunsch nach noch mehr Toten nicht dazugehörte. Ich tat nun das, was ich schon an meinem Geburtstag hätte tun sollen: Ich äußerte meine Wünsche.

»Das werden wir nicht tun. Ein gedemütigtes Triaden-Mitglied mag zu einer unangenehmen Privatfehde führen. Ein fehlendes Triaden-Mitglied wäre eine offizielle Kriegserklärung an den Rest des Unternehmens. Das wäre nicht mehr bloß unangenehm. Das wäre genau das, was wir vermeiden wollen.«

»Und was machen wir stattdessen?«, wollte Walter wissen.

Ich hätte am liebsten gesagt: Keine Ahnung. Und solange ich keine Ahnung habe, machen wir am besten gar nichts. Die Wut des Chinesen wird sich vielleicht von selbst totlaufen. Und ein gewisses Risiko gehört zum Leben im Milieu nun mal dazu.

Als Führungsperson stand ich aber unter dem Erwartungsdruck zu handeln. Ich versuchte es zunächst mit Floskeln.

»Wir müssen durch unser eigenes Verhalten dafür sorgen, dass sich die von dem Chinesen ausgehende Gefahr minimiert. Gleichzeitig darf die Angst vor ihr aber unseren Alltag nicht lahmlegen.«

»Heißt konkret?«, hakte Walter nach.

Ich musste mir irgendetwas einfallen lassen, um Menschen wie Walter, deren Fähigkeitsschwerpunkt ich nicht im Kognitiven verortete, von meiner Führungsstärke zu überzeugen. Schlagwörter. Ich brauchte ein Schlagwort statt langer Erklärungen. Wie konnte ich in einem belanglosen Wort zum Ausdruck bringen, dass ich keine Ahnung hatte, wie der Chinese dazu gebracht werden könnte, von seiner Rache Abschied zu nehmen? Seinem Hass Tschüss zu sagen? Seiner Wut Bye-bye? Dem Schmerz Adieu?

»Wir halten uns an die … CIAO-Regeln«, sprudelte es spontan aus mir heraus.

»Was ist das?«, wollte Walter wissen.

Der Anfang war also gemacht. Interesse war geweckt. Jetzt musste ich nur noch den Inhalt improvisieren.

»C-I-A-O steht für … Chinese – Isolation – Aufpassen – Observieren.«

Fragende Blicke von Walter und Sascha. Jetzt musste ich mir nur noch für die vier Schlagworte Maßnahmen ausdenken, die möglichst nichts darüber aussagen sollten, dass ich keine Ahnung von ihrer Wirksamkeit hatte.

»C wie Chinese. Ab sofort werden keine chinesischen Kunden mehr von S-Exclusive-Mitarbeiterinnen bedient.«

Nicken von Walter. Kommentar von Sascha: »Das wäre zwar unter anderen Umständen diskriminierend, aber zur gemeinsamen Bekämpfung einer Gefahr okay.«

»Wir gegen die Chinesen!«, motivierte uns Walter.

»I wie Isolation. An jedem letzten Montag im Monat werden sowohl Chayenne als auch Sandy für die drei Tage, an denen Herr Quang in der Stadt ist, vom Team isoliert und bedienen überhaupt keine Kunden für die Agentur.«

Erneutes Nicken.

»A wie Aufpassen. Immer wenn der Chinese in der Stadt ist, geben Walters Leute jedem Officer, der an besagtem Bauschaum-Abend mit am Tisch saß, Personenschutz.«

Das Abnicken ging weiter.

»Und schließlich O wie Observation. Sobald der Chinese in der Stadt ist, wird er von Walters Leuten observiert. So weit verständlich?«

»Klar. C-I-A-O-Regeln. Ist ja einfach«, bestätigte mir Walter.

»Und für wie lange werden die C-I-A-O-Regeln gelten?«

»Bis wir feststellen, dass von chinesischer Seite keine Gefahr mehr droht. Das werden wir dann ja sehen.«

Ich war stolz auf mich. Würde nichts weiter passieren, wäre das ein Erfolg meiner C-I-A-O-Regeln. Würde die Situation eskalieren, würde sich schon ein Schuldiger finden, der sich nicht an meine C-I-A-O-Regeln gehalten hatte.

Mit einer Gefahr, die alle vier Wochen mal für drei Tage bestand, würden wir leben können.

Vor meiner Pilgerschaft würde es ohnehin nur noch einen einzigen planmäßigen Besuch des Chinesen geben. Wahrscheinlich hätte sich das Thema bis dahin von alleine erledigt.

Ich nutzte die Rückfahrt zum Kindergarten dafür, mit Sascha ein paar Einzelheiten bezüglich meiner bevorstehenden Abwesenheit zu besprechen. Auch Sascha hatte meinen Entschluss zu pilgern sehr positiv aufgenommen. Er war schließlich an meinem Geburtstag schon vor mir zu der Erkenntnis gelangt, dass es mir ganz guttäte, ein wenig mehr auf meine eigenen Bedürfnisse zu achten.

Ich hatte in der Zwischenzeit einen Anwaltskollegen für Strafrecht kontaktiert, der in meiner Abwesenheit für die rechtlichen Belange meiner Mandanten sorgen und dringende Fristsachen und strafrechtliche Notfälle übernehmen würde. Die Alltagsgeschäfte der Clans sollte Sascha führen. Ich wollte ganz bewusst für niemanden außer meiner Familie zu erreichen sein und gab Sascha deshalb auch nicht die Nummer meines Nokia-Handys. Für ihn war das okay.

Sollte es wider Erwarten Probleme geben, die eine Kontaktaufnahme zu mir unvermeidlich machten – zum Beispiel durch das Auftauchen des Chinesen –, dann sollte Sascha bei Katharina anrufen und sie bitten, mir eine SMS mit den Worten »Buen Camino« zu schicken.

Ich ging zum damaligen Zeitpunkt nicht davon aus, dass eine solche SMS jemals nötig wäre.

13 SAINT-JEAN-PIED-DE-PORT

»Es gibt einen großen Unterschied zwischen dem, der bereit ist, alles mit anderen zu teilen, und dem, der bereit ist, anderen alles mitzuteilen. Ersterer lässt die anderen an seinem Reichtum teilhaben. Letzterer an seiner Armut.«

JOSCHKA BREITNER,
»ZU FUSS INS ICH –
PILGERN ALS SELBSTFINDUNG«

FÜR DIE MEISTEN PILGER beginnt die Reise auf dem Jakobsweg erst richtig am Bahnsteig von Saint-Jean-Pied-de-Port. Ein Bahnhöfchen von schlichter Uneleganz wie aus einem Revell-Baukasten. Von den ehemals drei Eingängen ist einer aus irgendwelchen Gründen halb zugemauert worden.

Damit enden aber auch schon meine architektonischen Impressionen des Bahnhofs. Man sieht ihn nämlich nur ganz kurz, wenn man im Taxi daran vorbeifährt.

Ich war mit dem Flieger in Biarritz gelandet und hatte dann ein Taxi genommen. Ich wollte meinen »Jetzt geht's los!«-Moment ganz bewusst erst beim Durchschreiten des Stadttors von Saint-Jean-Pied-de-Port erleben. Und nicht in einem überfüllten Bummelzug da hin. Ich wollte bis zum allerersten Schritt auf dem echten Jakobsweg mit mir alleine anreisen.

Mein Flieger kam auf dem Vorfeld des Flughafens von Biarritz zum Stehen. Ich stieg über eine Gangway aus der Maschine aus. Mit dem Verlassen des Flugzeugs stellte sich urplötzlich ein altbekanntes Urlaubsgefühl in mir ein, das ich mit allen Sinnen achtsam aufsog: das Surren der leer laufenden Triebwerkschaufeln in den Ohren, das Flirren der Luft über dem heißen Asphalt in den Augen, die Geruchsmischung aus Kerosin und Pinie in der Nase, ein heißer Windhauch auf der Haut und ein leichter Salzgeschmack auf der Zunge, der auf die nahe Küste schließen ließ.

Ich schloss die Augen und hätte auf jedem Urlaubsparadies-Flughafen der Welt sein können.

Wünsche sind das Holz, aus dem unsere Zukunft geschnitzt wird, hatte mir Joschka Breitner erklärt. Bereits beim Verlassen des Flughafengebäudes musste ich allerdings die Erfahrung machen, dass er damit nicht nur meine eigenen Wünsche gemeint haben konnte. Andere hatten offenbar auch Messer, um meine Zukunft zu schnitzen. Mein Wunsch, bis zum ersten Schritt auf dem Jakobsweg alleine mit mir selbst zu sein, wurde bei der erstmöglichen Gelegenheit zunichtegemacht.

Am Taxistand sprach mich jemand von hinten an.

»Das gute alte Bundeswehrmodell. In den Jäger-Rucksack haben Sie alles für ein paar Wochen Pilgern reingekriegt?«

Ich drehte mich um. Vor mir stand ein Mann, Mitte sechzig, kleine Gestalt, gepflegte Erscheinung. Freundlich, ein wenig aufgedreht. Wie ein Pensionär, dem man die Reste seiner ehemaligen beruflichen Souveränität noch ansah. Die, die ihm der Ruhestand noch nicht weggenommen hatte.

Ich erinnerte mich, dass er in Paris mit mir zusammen den Flieger gewechselt hatte. In seiner offenkundig frisch erstandenen Ausstattung sah er trotz seines Alters etwas hilflos aus: eine blaue Gore-Tex-Hose mit abnehmbaren Unterschenkeln, eine rote Gore-Tex-Jacke mit großen Kartentaschen, Wanderschuhe aus wasserfestem, aber atmungsaktivem Material. Kleidungstechnisch erinnerte er mich ein wenig an einen Fünfjährigen, der von seiner Mutter für den ersten aushäusigen Kindergeburtstag angezogen worden war. Selbst sein schütteres, säuberlich zur Seite gescheiteltes graubraunes Haar wirkte, als ob ihm die Frisur mit Spucke zurechtgestrichen worden wäre.

»Ist der Rucksack zu klein, sind die Wünsche zu groß«, erwiderte ich freundlich.

»Den Bundeswehr-Rucksack habe ich seit vierzig Jahren nicht mehr auf dem Buckel gehabt«, sinnierte das Männchen, während die neongelbe Kappe eines nagelneuen Trekking-Rucksacks über seinem Kopf hervorleuchtete.

»Ist bei mir nicht ganz so lange her. Aber ich wollte etwas mitnehmen, von dem ich weiß, dass es funktioniert.«

Das Männchen reichte mir die Hand.

»Roland Bäumer.«

Ich nahm seine Hand und schüttelte sie.

»Björn Diemel.«

»Sie wollen ganz offensichtlich auch nach Saint-Jean-Pied-de-Port?«

Ja, und zwar alleine, war meine erste Antwort in Gedanken. Aber wenn der Jakobsweg eine Aneinanderreihung zufälliger Begegnungen sein sollte, konnte ich diese erste Begegnung schlecht ablehnen. Vielleicht war dies ja gerade der »Jetzt geht's los!«-Moment, auf den ich mich einfach einlassen sollte.

»Ja. Wollen Sie mit?«

»Gerne, dann können wir uns die Kosten für das Taxi teilen.«

Wenn diese Begegnung nichts anderes bringen sollte, so zumindest eine Kostenersparnis von über fünfzig Euro.

Der Fahrer des ersten Taxis in der Reihe sah uns, stieg aus und öffnete den Kofferraum für unsere Rucksäcke. Ich legte meinen alten Bundeswehr-Rucksack neben das fabrikneue Modell von Herrn Bäumer.

In dem Moment folgte gleich die nächste Begegnung. Eine nervöse Frauenstimme näherte sich uns von hinten und fragte in gebrochenem Denglisch:

»Are you driving mit the taxi to the begin of the Jakobsweg?«

Wir drehten uns um. Vor uns stand eine Frau um die fünfzig. Sie wäre bereits durch ihre beeindruckende Körpergröße aufgefallen, wenn sie dezent gekleidet gewesen wäre. War sie aber nicht. Sie trug knallrote Multifunktionskleidung zu knallrot gefärbten Haaren. Beides passte zu ihren vor Aufregung geröteten Wangen. Zu allem anderen eher nicht. In Form und Farbe ähnelte sie einem überdimensionalen Mon Chéri. Nur dass sie statt einer blauen Schleife ein Batikhalstuch in Regenbogenfarben um den Hals trug.

Ich erinnerte mich, auch sie bereits im Flieger nach Paris gesehen zu haben.

»Yes, we do. Aber wir können auch Deutsch miteinander reden«, antwortete Herr Bäumer.

»Das gibt es ja gar nicht. Da stehe ich hier am Rande der Welt und treffe ausgerechnet auf zwei Deutsche!« Der Frau stiegen tatsächlich Tränen der Dankbarkeit in die Augen. Als ob ihr ein Wunder widerfahren sei. Als hätte Herr Bäumer ihr gerade nicht nur auf Deutsch geantwortet, sondern sie zusätzlich von der Pest geheilt.

»Nun gut, da wir schon zusammen im Flieger von Frankfurt nach Paris saßen, wäre es die größere Überraschung gewesen, hier festzustellen, dass wir alle drei Portugiesen sind«, versuchte ich, die Magie des Augenblicks zu relativieren.

Die Lady in Red zeigte auf unsere Rucksäcke und dann auf das Taxi.

»Nehmt ihr mich mit nach Saint-Jean-Pied-de-Port?«

Das nächste Wunder: Wir waren bereits beim Du.

Herr Bäumer und ich schauten erst uns an und dann das vor uns stehende Mon Chéri in der Sommerpause. Wer konnte dazu schon Nein sagen?

»Klar, steig ein.« Als ich ihr die Beifahrertür öffnete, fing die Frau tatsächlich an zu heulen.

»Tut mir leid, ich bin nah am Wasser gebaut«, schluchzte sie, während sie Platz nahm. »Aber dass mir direkt am ersten Tag meiner Pilgerreise zwei so liebe Menschen begegnen, ist doch einfach nur wunderbar. Ich bin die Evi.«

»Na dann, ich bin der Roland.«

»Björn.«

Während der knapp einstündigen Taxifahrt tauschten wir Informationen übereinander aus, deren Detailgrad Joschka Breitner noch nicht einmal zur Beschreibung eines Apfels ausgereicht hätte.

Evi hieß mit vollem Namen Elvira Grün und war Floristin. Sie war dreiundfünfzig Jahre alt und hatte seit fünfundzwanzig Jahren einen kleinen Blumenladen in einer kleinen Stadt in der Nähe von Frankfurt. Zum fünfundzwanzigjährigen Jubiläum des Geschäfts hatten ihr ihre beiden Angestellten geschenkt, dass sich Elvira endlich ihren langjährigen Traum erfüllen sollte: einen Monat lang auf dem Jakobsweg zu pilgern. Sie würden solange den Blumenladen schmeißen.

Zwei Jahre zuvor hatte Evi noch drei Angestellte gehabt. Die dritte Angestellte hatte sich allerdings zwischenzeitlich gemeinsam mit Evis Mann aus Evis Leben verabschiedet, sodass es glücklicherweise nichts mehr gab, was Evi noch hielt.

Evi war eine sehr offenherzige Frau, deren Herzklappen wirklich jede Information aus ihrem Inneren in Richtung Stimmbänder pumpten. Sie redete und redete und stellte erst nach vierzig Minuten Taxifahrt fest, dass sie ja noch gar nichts über uns wusste.

Roland war siebenundsechzig Jahre alt und ehemaliger Staatsanwalt. Er hatte zwei erwachsene Kinder und war den Jakobsweg schon einmal vor vierzig Jahren gewandert. Nach seinem Studium. Mit seinem Bundeswehr-Rucksack auf dem Rücken.

Aha, dachte ich, ein Retro-Pilger.

Als wir am Bahnhof von Saint-Jean-Pied-de-Port vorbeifuhren, stellte ich mich gerade mit meinen Eckdaten vor. Als Pilgergrund gab ich lapidar »Abschalten« an.

Bei strahlendem Sonnenschein ließen wir uns am späten Nachmittag von unserem Taxifahrer vor dem Office de Tourisme absetzen. Es sah aus wie eine glasummantelte Bushaltestelle und war vermutlich das einzige Gebäude der Stadt, das nicht von pittoresker Schönheit war.

Ich bezahlte. Roland gab mir unaufgefordert die Hälfte des Fahrpreises, und Evi brach wieder in Tränen aus, weil unser gemeinsamer Weg hier erst einmal endete. Ich hatte mir für den Abend ein Hotel gebucht, um am nächsten Morgen ganz entspannt meine Pilgerreise zu beginnen. Evi wollte im Refuge Municipal übernachten, der öffentlichen Pilgerherberge. Roland hatte sich ebenfalls ein Hotelzimmer reserviert.

Fremd, wie wir uns waren, verabschiedeten wir uns herzlich voneinander. Mit dem Gruß, der sich in den folgenden Wochen in mein Trommelfell brennen sollte: »Buen Camino!«

Mein Hotel befand sich zwar unmittelbar gegenüber dem Tourismus-Büro, ich wollte aber ein erstes Gefühl dafür bekommen, wie es war, mit meinem Rucksack durch eine fremde Gegend zu wandern. Und so schlenderte ich für eine halbe Stunde mit vollem Gepäck durch die mir unbekannte Stadt, die Ausgangspunkt meiner Midlife-Crisis-Zerwanderung werden sollte.

Mit vollem Rucksack grundlos die Ankunft in meinem Hotel hinauszuzögern war etwas, was ich auf dem gesamten Jakobsweg nie wieder machen sollte.

Während ich so durch die Gassen von Saint-Jean-Pied-de-Port wanderte, dachte ich an mein letztes Pilger-Coaching von Herrn Breitner zurück.

14 FRAGEN

»Wenn Sie glauben, das Leben sei Ihnen noch eine Antwort schuldig, sollten Sie vielleicht anfangen, die richtigen Fragen zu stellen.«

JOSCHKA BREITNER,
»ZU FUSS INS ICH –
PILGERN ALS SELBSTFINDUNG«

JOSCHKA BREITNER und ich saßen uns, wie gewohnt, in seinen gemütlichen Cord-Stühlen gegenüber.

»Lassen Sie uns für Ihre Pilgerschaft dem Prinzip von Inspiration und Meditation eine konkretere Struktur geben«, bot er mir an.

»Um das alte Prinzip von Problem und Grübeln zu ersetzen? Gerne.« Ich war gespannt.

»Ihr äußeres Ziel ist Santiago de Compostela. Ihr inneres Ziel ist, sich selbst zu finden.«

»Ich meditiere also wandernd nach einer Antwort auf die Frage ›Wer bin ich‹?«, wollte ich mich an meiner Belehrung beteiligen.

»Im Prinzip ja. Aber wenn die Antwort so wichtig ist, dann sollten wir uns vielleicht auch ein paar Gedanken über die richtige Frage machen.«

»Hä?«

»Sie sind Strafverteidiger. Wie ist es bei einem Kriminalfall? Sie suchen nach einem unbekannten Täter. Stellen Sie sich dann auch bloß die Frage, *wer* der Täter ist?«

Ich überlegte.

»Ich frage zunächst mal nach dem Motiv. Also – warum hat Wer-auch-immer die Tat begangen?«

»Gut. Wenden Sie diese Technik mal auf die Suche nach sich selbst an. Sie fragen also nicht ›Wer bin ich?‹, sondern ...?«

Ich zögerte, überlegte. Und antwortete dann wie ein unsicherer Schüler, dem ein verzweifelter Lehrer gerade die Grundrechenarten beibringen will:

»*Warum* bin ich?«

»Richtig. Finden Sie das Motiv, warum es Sie gibt. Damit sind Sie schon ein ganzes Stück näher an der Erkenntnis, wer Sie sind.«

»Warum bin ich? Das ist doch nicht weniger als die Frage nach dem Sinn des Lebens?«

»Richtig.«

»Nach dem Sinn *meines* Lebens oder des Lebens allgemein?«

»Gibt es da für Sie einen Unterschied?«

»Keine Ahnung. Nicht alle Menschen finden in den gleichen Dingen Erfüllung.«

»Prima. Dann haben wir schon zwei Fragen für Sie. Was ist der Sinn des Lebens allgemein? Und – was brauchen *Sie* für ein erfülltes Leben?«

Ich fand die Technik interessant, sich einer unbekannten Antwort rein dadurch schrittweise zu nähern, dass wir einfach die Frage umformulierten. Allerdings hatte ich nun direkt die nächste Frage im Kopf.

»Gehen wir davon aus, dass das Leben mit dem Tod endet, oder gibt es auch eine Erfüllung danach?«

»Gibt es für Sie denn ein Leben danach?«

»Ich weiß nicht …«

»Glauben Sie an Gott?«

»Grundsätzlich ja …« Ich versuchte, diese Erkenntnis selber in weitere Fragen umzuformulieren: »Das wären dann also zwei weitere Fragen. Die nach dem Leben nach dem Tod. Und die nach Gott.«

»Oder ganz schlicht eine einzige dritte: Wie ist Ihr Verhältnis zum Tod?«

Ich hatte das Bedürfnis, mir den gedanklichen Weg, den wir gerade beschritten hatten, zu rekapitulieren.

»Noch mal langsam zum Mitschreiben. Um meine Midlife-Crisis zu vermeiden, soll ich mich auf die Frage ›Soll das alles gewesen sein?‹ vorbereiten. Dafür soll ich mir selbst die Frage stellen, was ich eigentlich vom Rest meines Lebens erwarte. Und dazu muss ich zunächst einmal feststellen, wer ich bin.«

Herr Breitner schien fast ein wenig stolz auf meine bescheidenen Fortschritte zu sein. Er nickte.

Ich fuhr fort: »Um festzustellen, wer ich bin, um mich selbst zu finden, muss ich schlicht das Motiv meines Lebens herausfinden. Und das tue ich, indem ich mir drei Fragen stelle: Was ist der Sinn des Lebens? Wie ist mein Verhältnis zum Tod? Was brauche ich für ein erfülltes Leben?«

»Exakt. Diese drei Fragen sind die Essenz aller Fragen davor. Und mehr als genug Fragen für die achthundert Kilometer Fußmarsch. Wenn Sie manche davon auch nur in Teilen beantworten können, erledigt sich Ihre Midlife-Crisis von selbst.«

»Wieso?«

»Weil Sie dann über so eine profane Frage wie ›Soll das alles gewesen sein?‹ nur noch lachen können.«

»Gut, die Fragen kenne ich jetzt. Wie komme ich auf die Antworten?«

»Die Erkenntnisse, die Sie gewinnen werden, erlangen Sie durch einen Wechsel aus Inspiration und Meditation«, erläuterte mir mein Coach. »Der Jakobsweg besteht aus einer Aneinanderreihung zufälliger Begegnungen mit fremden Menschen, aus unbekannten Entbehrungen und ungeahnten Bereicherungen. Sehen Sie in alldem Inspirationen, auf die Sie sich einlassen können, über die Sie meditieren können, aus denen sich dann Veränderungen für Ihr Leben oder für Ihre Einstellung zum Leben ergeben.

Teilen Sie auch Ihre Geschichte, wenn Sie mögen. Aber lassen Sie Ihre Pilgerbekanntschaften anschließend auch wieder weiterziehen. Wenn es das Schicksal will, begegnen Sie sich wieder.

Denken Sie in Ruhe über die Erkenntnisse für Ihr Leben nach, die Sie aus den Lebensgeschichten Ihrer Mitpilger ableiten können.

Wechseln Sie zwischen Inspiration und Meditation, wie es Ihnen guttut. Und vor allem: Gehen Sie in Ihrem eigenen Rhythmus. Sie werden sehen, Pilgern ist kein Spaziergang. Es wird Inspirationen geben, die Sie aus dem Tritt bringen werden. Die Aufgabe des Pilgers ist es, die passende Meditation zu finden, die ihn wieder Tritt fassen lässt. Das ist die Herausforderung des Jakobswegs.«

Im Anschluss an dieses Coaching gab mir Herr Breitner drei Dinge mit. Einen Stein und zwei kleine Bücher: eines mit bedruckten Seiten und eines mit lauter leeren. Beide Bücher waren in dünnes Leder gebunden.

»Wenn Sie noch Platz in Ihrem Gepäck haben, würde ich Ihnen gerne noch diese beiden Bücher mit auf die Reise geben.«

»Was steht da drin?«

»Das eine Buch ist von mir. Ein kleiner Pilger-Ratgeber.«

Ich schaute auf die Beschriftung des Covers: »Joschka Breiter – Zu Fuß ins Ich, Pilgern als Selbstfindung«.

»Vielen Dank. Und das andere Buch?«

»Das schreiben Sie. Wann immer Sie wollen. Es ist Ihr Pilger-Tagebuch.«

Blieb noch der Stein. Ein grau-weißer Kiesel. Ungefähr doppelt so groß wie eine Kastanie.

»Und wofür ist der Stein?«

»Am höchsten Punkt des Jakobsweges steht ein eisernes Kreuz. Das Cruz de Ferro. Pilger legen dort einen Stein als Symbol ihrer Sorgen ab, um sie loszuwerden. Nehmen Sie diesen.«

Herr Breitner gab mir meine Sorgen in die Hand, um sie auf dem Weg loszuwerden. Ich mochte dieses Bild auf Anhieb.

15 BEGEGNUNG

»Nur zwei Lebenslinien, die ohne Ausreißer völlig parallel verlaufen, werden sich nie treffen. Pilger sind Suchende. Ihre Lebenswege sind in der Regel nicht geradlinig. Sie werden erstaunt sein, wie oft Suchende auf dem Camino nicht sich, sondern andere Suchende finden.«

JOSCHKA BREITNER,
»ZU FUSS INS ICH –
PILGERN ALS SELBSTFINDUNG«

NACH MEINEM HALBSTÜNDIGEN Stadtrundgang betrat ich mein Hotel. Laut Internet verfügte es über eine hervorragende Küche. Ich brachte nach dem Einchecken mein Gepäck aufs Zimmer und freute mich auf das Abendessen.

Im Hotelrestaurant erwartete mich meine nächste Überraschung. Alleine an einem Zweiertisch saß Roland. Er trug nicht seine Pilgerkleidung von heute Mittag, sondern eine Jeans mit Bügelfalte und ein kariertes Hemd. Wir bemerkten uns fast gleichzeitig, und Roland lud mich an seinen Tisch ein.

Ich hatte also bereits vor dem eigentlichen Camino meine erste Pilgerbekanntschaft zum zweiten Mal getroffen. Ich war bereit, mich auf ein inspirierendes Gespräch einzulassen. Bei einem sehr guten Menü des pyrenäischen Küchenchefs fingen wir an, uns jenseits unserer Taxi-Geschichten auszutauschen.

Wir wussten bereits, dass wir beide Juristen waren. Wenn auch auf unterschiedlichen Seiten des Gerichtssaals. Roland war sein Leben lang Ankläger gewesen. Ich immer noch Strafverteidiger.

Ich hatte durch meine Beschäftigung mit der Achtsamkeit für mich herausgefunden, dass ich Streit eigentlich gar nicht mochte. Eine späte Erkenntnis, die das Berufsleben als Anwalt nicht unbedingt erleichterte. Aber eine Erkenntnis, die mir erklärte, warum ich meine frühere Karriere als Strafverteidiger in einer Großkanzlei innerlich immer völlig abgelehnt hatte.

Die Vorstellung, die ich als Student von Recht und Gerechtigkeit gehabt hatte, war das exakte Gegenteil dessen, was ich nach dem

Studium in meinem Berufsalltag erlebte. Ich machte die Welt nicht gerechter. Ich half schlechten Menschen gegen viel Geld dabei, mit Unrecht davonzukommen.

Erst der Schritt in die Selbstständigkeit erlaubte es mir, ein Stück weit Frieden mit meinem eigenen Beruf zu schließen. Ich diente dem Verbrechen nicht mehr. Ich war Teil des Verbrechens.

Das war wenigstens ehrlich.

Ich erzählte Roland von meinem beruflichen Zwiespalt – bis auf die Kleinigkeit, dass ich an den Verbrechen beteiligt war.

»Die dauernde Beschäftigung mit Streit schadet der eigenen Seele. Ich wünschte, ich hätte diese Erkenntnis auch schon in deinem Alter gehabt«, entfuhr es ihm seufzend.

»Wie meinst du das? Das hat bei mir vierundvierzig Jahre gedauert.«

»Besser spät als zu spät. Ich wollte Staatsanwalt werden – um die Welt gerechter zu machen, genau wie du. Und ich habe nie ein wirkliches Ergebnis gesehen. Du kannst Verbrecher bekämpfen. Aber nicht das Verbrechen. Ich habe ein Berufsleben lang mit Menschen verbracht, die anderen Menschen nicht guttun. War einer weggesperrt, lagen direkt wieder drei neue Akten auf dem Tisch. Ich habe das jahrelang in mich hineingefressen.«

»Verbrechen ist wie Krebs. Es wuchert«, trug ich scheinheilig zur Diskussion bei, um dann das Gespräch auf positivere Themen zu lenken. »Aber das ist ja nun für dich vorbei!«

Roland schwieg eine Weile lang, bevor er ohne jede Verbitterung antwortete.

»Ist es nicht. Ich habe mit achtundfünfzig Jahren Krebs bekommen.«

Dazu fiel mir nichts Positives zu ein. Roland sah mir das an.

»Den Blick kenne ich seit neun Jahren. Geschlechtskrankheiten sind für ein Gespräch meist lustiger. Aber mit einer heiteren Syphilis-Anekdote kann ich leider nicht dienen. Und ich habe mir abgewöhnt, mich dafür zu entschuldigen, wenn ich mit meinem Krebs die Stimmung kaputt mache.«

Der kleine, gepflegte Mann überraschte mich mit seiner Art von Humor. Er wirkte nicht verbittert, sondern versöhnt. Ich traute mich einen Schritt weiter in sein Leben.

»Welchen Krebs hast du?«, wollte ich wissen.

»Mobile-Flat-Cancer.«

»Mobile-Flat... Was ist das?«

»So viel du willst. An jedem Ort. Ohne Beschränkung!«

Ich musste tatsächlich über die Krebsgeschichte meiner Pilgerbekanntschaft lächeln. Roland erklärte genauer: »Mit achtundfünfzig hat man bei mir Prostatakrebs festgestellt. Die Prostata hab ich mir dann rausnehmen lassen, bevor es Beschwerden gab. Zwei Jahre später wurde klar, dass die Krebszellen bereits in die Blase gewandert waren. Die hab ich mir dann auch rausnehmen lassen, bevor es Beschwerden gab, und eine Neo-Blase bekommen. Wieder zwei Jahre später waren die ersten Metastasen in der linken Niere. Hab ich mir auch vorsorglich rausnehmen lassen.«

Roland erzählte das Ganze mit einer solchen Selbstverständlichkeit, dass ich mich traute, diese Offenheit als Gesprächseinladung zu verstehen.

»Und? Fühlst du dich jetzt leer?«, fragte ich neugierig.

»Leer trifft es nicht wirklich. Aber irgendwie hatte ich das Gefühl, Gott sieht in mir einen Pilgerrucksack. Als probiere er gerade mal aus, was man eigentlich wirklich drinlassen muss, um trotzdem noch alles Notwendige dabeizuhaben.« Roland nahm einen Bissen von seinem Rinderfilet, kaute andächtig und fuhr fort: »Danach hatte ich ein paar Jahre Ruhe. Einen Monat nach der Pensionierung hat man dann die ersten Metastasen in der Lunge gefunden.«

»Hast du dir die Lunge auch rausnehmen lassen?«

»Inoperabel. Ich habe seitdem drei Chemos hinter mir. Den Krebs habe ich bislang kein einziges Mal gespürt. Immer nur die Nebenwirkungen von Operationen und Chemo. Die aber umso heftiger. Mir reicht's jetzt.«

Er nahm sein Weinglas und prostete mir zu.

»Du … erzählst das alles so locker?«

»Ich hatte ja auch neun Jahre Zeit, mich an die Geschichte zu gewöhnen. Am Anfang hab ich das noch anders erzählt.«

»Und zwar?«

»Bei den ersten drei Krebsdiagnosen waren meine Mantras: ›Augen zu und durch‹, ›Der Krebs ist mein Feind‹, ›Wer aufgibt, hat schon verloren!‹ Alles völliger Blödsinn.«

»Was hat sich verändert?«

»Der Krebs hat mich verändert. Die Pensionierung war für mich ein Leben lang *das* große Ziel. Als ich einen Monat nach meiner Verabschiedung die nächste Krebsdiagnose bekam, wusste ich beim besten Willen nicht mehr, was denn jetzt noch an Leben kommen sollte, wenn ich auch da mit geschlossenen Augen durch wäre. Als ich bei meiner dritten Chemotherapie wieder kotzend überm Klo hing und zusah, wie mir die Haare in die Toilette rieselten, fragte ich mich zum ersten Mal: Was mache ich da eigentlich? Nicht der Krebs bereitete mir die Probleme, sondern der Kampf gegen den Krebs. Mir kam ein Spruch in den Sinn, der auf einmal eine ganz praktische Bedeutung für mich hatte: Fülle nicht dein Leben mit Tagen, sondern deine Tage mit Leben. Ich wollte lieber noch einen Monat, eine Woche, einen Tag in selbstbestimmter Freiheit verbringen als noch ein halbes oder ein ganzes Jahr kotzend überm Klo.«

»Und? Was hast du gemacht?«

»Ich habe meinen Frieden mit dem Krebs geschlossen. Ich habe ihn nicht mehr als Feind gesehen, sondern als Teil von mir. Ich wollte den Rest meines Lebens nicht mehr damit verbringen, ihn zu bekämpfen. Sondern die Zeit, die mir noch bleibt, gemeinsam mit ihm leben. Ich habe die letzte Chemo vor drei Monaten abgebrochen.«

»Und wie fühlst du dich jetzt?«

»Erleichtert. Erst als ich mich entschieden hatte, den Kampf gegen meinen Krebs aufzugeben, habe ich gemerkt, wie viel Schuld ich in diesem Kampf mit mir rumgeschleppt hatte. Ich hatte immer gedacht, ich müsse kämpfen. Das wäre ich meiner Familie schuldig, meinen Kindern, mir selbst. Aber Pustekuchen! Ich bin niemandem etwas schuldig. Außer mir selbst. Und ich bin schon gar nicht an meinem Krebs schuld. Ich habe noch ein paar Wochen, vielleicht ein paar Monate ohne Krebsbeschwerden vor mir. Und die will ich unschuldig genießen.«

»Lebe jeden Tag, als wäre es dein letzter«, bereicherte ich das Gespräch mit einer Kalenderweisheit.

»Ganz im Gegenteil. Lebe jeden Tag, als wäre es dein erster.«

Ich schaute irritiert. Roland erklärte.

»Der letzte Tag birgt ein großes Stück ›Nach mir die Sintflut‹ in sich. Der erste Tag ist voller Neugierde. Voller Unschuld. Solange ich beschwerdefrei bin, will ich mich jeden Morgen wie neugeboren fühlen. Ich mache jetzt jeden Tag das, was mein Krebs seit Jahren macht – wandern.«

Ich wusste, dass die Frage unangemessen war. Aber ich stellte sie trotzdem.

»Und danach?«

»Vor dem Danach habe ich unglaubliche Angst«, sagte Roland mit einem ehrlichen Lächeln. »Aber es soll gute Medikamente gegen die Schmerzen geben.«

»Und deswegen bist du jetzt auf dem Jakobsweg? Um zu leben? Um dich deiner Angst zu stellen?«

»Um von mir Abschied zu nehmen.«

Roland griff meinen fragenden Blick auf.

»Meine Familie wird immer ein Grab haben, an das sie gehen kann, wenn ich nicht mehr da bin. Ich möchte auch einen Ort haben, an dem ich mich von mir verabschieden kann. Dieser Ort ist für mich der Camino. Der Weg, den ich vor vierzig Jahren schon mal gegangen bin. Und es ist mir dabei völlig egal, ob ich es bis nach Santiago schaffe. Jeder Schritt ist ein Schritt Leben. Wenn es zu anstrengend wird, kehre ich heim zu meiner Familie und gehe die letzten Schritte mit ihr gemeinsam.«

Mir wurde ganz eng ums Herz.

Ich war auf dem Camino, weil ich noch sehr viel Zukunft vor mir hatte und keine Ahnung, was ich mit ihr anfangen sollte.

Roland war auf dem Camino, weil er nur noch sehr wenig Zukunft vor sich hatte und eine ganz konkrete Vorstellung davon, was er mit ihr anfangen wollte.

»Warum bist du auf dem Camino?«, wollte Roland dann auch von mir wissen.

Ich erzählte ihm mit dem Gefühl absoluter Belanglosigkeit von den Fragen, denen ich mich stellen wollte, um einer drohenden Midlife-Crisis vorzubeugen. Ein Pilgerziel, das ich vor dem Hintergrund von Rolands Pilgermotivation nun für eines der Luxusprobleme hielt, über die ich mich bislang immer lustig gemacht hatte. Das Material des Rucksacks war völlig belanglos, wie ich gerade feststellte. Entscheidend war, welches Gepäck man mit sich herumschleppte.

Auch diese soeben gemachte Erkenntnis erzählte ich offen. Diesmal musste Roland lachen. Ich fragte, warum.

»Warum essen wir beide hier gerade gemeinsam?«, fragte er zurück.

»Weil wir Hunger haben und das Essen schmeckt?«

»Richtig. Aber um dein Essen genießen zu können, kann dir mein Hunger und mein Geschmacksempfinden völlig egal sein. Genau so ist das beim Pilgern. Du pilgerst mit deinem Gepäck – ich mit meinem.«

Ich spürte, wie meine Schultern leichter wurden, weil mein Gepäck mehr Gewicht bekam.

»Hast du deine Pilgerpost schon geschrieben?«, wechselte Roland das Thema.

»Meine was?« Ich hatte keine Ahnung, was Roland meinte.

»Die Pilgerpost. Du kennst den Brauch nicht?«

Mein Gesicht antwortete, ohne dass ich etwas sagen musste.

»Also, es gibt da ein kleines Kloster, circa zwei Kilometer außerhalb von Saint-Jean. Es wird von einer Bruderschaft betrieben, der ›Confrérie des Messagers du Seigneur‹. Jahrhundertelang hatten sich die Mönche dort still und leise um den Transport von Nachrichten und Post auf dem Jakobsweg gekümmert. Diese Aufgabe ist mit der Einführung der spanischen Post in den Hintergrund getreten und dank Handy und E-Mail nun eigentlich überflüssig geworden. Aber eine Tradition hat die Bruderschaft beibehalten, auch wenn sie nach und nach in Vergessenheit gerät. Du kannst dort einen Brief abgeben, in dem du deine Wünsche an die Pilgerreise formulierst. Die Bruderschaft schickt ihn postlagernd an den Menschen, der in Santiago ankommt.«

»Was soll das für einen Sinn haben?«

»Der Camino wird dich verändern. Du wirst sehen. Wenn du magst, kannst du dir also als erfahrener Pilger diese kleine Zeitkapsel im Kloster der Bruderschaft in Santiago abholen und im Spiegel des Briefes dein vergangenes Ich betrachten. Willst du das nicht, wird diese Pilgerpost nach einem halben Jahr verbrannt.«

»Schöne Idee. Kostet das was?«

»Normale Post ja. Du kannst dir auch heute noch postlagernd Gepäck nach Santiago schicken lassen. Die Pilgerpost kostet nichts. Du musst nur die Formalien einhalten. Du darfst nicht mehr als ein Blatt einseitig beschreiben. Das Blatt wird zweimal gefaltet und mit einem Namen versehen.«

Das hörte sich interessant an. Auch wenn sein letzter Camino vierzig Jahre zurücklag, wusste Roland eine Menge Praktisches über das Pilgern zu erzählen.

Wie sich herausstellte, hatten wir beide auch dieselbe Herberge für die erste Übernachtung auf dem Camino gebucht. Um das Pilgern ruhig anzugehen und uns von der ersten Etappe nicht überfordern zu lassen, hatten wir beide ein Bett im Refuge Orisson reserviert, keine acht Kilometer von Saint-Jean-Pied-de-Port entfernt. Wir beschlossen, morgen gemeinsam zum Kloster und anschließend zusammen auf die erste Etappe des Camino zu gehen.

Wir unterhielten uns noch eine Weile, bevor ich mich auf mein Zimmer zurückzog.

Mein erster Abend auf dem Camino war voller Inspirationen. Als Erstes wollte ich mir die Zeit nehmen, meine Pilgerpost zu verfassen.

Es ist keine leichte Aufgabe, aus dem Sud von acht Morden, einer Scheidung, einem Wechsel vom Karriereanwalt zum Chef eines Verbrechersyndikats und einer drohenden Midlife-Crisis den Extrakt herauszufiltern, der die Wünsche an eine Pilgerschaft auf den Punkt bringt. Jedenfalls nicht, wenn man dafür nur eine einzige Seite zur Verfügung hat.

Aber ich hatte das Gefühl, dass das eine wirklich wichtige Sache war, bei der Ehrlichkeit gefragt war. Ausnahmsweise. Nach einer Dreiviertelstunde hatte ich schließlich eine sehr offene und wahre Pilgerpost verfasst:

»Am Anfang meiner Pilgerschaft schreibe ich Dir aus Saint-Jean-Pied-de-Port. In meinem Gepäck trage ich Steine, von denen ich noch nicht weiß, was ich daraus bauen soll. Da sind die Trümmer meiner Ehe. Da ist der glänzende Marmor meiner Tochter. Da sind die Mühlsteine von acht Menschenleben, die ich beendet habe. Die Menschen, die ich getötet habe, sind: Dragan, Toni, Herr Möller, Malte, zwei Jungs aus dem Park, deren Namen ich vergessen habe, Kurt und Boris. Vor mir liegen achthundert Kilometer Fußmarsch. Ich hoffe, wenn Du diesen Brief liest, wirst Du voller Verständnis und Liebe für den Menschen sein, der diesen Brief verfasst hat. Und wissen, was Du vom Rest Deines Lebens erwartest.«

Eine Unterschrift setzte ich nicht unter das Papier.

Ich faltete das Blatt zweimal und adressierte den Brief vorsichtshalber auch gar nicht an mich. Sondern an Dragan Sergovicz. Man musste es mit der Ehrlichkeit ja nicht übertreiben.

Die Kommunikationsmittel mochten sich seit dem Mittelalter verändert haben. Das Bedürfnis, Pseudonyme zu verwenden, blieb über die Jahrhunderte gleich. Auf keinen Fall sollte irgendjemand außer mir dieses sehr offene Schreiben mit mir in Verbindung bringen. Dragan war mein erster Toter. Er würde schon aus diesem Grund den Brief nicht selber abholen.

Anschließend widmete ich mich der von Herrn Breitner erwähnten Meditation und öffnete das erste Mal mein Pilgertagebuch. Ich sah auf die drei Fragen, die ich mir auf die erste freie Seite geschrieben hatte:

Was ist der Sinn des Lebens?

Welches Verhältnis habe ich zum Tod?

Was brauche ich wirklich für ein erfülltes Leben?

Ich konnte nicht erwarten, bereits am Vorabend meiner Pilgerreise die Frage nach dem Sinn des Lebens beantworten zu können. Aber das Gespräch mit Roland und das Verfassen der Pilgerpost hatten mir Inspiration für ein paar Erkenntnisse bezüglich der anderen beiden Fragen gegeben. Ich machte mir meine ersten Notizen:

Für ein erfülltes Leben brauche ich in erster Linie ein Leben.

Ich habe Angst, dass der Tod meinem Leben vor dessen Erfüllung im Wege steht.

Ich bewunderte Roland für seinen Pragmatismus. Er hatte nur noch wenig Leben. Aber er füllte es mit Freude. Obwohl oder vielleicht gerade weil er nicht mehr lange zu leben hatte.

16 TÄLER

»Damit es endlich wieder aufwärtsgehen kann, muss es vorher erst einmal abwärtsgegangen sein.«

JOSCHKA BREITNER,
»ZU FUSS INS ICH –
PILGERN ALS SELBSTFINDUNG«

KURZ VOR DEM EINSCHLAFEN kam mir als neue Inspiration ein weiterer Aspekt in den Sinn, worin Roland und ich uns unterschieden.

Roland hatte eine intakte Familie, in deren Schoß er zurückkehren konnte, um sein Leben zu beenden.

Mein Leben stand nicht vor dem Ende, aber meine Vorstellung von Familie befand sich bereits dahinter.

Ich hatte eine tolle Tochter. Aber meine Ehe war gescheitert. Punkt.

Bei aller Freundschaft zu meiner Ex-Frau: Das traditionelle Band einer klassischen Familie, auf dessen Elastizität und Reißfestigkeit die Generation meiner Eltern noch vertraute, war bei uns längst zerrissen.

Rolands Familie würde am Ende für ihn da sein.

Wer würde sich um mich kümmern, wenn ich einmal alt war?

Wer würde mich pflegen, wenn ich einmal wirklich krank würde?

Meine Tochter?

Ich wollte Emily das weder zumuten, noch konnte ich mir das vorstellen. Beides lag nicht unwesentlich an den beiden Tatsachen, dass sie fünf Jahre alt und ich kerngesund war.

Aber nach Emily war da erst einmal lange niemand, der infrage kam, im Alter für mich da zu sein.

Gefolgt von nichts.

Warum sollte sich Katharina um mich kümmern? Sie stand gerade vor der Entscheidung, eine neue Familie zu gründen.

Würde Katharina einmal Heiko pflegen? Oder er sie? Beide Vorstellungen waren schauderhaft für mich.

Wie viele Menschen machen sich beim ersten Date Gedanken darüber, ob sie ihr Gegenüber nicht nur später am Abend ins Bett kriegen, sondern Jahre später dort auch wendeten und wuschen?

Katharina hatte sich aktiv auf die digitale Suche nach neuen Bekanntschaften gemacht. Mir reichte die Vorstellung, eine vom Schicksal vorgesehene Partnerin würde mir schon irgendwann im Supermarkt von selbst in die Hacken fahren.

So unterschiedlich unsere Vorgehensweisen auch waren, im Sinne unserer von uns beiden geliebten Tochter hatten wir uns nach unserer Trennung gegenseitig versprochen, dass Emily nie ohne Absprache einen neuen Partner von Mama oder Papa vorgestellt bekommen sollte.

So kam es, dass eines Tages der bislang nur theoretisch besprochene Fall eintrat: Katharina erzählte mir, dass sie für Heiko mehr empfinde als für eine bloße Affäre. Sie schien tatsächlich verliebt. Katharina bat mich deshalb, die Bekanntschaft von Heiko zu machen, bevor er Emily kennenlernen würde. Und zwar ganz entspannt, auf Augenhöhe, von Mann zu Mann. Ohne Katharina.

Natürlich barg es eine gewisse Skurrilität, wenn der Beziehungsvorgänger seinen Beziehungsnachfolger traf. Aber selbstverständlich sagte ich zu. Ich versuchte, dem Treffen mit Gelassenheit entgegenzusehen. Ich hatte ja auch keinen Grund, nervös zu sein.

Da mir Katharina von Heikos Zeugungsunfähigkeit erzählt hatte, wusste ich, dass die beiden nie eine klassische Familie bilden würden, die in Konkurrenz zu Katharinas, Emilys und meinem Konstrukt stünde.

Ich dachte, genau das wäre auch der Grund, warum sich Heiko zunächst zierte, mich kennenzulernen. Katharina musste ihm nach mehreren Wochen erst die Pistole auf die Brust setzen, indem sie sich ihm verweigerte, bis auch er sich »freiwillig« dazu bereit erklärte, mich zu treffen. Als es schließlich so weit war, verstand ich sofort, warum Heiko so zögerlich gewesen war: Er wollte mich nicht kennenlernen, weil er mich längst kannte.

Und ich ihn.

Wir hatten uns per E-Mail nach Feierabend in einer Kneipe im Finanzdistrikt verabredet. Die Fluktuation der Gäste war groß, viele schauten nach der Arbeit noch kurz auf ein Bier mit Kollegen vorbei, bevor es dann nach Hause zu Frau und Kindern ging.

Auch ich hatte nicht vor, mit Heiko den ganzen Abend dort zu verbringen.

Ich war kurz vor der verabredeten Zeit in dem Lokal erschienen und hatte an der kurzen Seite des über Eck gehenden Tresens Platz genommen. Wir würden also einigermaßen leger an der Theke miteinander reden können.

Ich hatte mir einen Weißwein und ein großes Glas Wasser bestellt.

Ich hatte keine Ahnung, wie Heiko aussah. Auf seiner Firmen-Homepage war leider kein Foto von ihm zu finden gewesen. Katharina hatte ihn mir aber beschrieben.

Das Lokal betrat ein Mann, der ungefähr auf die Beschreibung passte: schmächtiger Körperbau, schütteres Haar, um die fünfzig. Er trug eine runde Hornbrille, deren Gestell aussah, als wäre es mal Teil eines artengeschützten Tieres gewesen.

Der Mensch war gekleidet wie Robert Redford in *Die Unbestechlichen:* hellbeige Cordhose, blau-weiß-kariertes Businesshemd mit einfarbiger Krawatte, Tweedsakko mit Lederflicken an den Ellenbogen. Vintage-Journalisten-Uniform. Der einzige optische Unterschied zwischen dem neuen Gast und dem im Film dargestellten Journalisten Bob Woodward bestand darin, dass der Mann, der das Lokal betrat, jenseits seiner Kleidung nicht im Ansatz aussah wie Robert Redford. Sein Gesicht wirkte nicht kernig, lebenserfahren und in sich ruhend. Es wirkte wie das Gesicht eines Menschen, der von Haus aus mehr Geld als Gene in die Wiege gelegt bekommen hatte, weil der Familienstammbaum die Form eines Kreises hatte.

Allerdings konnte dieser Mann trotz seiner auffälligen Übereinstimmung mit Katharinas Beschreibung nicht Heiko sein. Der

Mann, der das Lokal betrat, war vor gut sechs Jahren einmal mein Mandant gewesen. Er hieß Olaf von Lukefeld. Sein Anblick führte mich sofort zurück in eines der Täler meiner Vergangenheit.

Olaf von Lukefeld war damals stellvertretender Redaktionsleiter eines privaten Fernsehnachrichtensenders gewesen. Er kam zu mir in die Großkanzlei auf Empfehlung von Toni, Dragans ehemaligem Officer für Drogenangelegenheiten. Olaf war als erfolgreicher Medienmensch nicht nur gern gesehener Kunde in Tonis Clubs, er war auch gern gesehener Konsument von Tonis Kokain. Den immer teurer werdenden Konsum finanzierte Olaf sich schließlich mit dem Weiterverkauf von Tonis Produkt in seinem Arbeitsumfeld.

Olaf erzielte beachtliche Umsatzzahlen und bekam von Toni den fast schon als Auszeichnung zu verstehenden Spitznamen »Olaf der Schneemann« verliehen.

Die Geschäftsbeziehung funktionierte so lange reibungslos, bis Olaf anfing, die Frau seines Chefs nicht nur in puncto Kokain zu befriedigen.

Da der gehörnte Fernsehchef Olaf leider nicht wegen Eifersucht feuern konnte, zeigte er ihn kurzerhand wegen der Dealerei an. Um ihn anschließend feuern zu können.

Der Chef legte der Staatsanwaltschaft eine beeidete Zeugenaussage vor, nach der er Olaf am 15. August um 17 Uhr in flagranti erwischt hatte, wie er auf der Sender-Toilette drei Mitarbeitern je zwei Gramm Koks verkaufen wollte. Beigefügt waren die insgesamt sechs Gramm Koks, die er konfisziert hatte.

Für den nun im Raum stehenden Vorwurf des gewerbsmäßigen Drogenhandels drohte Olaf eine Freiheitsstrafe von nicht unter fünf Jahren. Um das zu vermeiden, wurde Olaf auf Anraten von Toni mit diesem zusammen bei mir in den Räumen meines damaligen Arbeitgebers, der Kanzlei von Dresen, Erkel und Dannwitz, vorstellig.

Im Gegensatz zu Toni wirkte Olaf nicht wie ein großkotziger Straftäter, der stolz auf die ihm vorgeworfenen Delikte war. Ganz im

Gegenteil. Ich fand ihn auf eine bemitleidenswerte Art sogar fast sympathisch. Er wirkte wie jemand, der ebenso lustvoll wie deplatziert auf dicke Hose gemacht hatte, dem die Hose dann aber überraschend schnell runtergezogen worden war. Olafs Verhalten war eine Mischung aus reumütig, fahrig, wehleidig und trotzig. Dass er trotz der spätsommerlichen Jahreszeit permanent die Nase hochzog, ließ auf ein chronisches Problem schließen, bei dem ihm ein halbes Gramm Koks kurzfristig sicherlich mehr geholfen hätte als eine strafrechtliche Erstberatung.

Für mich war Olafs Mandat nur ein belangloser Beifang meiner damaligen Tätigkeit für Dragan. Ein kleiner Fisch, den ich von der Angel der Staatsanwaltschaft nehmen und zurück ins Wasser werfen würde. Ob er dort anschließend noch schwimmfähig war, war nicht mein Problem. Ich erläuterte Olaf noch in Tonis Beisein mein Standardverfahren: Ich würde die drei Klokunden davon überzeugen, in ihrem eigenen Interesse von ihrem Zeugnisverweigerungsrecht Gebrauch zu machen. Den gehörnten Chef würde ich als rachsüchtig diffamieren und die Menge des von ihm amateurhaft und nicht gerichtsfest konfiszierten Kokses bestreiten. Ich war mir ziemlich sicher, die fünf Jahre Knast wegen gewerbsmäßigen Drogenhandels dadurch auf eine Bewährungs- oder Geldstrafe wegen Kleindealerei zusammenschmelzen zu können.

Einzig Olaf war damit nicht einverstanden.

»Aber in Wahrheit bin ich doch kein Dealer«, protestierte er.

»Sondern in Wahrheit bist du was?«, wollte ich wissen.

»In Wahrheit bin ich Journalist.«

Ich kannte dieses Phänomen. Wer zum ersten Mal bei einem Fehltritt erwischt wurde, haderte vor allem mit der damit einhergehenden Veränderung in der Fremdwahrnehmung. Das fing schon bei Verkehrsdelikten an. Selbst wenn der Tacho stolze 230 km/h anzeigte, wenn das rote Blitzlicht kurz hinter dem 120-Schild auf der Autobahn die Sicht nahm, war man doch kein Raser. Es war doch nur eine Geschwindigkeitsübertretung.

Das war mit Drogen nicht anders. Jedenfalls beim ersten Erwischtwerden.

»In Wahrheit ist jeder ein Dealer, der Handel mit Betäubungsmitteln betreibt. Das geht durchaus auch nebenberuflich. Man kann also gut Dealer *und* Journalist sein«, war meine fast schon gelangweilte Erklärung.

»Ein Dealer ist eine zwielichtige Gestalt, die andere Menschen ins Verderben führt, weil er von ihrer Drogensucht profitiert. Ich habe lediglich Kokain zur Leistungssteigerung an ein paar Kollegen verkauft. Das ist doch was völlig anderes«, empörte sich Olaf, der anscheinend wirklich glaubte, was er da sagte.

Mir war es egal, welche Lebenslügen meine Mandanten emotional über Wasser hielten. Ich betreute sie nicht psychologisch, sondern rechtlich.

Toni, für den die Beschreibung »zwielichtig« noch ein Kompliment gewesen wäre, stimmte Olaf allerdings eifrig nickend zu.

»Genau. Olaf ist sogar stellvertretender Redaktionsleiter. Im Grunde genommen hält er den Laden mit dem Kokain am Laufen. Das nehmen die doch alle freiwillig da. Das, was sein Chef über ihn erzählt, grenzt an Rufmord!«, ergänzte er.

»Kokain ist ein Betäubungsmittel, der Verkauf von Betäubungsmitteln nennt sich dealen. Ich kann für Olaf die strafrechtlichen Folgen mindern, aber an dem Sachverhalt nichts ändern. Für eine andere Wahrheit müssten wir eine wesentlich bessere Geschichte auftischen können als Olafs Chef.«

»Die Wahrheit ist eine Frage der besseren Geschichte?«, fragte Olaf ungläubig.

»Vor Gericht schon.«

»Und was wäre die bessere Geschichte?«

Ich stand als Anwalt mit beiden Beinen im Knast, wenn ich für einen Mandanten ein falsches Alibi erfand. Deswegen fuhr ich bewusst im Konjunktiv fort.

»Die ideale Wahrheit wäre, dass du dich am 15. August um 17 Uhr nachweislich mit irgendwem irgendwo anders aufgehalten hättest als mit Drogen auf der Herrentoilette deines Senders. So was nennt sich Alibi. Das haben wir aber nicht. Im Gegenteil. Wir haben einen sehr glaubwürdigen Belastungszeugen.«

»Dann sag ich einfach, er wäre zur Tatzeit bei mir gewesen«, bot der als Zeuge nicht ganz so glaubwürdig wirkende Toni an.

Auch wenn es mir als Anwalt standesrechtlich verboten war, falsche Alibis zu erfinden, war ich relativ großzügig, wenn es darum ging, gewisse Alibis nicht zu hinterfragen. Doch in diesem Fall war mir das aufgrund eines Interessenkonfliktes leider nicht möglich.

Wie es der Zufall wollte, hatte auch Dragan, mein Hauptmandant, mit dem Vorwurf zu leben, am selben Tag wie Olaf eine Straftat begangen zu haben. Dragan wurde vorgeworfen, er habe am 15. August, ebenfalls gegen 17 Uhr, einen säumigen Schuldner krankenhausreif geprügelt. Dragans Verteidigungsstrategie war bislang, zu behaupten, dass er zu diesem Zeitpunkt bei Toni war.

»Toni, du kannst nicht am selben Tag zur selben Zeit sowohl mit Dragan als auch mit Olaf zusammen gewesen sein.«

»Mist. Stimmt«, musste Toni eingestehen.

Olaf war nicht auf den Kopf gefallen. Er schaltete sich ein.

»Wie wäre es, wenn ich mit bei dem Treffen von Dragan und Toni gewesen wäre?«

»Richtig!«, ereiferte sich Toni. »Olaf war auch da.«

»Treffen sich ein Clan-Chef, ein Club-Besitzer und ein Journalist um 17 Uhr …«, fing ich an zu erzählen. »Damit sich das für die Staatsanwaltschaft nicht wie ein schlechter Witz anhört, solltet ihr dafür einen guten Grund gehabt haben.«

»Ein Interview!«, beteiligte sich Olaf an dem von mir gar nicht beabsichtigten Brainstorming. »Ich habe mich mit Dragan und Toni für eine investigative Reportage über das organisierte Verbrechen getroffen.«

»Mit dem Dragan und Toni nicht das Geringste zu tun haben, wie ich als deren Anwalt an dieser Stelle betonen muss«, intervenierte ich.

»Das behauptet ja auch keiner«, beruhigte Olaf. »Der Inhalt des Interviews fällt sowieso unter den Quellenschutz. Es geht ja nur darum, *dass* wir dieses Interview geführt haben. Dafür müsste es doch reichen, wenn ich das Video mit dem Timecode und dem Datum vorzeigen kann.«

»Dafür müsste es dieses Video zunächst einmal geben«, merkte ich an.

»Den Timecode und das Datum kann ich einstellen, wie ich will.« Olaf bekam langsam Oberwasser.

»Und genau deswegen zählt das alleine nicht sonderlich viel«, informierte ich ihn. »Da müsste im Hintergrund schon etwas mehr zu sehen sein. Etwas, was es nur an diesem Tag gab. Solange Zeitreisen nicht möglich sind, vergessen wir das mit dem Interview also am besten ganz schnell wieder.«

»Mein Sender hat eine Mediathek.« Olaf ließ nicht locker. »Nichts ist einfacher, als die 17-Uhr-Nachrichten vom 15. August im Hintergrund laufen zu lassen.«

Mir reichte es. Ich würde meine Zulassung als Anwalt bestimmt nicht für »Olaf den Schneemann« aufs Spiel setzen.

»Leute! Die Besprechung ist an dieser Stelle beendet. Ich habe mein Angebot für die Vorgehensweise bei der Verteidigung gemacht. Entweder du hast daran Interesse, Olaf, oder eben nicht.«

Was ich zu diesem Zeitpunkt nicht ahnte, war die Tatsache, dass Dragan von Olafs Alibi-Vorschlag begeistert war, nachdem Toni ihm davon berichtet hatte. Der Beifang zappelte zwei Wochen später auf einmal am großen Haken. Zusammen mit einem von vorne bis hinten gefakten Video-Interview zwischen Olaf, Dragan und Toni. Laut dem im Bild eingeblendeten Timecode aufgenommen am 15. August, 17 Uhr.

Da ich als Anwalt weder meine Mandanten verraten noch bewusst ein falsches Alibi vorbringen durfte, hätte ich eigentlich beide

Mandate niederlegen müssen, als Olaf mir die Kassette in die Kanzlei brachte.

Ohne das Dragan-Mandat wäre mir allerdings auch sehr kurzfristig von meiner Kanzlei gekündigt worden. Und ohne meinen Nutzen als Anwalt hätte Dragan seinen Unmut über mich möglicherweise mit körperlicher Gewalt ausgedrückt.

Ich entschied mich also aus Karriere- und Gesundheitsgründen für das kleinere Übel. Ich schickte ein Foto aus dem Videomitschnitt des Interviews zwischen Olaf, Toni und Dragan zu den zuständigen zwei Staatsanwälten. Beide waren besonders beeindruckt von der Tatsache, dass die Richtigkeit der Zeitangaben nicht nur von den drei Beteiligten eidesstattlich versichert, sondern auch anhand der im Hintergrund auf einem Bildschirm zu sehenden 17-Uhr-Nachrichtensendung desselben Tages bestätigt wurde.

Beide Verfahren wurden umgehend eingestellt.

Ich war alles andere als stolz auf meinen Erfolg. Im Nachhinein war das einzig Positive an meinem damaligen Handeln, dass es mich eine weitere Stufe abwärts auf der Treppe führte, die mich runter in die Tiefen eines Burn-outs und damit vor die Tür von Joschka Breitners Praxis gebracht hatte.

Aber Dragan war sein Verfahren los, und Olaf durfte sich weiterhin einreden, er sei einzig und allein Journalist.

Keinem der Beteiligten war daran gelegen, über diese Aktion auch nur ein Wort zu verlieren. Wo kein Kläger, da kein Richter.

Um Olafs Arbeitsvertrag dennoch zu beenden, blieb seinem Chef nach dem eingestellten Strafverfahren nichts anderes übrig, als mit mir über eine hohe Abfindung für meinen Mandanten zu verhandeln.

Der Chef ließ es sich allerdings nicht nehmen, auch Olafs Frau über die Affäre und den Drogenkonsum ihres Mannes zu informieren. Privat wurde Olaf ohne weiteren Prozess gefeuert.

Ich hatte Olaf von Lukefeld das letzte Mal vor sechs Jahren gesehen, als ich ihm den Scheck seines Chefs überreichte.

Ich hatte das Tal meiner Vergangenheit erfolgreich verlassen. Und Olaf von Lukefeld anscheinend auch. Der Mann, der gerade in die Bar trat, sah zwar nicht aus wie Robert Redford, aber im Rahmen seiner optischen Möglichkeiten wirkte er wie das blühende Leben. Olaf sah auch mich, ging auf mich zu und reichte mir die Hand.

»Hallo, Olaf…«, setzte ich an.

»Ich bin Heiko«, sagte Olaf.

17 BEZIEHUNGEN

»Wenn Sie ein Mensch auf sehr persönlicher Ebene ärgert, dann versuchen Sie zunächst, ihn in Gedanken aus seinem Beziehungsgeflecht zu Ihnen herauszunehmen. Schaffen Sie Distanz. Und zwar wertfrei. Nicht Ihr Chef ist wütend – ein Mensch ist laut. Nicht Ihre Bedienung ist unverschämt – ein Mensch überschreitet Grenzen. Nicht Ihre Verabredung versetzt Sie – ein Mensch ist unpünktlich. Wenn Sie die Verbindung zu Ihnen erst einmal gelöst haben, können Sie voller Liebe nach dem Grund für die Lautstärke, die Grenzüberschreitung, die Unpünktlichkeit dieses Menschen fragen.«

JOSCHKA BREITNER,
»ZU FUSS INS ICH –
PILGERN ALS SELBSTFINDUNG«

ICH HATTE MIR VOR meinem Treffen mit Heiko rudimentäre Gedanken darüber gemacht, wie ich das Gespräch mit dem neuen Lebensgefährten meiner Ex-Frau beginnen könnte. Damit der Gesprächseinstieg nicht unnötig gestelzt wirkte, entschloss ich mich dann aber, das Gespräch einfach ganz spontan und damit natürlich beginnen zu lassen.

Die Erkenntnis, dass Olaf von Lukefeld der neue Partner von Katharina war und nun aber Heiko hieß, bot genügend Raum für spontane Nachfragen.

»Ich … du … was?«, war die erste.

Olaf setzte sich auf den freien Hocker an der Tresenecke. Offensichtlich hatte er seinen ersten Satz geprobt. Jedenfalls saß er perfekt.

»Dank deiner Hilfe konnte ich in den letzten sechs Jahren mein Leben komplett umgestalten. Ich bin jetzt ein anderer Mensch. Und dafür bin ich dir unendlich dankbar.«

Heiko, geborener Olaf, war, das muss ich zugeben, kein schlechter Erzähler. Seine Geschichte überzeugte mich.

Er hatte in den letzten sechs Jahren tatsächlich sein Leben verändert. Und Ausgangspunkt war unsere letzte Begegnung. Zunächst einmal hatte ihn seine Frau, eine geborene von Lukefeld, nicht nur verlassen, sondern auch den Nachnamen mitgenommen. Olaf kehrte zu seinem Geburtsnamen zurück: Müller.

Olafs Gene waren also gar nicht adlig. Anscheinend passte sein Gesicht lediglich zufällig zu dem angeheirateten Nachnamen.

Olaf Müller machte nach Trennung und Jobverlust erfolgreich eine Drogentherapie. Im Anschluss entschied er sich, auch seinen ersten Vornamen nicht mehr zu benutzen, sondern in Zukunft nur noch den bislang nicht gebrauchten zweiten aufzutragen: Heiko.

Als Heiko Müller fing er auch beruflich neu an. Er verfügte offensichtlich über die beneidenswerte Fähigkeit, Krisen als Chance zu sehen.

Wegen Drogen wäre er beinahe im Knast gelandet. Aus dem Wort »beinahe« sog er nun Honig.

Die Art und Weise, wie er es geschafft hatte, einer Verurteilung zu entgehen, indem er die zunächst so bedrohliche wahre Geschichte seines Chefs widerlegte, brachte ihm in der Branche einen gewissen Ruf ein. Er galt nun unter der Hand als der Journalist, der unangenehme Wahrheiten als Fake News aus der Welt schaffen konnte.

Heikos Ex-Chef war zu gut vernetzt, als dass Heiko in den nächsten Jahren in klassischen Medien hätte Fuß fassen können. Aber Heiko war wiederum ebenfalls zu gut vernetzt, als dass das für ihn ein Problem gewesen wäre. Es gab ja genügend moderne Medien, die danach schrien, auf Fake News überprüft zu werden.

Mit der Abfindung, die ich für Olaf ausgehandelt hatte, machte sich Heiko als Journalist selbstständig. Als Faktenchecker. Zunächst als Einmannbetrieb. Mittlerweile hatte er an die zwanzig Mitarbeiter.

Der Heiko, der da gerade vor mir stand, strahlte ein Selbstbewusstsein aus, das mein ehemaliger Mandant Olaf nicht gehabt hatte.

Ich konnte sogar ein Stück weit verstehen, was Katharina an ihm fand. Und dass ihm inzwischen auch eine Penthouse-Wohnung und ein Elektro-Porsche gehörten, stand ihrer Sympathie für ihn sicherlich nicht im Wege.

»Ich bin jetzt seit sechs Jahren clean. Ich bin beruflich erfolgreich. Und ich liebe Katharina«, schloss Heiko den Gesprächseinstieg ab. Und mit der dann folgenden Frage setzte er den Übergang in die entscheidende Phase unseres Treffens. »Was meinst du – wird uns unsere Vergangenheit in Zukunft im Wege stehen?«

Dies war der Punkt, an dem sich Millisekunden zu Minuten dehnten. Innerhalb von Sekundenbruchteilen traf ich die Entscheidung, Heiko und Katharina meinen Segen zu geben. Heikos Geschichte war mir sympathisch. Aus eigener Erfahrung wusste ich, wie heilsam Brüche im Lebenslauf sein konnten. Ich konnte Heiko seine längst bezahlte Schuld aus der Vergangenheit nicht ankreiden. Als sein ehemaliger Anwalt wäre ich ohnehin an die Schweigepflicht gebunden gewesen. Auch mein damaliges Handeln war falsch gewesen. Mir selber hatte ich meine Vergangenheit verzeihen können. Warum sollte ich das Heiko gegenüber nicht auch tun?

Aus Olaf war Heiko geworden. Und Katharina mochte Heiko. Und Heiko offenbar Katharina. Die beiden würden schon selber herausfinden, welcher Teil der Vergangenheit des anderen für die eigene Zukunft eine Rolle spielte. Ich beschloss, mein Wissen über Heiko positiv zu nutzen. Ich würde ihm genauso offen gegenübertreten wie jemandem, dessen Vergangenheit ich nicht kannte.

»Auf einen Neustart!«, prostete ich ihm zu.

Ich hatte in diesem Augenblick vor, Heiko voller Achtsamkeit und Achtung zu begegnen. Wertungsfrei und liebevoll. Heiko sollte wie jeder andere neue Partner Katharinas die Chance bekommen, von mir mit frischen Augen als Vollidiot erkannt zu werden.

Ich hatte keine Ahnung, wie schnell er diese Chance nutzen würde.

Ich versuchte, das Gespräch auf emotional neutrale Themen zu lenken, in denen wir beide auf sicherem Boden standen. Zum Beispiel über unsere Jobs. Heikos Beruf interessierte mich wirklich.

Alles, was ich über den Beruf des Faktencheckers wusste, war, dass Faktenchecker im Internet im Auftrag von Plattformbetreibern Beiträge der User überprüften. Bewerteten sie einen Beitrag als inhaltlich nicht korrekt, konnte der Beitrag markiert, der User blockiert und im Extremfall Beitrag und User gelöscht werden.

Markieren. Blockieren. Löschen.

Die Freiheitslosung im digitalen Neuland.

Meinem Menschenbild war das Bedürfnis, andere erwachsene Menschen außerhalb von Kindergarten und Schule auf privater Basis zu korrigieren, zu belehren oder zu sanktionieren, fremd.

Die Schranken der freien Meinungsäußerung waren in der realen Welt im Grundgesetz abschließend geregelt. Für deren Einhaltung waren staatliche Gerichte und nicht moralische Bürgerwehren zuständig.

Und das Tollste an Meinungen war, dass ihre Richtigkeit nicht bewiesen werden musste. Es gab also schlicht keine richtigen oder falschen Meinungen.

Die Meinung, der Mensch könne die Durchschnittstemperatur der Erde auf eine Nachkommastelle genau steuern, war genauso legitim wie die Meinung, das sei völliger Blödsinn.

Private Faktenchecker zur Überprüfung von Meinungsäußerungen hatten in diesem Gefüge für mich also keine Existenznotwendigkeit. Der Beruf des Faktencheckers war für mich so gesehen irgendwo zwischen Wadenbeißer und Falschparker-Denunziant angesiedelt. Wobei ich jedem gescheiterten Journalisten seine zweite Chance als moralisches Vorbild im Internet von Herzen gönnte.

Aber das war meine Sicht auf die Welt aus meiner anwaltlichen Blase heraus. Um meine eigene Vorurteilsblase verlassen zu können, fand ich die Gelegenheit umso interessanter, mich nun mit Heiko aus erster Hand über seinen mir so rätselhaften Beruf austauschen zu können.

»Was machst du so als Faktenchecker?«, fragte ich. »Den ganzen Tag irgendwelche Postings und Blogs auf Falschaussagen überprüfen?«

»Auch. Aber Faktenchecken ist vielseitiger. Heute zum Beispiel, da haben wir für eine kulturelle Stiftung das Social-Media-Verhalten eines Bewerbers um einen Geschäftsführerposten gecheckt. Dabei kam raus, dass der vor sieben Jahren mehrere Facebook-

Kommentare eines rechtskonservativen Bloggers gelikt hat. Gott sei Dank haben wir das noch herausgefunden. Der hätte sonst nächste Woche seinen Vertrag unterschrieben!«

Noch vor fünf Minuten hatte Heiko von mir erhofft, seine lediglich sechs Jahre zurückliegende Vergangenheit als Drogendealer geflissentlich zu vergessen. So gesehen empfand ich seine Herangehensweise in Bezug auf noch länger zurückliegende Meinungsäußerungen anderer als moralisch ziemlich sportlich. Aber Social Media waren nun mal nicht meine Welt.

»Gut – wir sind also beide dem Wohl unserer Auftraggeber verpflichtet«, versuchte ich, die berufliche Gemeinsamkeit zwischen uns herauszuarbeiten.

»Na ja«, merkte Heiko an, »ich sehe meinen Job als Faktenchecker schon in einem größeren gesellschaftlichen Kontext als den eines Strafverteidigers.«

Ich bemühte mich achtsam, diese Aussage nicht als Abwertung meines Berufes aufzufassen. Ich beschränkte mich auf die Wahrnehmung der in ihr enthaltenen wertneutralen Information, dass Heiko offensichtlich beruflich ein selbstbewusster Mensch war.

»Anders als ihr Anwälte müssen wir Journalisten Haltung zeigen.«

Zwanghafte Handlungen waren mir schon immer suspekt.

»Ist Haltung nicht etwas sehr Individuelles? Haltung ist für mich so etwas wie ein … wie ein Penis! Man hat ihn, oder man hat ihn nicht. Aber man muss ihn ja nicht dauernd allen zeigen.«

Anstatt auf meine Argumente einzugehen, bewertete Heiko sie.

»Die chauvinistische Zuordnung von Geschlechtsidentitäten ist das genaue Gegenteil von Haltung.«

Ich empfand diese Aussage als das genaue Gegenteil eines Arguments. War aber tolerant genug, das nicht zu erwähnen.

»Das war ja nur ein Beispiel. Ich wollte damit sagen, dass Haltung etwas ist, das durchaus für andere sichtbar werden kann, ohne dass man permanent darauf hinweist …«

»Haltung ist«, bemühte sich Heiko mir zu erklären, »für eine offene Gesellschaft einzutreten. In der Geschlecht, Alter und ethnische Herkunft keine Rolle spielen. Das klar zu zeigen ist völlig alternativlos.«

Ich beging den Fehler, dem Argument der Alternativlosigkeit mit der Erwähnung der Alternative zu begegnen.

»Und wenn jemand der Meinung ist, eine Gesellschaft mit Bezug zu den auf dem Personalausweis festgehaltenen Eckdaten hätte auch Vorteile? Der hat doch auch eine Haltung. Halt nur eine andere.«

»Wer gegen eine offene Gesellschaft ist, ist rechts.«

Schon wieder ein Totschlagargument. Ich musste schleunigst das Thema wechseln. Über was konnte ich mich sonst mit einem Mann unterhalten, der sich freiwillig die Hälfte des möglichen Denkhorizontes vernagelte? Autos! Autos gingen immer.

»Hat dein Porsche eigentlich Türen?«, fragte ich Heiko und brachte ihn damit aus dem Konzept. Er guckte mich verdutzt an. Wie jemand, der gerade aus dem um sich selbst im Kreis drehenden Kinderkarussell gepurzelt kommt.

»Selbstverständlich hat mein Porsche Türen. Wieso?«

»Na, dann ist deine Vorstellung von einer offenen Gesellschaft ja offensichtlich auch endlich.«

»Ich verstehe nicht …«

»Die einen ziehen die Grenzen einer offenen Gesellschaft rund um ihr Land. Die anderen rund um ihren Porsche. So verschieden sind die Meinungen also gar nicht. Du ziehst die Grenzen nur enger.«

Ich war sehr stolz darauf, mit dieser Argumentation zu vereinen, anstatt zu spalten.

»Hass ist keine Meinung«, war Heikos Reaktion.

Irgendwie fluppte es mit Heiko nicht. Egal, worüber wir sprachen – am Ende sah ich in ihm immer einen Plattitüden labernden Vollidioten, der mit meiner Ex-Frau schlafen und zwangsläufig in Kontakt zu meiner Tochter treten würde.

Ich erinnerte mich an eine Achtsamkeitsübung von Herrn Breitner. Er nannte es die wertfreie Distanzierung:

Wenn Sie ein Mensch auf sehr persönlicher Ebene ärgert, dann versuchen Sie zunächst, ihn in Gedanken aus seinem Beziehungsgeflecht zu Ihnen herauszunehmen. Schaffen Sie Distanz. Und zwar wertfrei. Nicht Ihr Chef ist wütend – ein Mensch ist laut. Nicht Ihre Bedienung ist unverschämt – ein Mensch überschreitet Grenzen. Nicht Ihre Verabredung versetzt Sie – ein Mensch ist unpünktlich. Wenn Sie die Verbindung zu Ihnen erst einmal gelöst haben, können Sie voller Liebe nach dem Grund für die Lautstärke, die Grenzüberschreitung, die Unpünktlichkeit dieses Menschen fragen.

Ich versuchte, diese Übung auf Heiko anzuwenden.

Aus dem Beziehungsgeflecht zu dem Plattitüden labernden Vollidioten, der mit meiner Ex-Frau schlafen und zwangsläufig in Kontakt zu meiner Tochter treten würde, nahm ich in Gedanken meine Ex-Frau und meine Tochter heraus.

Wertungsfrei betrachtet, blieb danach nur noch ein Plattitüden labernder Vollidiot übrig.

Alles, was ich jetzt noch zu tun hatte, war, nach dem Grund zu fragen.

»Warum machst du das, dieses ›Faktenchecken‹?«, fragte ich.

»Weil die Gesellschaft ein Recht auf Wahrheit hat.«

»Auf wessen Wahrheit?«

Erneut schaute Heiko mich irritiert an. Die Frage schien ein Stock zu sein, der knirschend in sein mechanisches Moralgetriebe gesteckt worden war.

Bevor die Diskrepanz zwischen unseren Wahrheiten zu schmerzhaften Verformungen in Heikos Weltbild führte, nahm ich die Frage lieber wieder zurück.

»Vergiss es. Wie funktioniert denn so ein Faktencheck bei euch?«

Ich hörte gebannt zu, wie Heiko mir seine mir fremde Welt zeigte. Voller Begeisterung erklärte er, wie er und seine Mitarbeiter in der

Agentur Typen, die Hate Speech und Fake News verbreiteten, überführten: durch einen journalistischen Vergleich der Inhalte von fragwürdigen Texten mit frei zugänglichen anerkannten Publikationen.

Wertfrei und liebevoll betrachtet, eine nicht zu beanstandende Technik.

Nichts anderes hatte die katholische Kirche erfolgreich bei Galilei, Kopernikus oder Keppler angewandt.

Beruhigend zu wissen, dass auch Heiko diese Astro-Idioten an der Verbreitung ihrer Verschwörungstheorien bezüglich der Sonne als Zentralgestirn gehindert hätte. Alles Heliozentriker und Erd-Leugner.

Während Heiko redete und redete, wurde mir immer klarer, dass der Beruf des Faktencheckers auf einer jahrhundertealten Tradition beruhte, in den letzten Jahrzehnten allerdings eine rasante technische Entwicklung erfahren hatte.

Früher musste man Publikationen, die der gängigen Weltanschauung widersprachen, noch umständlich verbannen oder vor der Berliner Oper verbrennen.

Heute konnte man sie einfach per Knopfdruck löschen.

Noch Mitte der Achtzigerjahre des letzten Jahrhunderts mussten Faktenchecker in schlecht durchlüfteten Kellern in Leipzig, Dresden oder Ostberlin Briefumschläge über Wasserdampf öffnen, um deren Inhalt auf Abweichungen von der akzeptierten Wahrheit zu überprüfen.

Jetzt konnte man das mit einem Laptop in jedem Café der Welt machen. Das Internet kannte keine Briefumschläge. Der Beruf des Faktencheckers war mit den Jahren barrierefrei geworden.

Selbst die kognitiven Fähigkeiten, Feuer zu entzünden oder Wasser auf hundert Grad zu erhitzen, gehörten nicht mehr zu den Mindestanforderungen, um die Welt besser, friedlicher, gleicher und hassfreier zu machen. Ein Klick reichte.

Ich war immer wieder kurz davor, mich über die Selbstgerechtigkeit von Heikos Berufsverständnis aufzuregen.

Aber die Achtsamkeit holte mich jedes Mal wieder zurück in den Zustand der Dankbarkeit.

Heiko schöpfte sein Gefühl der moralischen Größe aus dem Umstand, dass er auf den Schultern eines Riesens namens Meinungsfreiheit thronte.

Und nicht bemerkte, dass er diesem Riesen permanent in den Kragen pinkelte.

Ich war dankbar, dass es Heiko gab.

Er machte mir deutlich, was Toleranz war.

Jedenfalls die Toleranz des Riesen.

Am Ende des Treffens konnte ich ganz wertfrei feststellen, dass Heiko und ich in zwei völlig verschiedenen Blasen lebten. Was für mich kein Problem war.

Was Blasen anging, war das Leben für mich wie ein Glas Champagner: Viele unterschiedliche Blasen, die getrennt voneinander nach Höherem strebten, waren für mich ein Qualitätsmerkmal.

Wenn für Heiko das Leben eher wie eine Lavalampe war, bei der eine um sich selbst drehende Blase darauf wartete, dass eine andere platzte und ihr den Weg frei machte, dann hatte ich auch das zu akzeptieren.

Heiko war mit mir nicht auf einer Wellenlänge. Aber das musste er auch gar nicht sein. Er musste nicht mir gefallen, sondern Katharina. Und solange er das tat und ich in ihm keine konkrete Gefahr für Emily sah, musste ich ihm nicht feindschaftlich gegenübertreten.

Emily würde sich ihr eigenes Bild von ihm machen.

In einem von Katharina und mir geschützten Rahmen.

Und auch dafür, dass das möglich war, war ich dankbar.

Als wir uns nach einer Dreiviertelstunde Geplauder trennten, hatte Heiko mir keine einzige Frage nach meinem jetzigen Leben gestellt. Ich ging davon aus, dass er alle aktuellen Fakten über mich bereits hatte überprüfen lassen.

Als wir uns zum Abschied die Hand gaben, überraschte er mich dann allerdings doch:

»Und, wirst du Katharina von unserer gemeinsamen Vergangenheit erzählen?«

Ich war völlig perplex.

»Wieso sollte ich?«, antwortete ich. »Ich gehe davon aus, dass *du* ihr die Wahrheit erzählst.«

Heiko zögerte einen Moment.

»Ich werde sie nicht anlügen«, sagte er schließlich. »Versprochen.«

Dass es zwischen »nicht anlügen« und »die Wahrheit erzählen« einen Unterschied gab, der exakt so groß war wie der Teil der Wahrheit, der nicht erzählt wurde, lernte ich erst später.

Ich kehrte aus meinen Erinnerungen wieder zurück in die Realität.

Ich lag in einem Bett in den französischen Pyrenäen. Ich hatte darüber meditiert, wer mich später einmal pflegen würde.

Heiko wohl eher nicht.

Und ich hatte über die Bedeutung der klassischen Familienstruktur für mich nachgedacht. Ich holte noch einmal mein Pilgertagebuch hervor und verfasste einen weiteren Eintrag:

Ich weiß nicht, ob ich für ein erfülltes Leben eine klassische Familienstruktur brauche. Aber ich weiß, dass ich die damit verbundene Sicherheit vermisse. Der Sinn einer Familie ist es auch, sich zu pflegen, bevor man alt ist.

18 MINIMIERUNG

»Wie schön die alltäglichen Dinge des Lebens sind, merkt man erst, wenn man sie nicht tut.«

JOSCHKA BREITNER,
»ZU FUSS INS ICH –
PILGERN ALS SELBSTFINDUNG«

AM NÄCHSTEN MORGEN hatte ich meine erste Pilgerinspiration direkt beim Anziehen. In Form einer Frage: Wenn ich drei Unterhosen und drei T-Shirts mithabe, ziehe ich dann am ersten Pilgertag eine frische Garnitur Unterwäsche an, oder reicht mir die vom Vortag, in der ich bereits geschlafen habe?

Unterwäsche vom Vortag zu tragen hatte für mich immer das Gefühl eines Zeitsprungs. Ich war unterwegs in eine gerade begonnene Zukunft – kleidungstechnisch aber noch in der Vergangenheit. Ein Gefühl, das ich aus lange zurückliegenden Jahrzehnten kannte. Als Kind, wenn ich krank war. Beim Bund, wenn ich bei einer Sechsunddreißig-Stunden-Übung kein einziges Mal geübt hatte, die Wäsche zu wechseln. Oder wenn ich beim Studium von einer Partybekanntschaft am nächsten Morgen betrunken und glücklich in alter Wäsche an dem frisch angezogenen Teil der arbeitenden Bevölkerung vorbei mit dem Fahrrad nach Hause fuhr.

Da stand ich also in meinem Hotelzimmer, in der Wäsche vom Vortag, vor meinem Rucksack. Ich war nicht krank. Dies war keine Übung. Und Sex und Kater standen bei mir schon seit Jahren in keinem kausalen Zusammenhang mehr.

Ich überlegte: Begann ich den ersten richtigen Pilgertag in alter Wäsche, würde ich den ersten Pilgertag nicht frisch beginnen, sondern mein altes Ich an mir riechen. Begänne ich den neuen Abschnitt mit frischer Wäsche, wäre ich zwar äußerlich frisch, würde aber trotzdem alte Wäsche mit mir tragen müssen. Im Rucksack.

Verbunden mit der Verpflichtung, am Abend gleich zwei meiner drei Garnituren waschen zu müssen.

Ich traf die erste philosophische Entscheidung meiner Pilgerreise. Ich behielt die alte Wäsche an. Mit einer ganz pragmatischen Begründung: Ich hatte so viel Ich in mir, das es zu entdecken galt, da fiel das bisschen altes Ich in der Wäsche von gestern nicht ins Gewicht.

Mein Körper sah das beim Frühstück offensichtlich anders. Obwohl ich frisch geduscht war, fühlte er sich kratzig.

Roland und ich waren um acht Uhr vor dem Hotel verabredet.

Vor der Tür stehend, sah ich ganze Heerscharen von Pilgern an mir vorbeimarschieren. In Gruppen. In Grüppchen. Einzeln.

»Das verläuft sich auf dem Camino«, erklärte mir Roland, als er sich mir näherte und meine kritischen Blicke richtig deutete.

»Das ist wie morgens um acht am Supermarkteingang. Vor der Tür drängeln sich die Früheinkäufer. Hinter der Tür ist ein leeres Shopping-Paradies mit gut gefüllten Regalen.«

Das zerstreute meine Sorgen vor einer vierwöchigen Gruppenwanderung ein wenig.

»Und jetzt?«, fragte ich Roland.

»Jetzt gehen wir einkaufen. Du hast ja offensichtlich weder einen Pilgerstab noch eine Jakobsmuschel dabei.«

Damit hatte er recht. Ich hatte nämlich nicht vorgehabt, mein Ich dadurch zu finden, dass ich die Erkennungsmarken aller anderen Ichs auf dem Jakobsweg kopierte.

»Brauch ich nicht«, antwortete ich entsprechend.

Roland lächelte.

»Selbst wenn du es nicht bräuchtest – was ich bezweifle –, die anderen Pilger brauchen es. Pilgern ist bei aller individuellen Selbsterfahrung ein Gemeinschaftserlebnis. Sonst könntest du auch einfach achthundert Kilometer zu Hause im Keller auf dem Stepper abreißen. Der Stab und die Muschel sind ein Erkennungszeichen.«

»Mehr als der Rucksack und der gleiche Weg?«

»Hätte Gott gewollt, dass das Erkennungszeichen auf dem Camino ein Rucksack wäre, hätte er das Boot mit Jakobs Leichnam mit Rucksäcken behangen. Hat er aber nicht.«

Wir gingen in den nächsten Souvenirladen, und ich kaufte mir Wanderstab und Muschel. Nicht ahnend, dass mir beide tatsächlich noch gute Dienste erweisen würden.

Dem Aufdruck *Made in China* zufolge hatten beide bereits ohne mich einen längeren Weg zurückgelegt, als ich mit ihnen noch vor mir hatte.

Entgegen dem Hauptstrom der Pilger verließen wir Saint-Jean in östliche Richtung, um zunächst unsere Pilgerbriefe im Kloster der »Confrérie des Messagers« einzuwerfen. Das mittelalterliche Klostergebäude befand sich etwa fünfzehn Gehminuten außerhalb des Ortes und wirkte auf den ersten Blick völlig unscheinbar. Ohne Roland als Pilgerführer hätte ich es für einen alten Bauernhof gehalten. Von der Landstraße aus führte nur ein unbeschilderter Stichweg zu dem Gehöft. Es war von einer zwei Meter hohen Natursteinmauer umgeben. Der Mauer vorgelagert war eine verwilderte Hecke. Ein verschlossenes Holztor verhinderte den Einlass auf das eigentliche Grundstück. Rechts vom Tor, ein wenig versteckt zwischen Mauer und Hecke, stand ein steinerner Kasten mit einer Deckplatte, in die ein Schlitz eingehämmert war: der Briefkasten.

Die Pilgerbriefe waren nichts als doppelt gefaltete DIN-A4-Blätter, auf denen Namen standen, damit sie uns in Santiago de Compostela wieder ausgehändigt werden konnten. Nur der Name auf meinem Brief war eben nicht meiner, weil ich nicht wollte, dass mir der ziemlich offen formulierte Inhalt eines Tages als Geständnis vorgehalten werden könnte. Dennoch war ich gespannt, ob sich in vier Wochen tatsächlich ein anderes Ich in diesem Brief wiedererkennen würde.

Eine Handvoll Pilger war uns auf dem Weg zum Kloster entgegengekommen. Ganz vergessen schien der Brauch des Pilgerbriefs also nicht zu sein.

Roland und ich steckten unsere am Vorabend verfassten Briefe in den Schlitz.

Meine Pilgerschaft begann.

Wir hatten uns für eine kurze erste Etappe von knapp acht Kilometern Länge entschieden. Aber es waren acht Kilometer, die es in sich hatten: Es ging fast ausschließlich bergauf. Die Julisonne stand sehr schnell sehr hoch und sehr heiß am Himmel. Auch wenn ich am Morgen die Wäsche gewechselt hätte, wäre sie nach spätestens einer halben Stunde durchgeschwitzt gewesen.

Dafür verwandelte sich die Landschaft schon kurz hinter Saint-Jean in ein einziges Naturspektakel. Sanfte Hügel, die bereits die Vorahnung von schroffen Bergen vermittelten. Wiesen mit Felseinsprengseln. Vereinzelte Waldstücke. Viel Grün. Und darüber ein wolkenloser tiefblauer Himmel.

Aus meinem Reiseführer wusste ich allerdings, dass gerade der erste Abschnitt des Jakobsweges, von Saint-Pied bis nach Roncesvalles, je nach Wetter einer der gefährlichsten Abschnitte überhaupt war. Der schnelle Einstieg ins Gebirge forderte jedes Jahr seine Opfer. Bei Wetterumschwüngen kam es nicht nur zu Knöchelverletzungen auf nassem Stein. Gerade in den letzten Jahren waren auf diesem Abschnitt immer wieder Pilger verschwunden.

Das Angenehme an Roland war, dass er mir keinerlei Gespräch aufzwang. Wir hatten wie durch Zufall denselben Laufrhythmus und gingen bereits nach zwanzig Minuten wie ein altes Ehepaar schweigend nebeneinanderher.

Nach den ersten tausend monotonen Schritten wanderten auch meine Gedanken wie von alleine.

Sie wanderten zu meiner Tochter.

19 ZEIT

»Fast jede Zeiteinteilung ist willkürlich, subjektiv und relativ. Es gibt deshalb nur ein einziges bedeutendes, objektives und absolutes Zeitmaß für Sie: Ihr Leben.«

JOSCHKA BREITNER,
»ZU FUSS INS ICH –
PILGERN ALS SELBSTFINDUNG«

»WIE LANGE IST EIN MONAT?«, wollte Emily wissen, als ich ihr erzählte, dass ich für einen Monat nicht da sein würde.

»Ein Monat sind gut vier Wochen.«

»Wie lange sind vier Wochen?«

»Vier Wochen sind in Tagen ...«

Emily verdrehte genervt die Augen.

»Du weißt genau, was ich meine! Wie viel ist das in *Bibi und Tina*-Folgen?«

Um Emily eine Vorstellung von Zeit zu verschaffen, hatte ich es mir angewöhnt, als verständliche Maßeinheit mit der Länge einer *Bibi und Tina*-TV-Folge zu arbeiten. Eine Folge *Bibi und Tina* waren knapp dreißig Minuten.

Umgerechnet in meine Kindheit: einmal *Sesamstraße*.

Die Fahrt von Katharina zu mir dauerte eine halbe *Bibi und Tina*-Folge.

Die Fahrt zu Katharinas Mutter dauerte einmal *Bibi und Tina*.

Auf der Fahrt in den Urlaub machten wir spätestens nach vier *Bibi und Tinas* Pause.

Bibi und Tina-Folgen waren eine Zeiteinteilung, die sich für kürzere Zeitabschnitte innerhalb der Familie etabliert und bewährt hatte.

Nur als ich meiner Urologin auf die Frage nach meiner Blasenfunktion erklärte, dass ich spätestens nach fünf *Bibi und Tinas* eine Toilette aufsuchen müsse, führte dies zu erklärungsbedürftigen Irritationen.

Ich stand also vor dem Problem, vier Wochen Pilgerschaft in *Bibi und Tina*-Folgen umrechnen zu müssen.

Dazu holte ich mein Smartphone aus der Tasche, machte es an, öffnete die Taschenrechner-App und rechnete.

»Achtundzwanzig Tage mal vierundzwanzig Stunden mal zwei Folgen pro Stunde macht … tausenddreihundertvierundvierzig *Bibi und Tina*-Folgen.«

Ich entnahm Emilys Gesicht, dass sie mit der Information genauso wenig anfangen konnte wie mit der Information, dass ich einen Monat weg sei.

Ihr war allerdings völlig klar, dass das eine ziemlich lange Zeit war.

Sie nahm mich fest in den Arm.

»Das ist mir zu lang.«

Mir auch, hätte ich am liebsten gesagt. Aber meine Auszeit wollte ich nicht mehr infrage stellen.

»Ja, mein Schatz, das ist sehr lang. Aber schau mal …« Ich suchte krampfhaft nach einer anderen Zeiteinheit, um den Zeitraum von einem Monat kindgerecht zu erklären. »Ein Monat, das ist … viermal Kindertanz.«

Ich ging mit Emily seit einem halben Jahr zu einer Kindertanzschule.

Und die Kindertanzschule war irgendwie auch ein Grund, warum ich gerade mit einem Bundeswehr-Rucksack auf den Schultern aus Saint-Jean-Pied-de-Port herausmarschierte.

Die Kindertanzschule war ein Ort, an dem mir immer wieder sehr klar wurde, dass ich nicht wusste, was ich wollte.

Ich hatte im letzten halben Jahr viele Stunden meines Lebens im Wartebereich dieser Tanzschule verbracht, während meine Tochter mit neunzehn anderen Fünfjährigen den Hupa-Lupa-Tanz einstudierte. Mit zwanzig individuellen Vorstellungen von Synchronität. Durch eine Spiegelscheibe konnte ich Emily zuschauen und den Müttern der asynchronen Kinder dabei zuhören, wie sie sich über die Aufstellpools unterhielten, die ihre abwesenden Männer in ihrer knappen Freizeit extra aufgebaut hatten.

In Gedanken stellte ich mir dann immer wieder die Frage, ob ich meine Zeit nicht wesentlich sinnvoller mit der Lösung von realen Problemen rund um Drogen, Sex und Gewalt verbringen könnte. Um anschließend entspannt Zeit für meine Tochter zu haben.

Wenn ich in einer Kindertanzschule bin, bin ich in einer Kindertanzschule.

Wenn ich ein Mafia-Unternehmen leite, leite ich ein Mafia-Unternehmen.

Das wäre Achtsamkeit gewesen.

Mein Problem war allerdings, dass ich nicht wusste, ob ich lieber in einer Kindertanzschule sein wollte. Oder in einem Mafia-Unternehmen.

Früher hetzte mich mein Terminplan willkürlich zwischen Haftprüfungsterminen, mündlichen Verhandlungen und dem Unter-Druck-Setzen von Vertragspartnern hin und her.

Und ich wollte lieber bei meiner Tochter sein.

Seit meiner Selbstständigkeit mit viel Tagesfreizeit hetzte ich mit meiner Tochter hin und her. Nicht nur zwischen Hupa-Lupa-Tänzen, Zoo-Besuchen und körperwarmen Spaßbädern.

Emily hüpfte auch noch im Hetzen hin und her.

Diese Turnschuhe. Nein. Die anderen. In jedem Fall im Zoo zuerst zu den Affen. Nein. Doch zu den Löwen. Auf die große Wasserrutsche. Nein. Doch die Treppe wieder runter. Ach nein – doch wieder hoch.

Ein Mafioso mit Vorsatz war in der Betreuung teilweise wesentlich entspannter als eine fahrlässige Fünfjährige.

Der Ort und die Personen hatten seit meinem Ausscheiden aus der Großkanzlei also gewechselt.

Die Hetze war aber wieder die gleiche.

Ich fühlte mich weiterhin fremdgesteuert.

Vom Job meiner Ex-Frau.

Vom sprunghaften Verhalten meiner fünfjährigen Tochter.

Es gab tatsächlich Momente, in denen ich meiner Tochter innerlich vorwarf, mich vom Kurs abzubringen.

Und ich verleugnete damit die Tatsache, dass ich es war, der gar keinen Kurs hatte.

Herr Breitner hatte mit seiner Analyse meiner Geburtstagsfeier den Nagel auf den Kopf getroffen.

Ich sollte mir dringend Gedanken darüber machen, was ich eigentlich wollte.

Mit Achtsamkeit kam ich immer wieder zurück in meine Mitte.

Ich sollte mich endlich selber finden.

Nicht zuletzt auch, um meiner Tochter der Vater zu sein, der das Leben genießt und diesen Genuss mit ihr teilen konnte.

Der Zeiteinheitswechsel von *Bibi und Tina* zu Kindertanz jedenfalls erzielte seine Wirkung bei meiner Tochter:

»Viermal Kindertanz?«, fragte Emily erstaunt. »Das geht in Ordnung. Krieg ich ein Geschenk?«

Ich brachte meiner Tochter immer ein Geschenk mit, wenn ich von einer Reise zurückkam, und sei sie noch so kurz.

»Selbstverständlich bringe ich dir ein Geschenk mit.«

»Kann ich vielleicht auch schon vorher ein Geschenk haben?«

Meine Tochter war eine gute Verhandlerin.

»Warum vorher?«, wollte ich wissen.

»Damit ich nicht so allein bin, wenn du weg bist.«

»Was für ein Geschenk hättest du denn gerne?«

»Ein Kaninchen.«

Und jetzt war ich hier. Auf dem Jakobsweg. Für viermal Kindertanz und ein Kaninchen.

Ich machte mir eine mentale Notiz für mein Pilgertagebuch:

Der Sinn des Lebens könnte darin liegen, das Leben so im Hier und Jetzt zu genießen, damit ich den Genuss teilen kann.

20 ORISSON

»Alles auf der Welt hat exakt die Bedeutung, die wir ihm selbst beimessen.«

JOSCHKA BREITNER,
»ZU FUSS INS ICH –
PILGERN ALS SELBSTFINDUNG«

ORISSON BESTAND AUS anderthalb Häusern und war kein Ort, sondern eine Herberge für knapp dreißig Personen. Meine erste Pilgerherberge auf dem Camino.

Roland und ich trafen am frühen Nachmittag dort ein. Wir bekamen den unteren Schlafsaal zugewiesen. Er bestand aus einem halben Dutzend Etagenbetten mit angeschlossenen Toiletten und einer Dusche. Roland und ich entschieden uns, ein Stockbett zu teilen.

Ich hatte vor dem Abendessen genügend Zeit, mich zu duschen, meine Wäsche zu waschen und mir das nächste Drittel meiner Garderobe anzuziehen.

Sauber und glücklich nahmen wir auf der Terrasse gegenüber dem Haupthaus Platz und vertrieben uns mit einem Glas Rotwein die Zeit bis zum Abendessen um achtzehn Uhr. Der billige, schwere Landwein wurde aufgrund der warmen Außentemperaturen mit je einem Eiswürfel im Glas ausgeschenkt.

Wir prosteten uns zu und nahmen einen Schluck. Roland stellte sein Weinglas anschließend auf die hölzerne Terrassenbrüstung vor ihm und holte ein kleines schwarzes Notizheft hervor, das meinem sehr ähnelte.

»Du schreibst Pilgertagebuch?«, fragte ich ihn interessiert.

»Nein, ich schreibe ein Fragebuch.«

Ich guckte fragend genug, damit Roland weiterredete.

»Ich bin kein besonders gläubiger Mensch. Aber ich glaube an Gott. Und ich gehe davon aus, nein – ich hoffe sehr stark, dass ich nach meinem Tod vor Gott treten und ihm all die Fragen stellen kann, die ich im Leben nicht beantwortet bekommen habe. Diese Fragen sammle ich. Und wer weiß, vielleicht behalte ich sie ja dadurch auch nach meinem Tod im Gedächtnis.«

Ein interessanter Ansatz.

»Und was wären das für Fragen?«, wollte ich wissen.

Roland blätterte ein wenig durch sein halb beschriebenes Buch. Er blieb an einer Seite hängen und zeigte auf sein Weinglas.

»Hier. Da wäre zum Beispiel die Frage nach Alkohol und Rausch. Braucht mein Gehirn den Alkohol zum Genuss, weil es unvollkommen ist? Oder kann mein Gehirn den Alkohol nur deshalb genießen, weil Gott es bewusst so gemacht hat?«

»Das ist eine der Fragen, die du in deinem begrenzten Leben gesammelt hast?«

»Das ist eine der Fragen, die ich in meinem unbegrenzten Tod stellen werde. Ich habe dann ja Zeit.«

Ich ließ Roland weiter in seinem Buch blättern, holte mein Tagebuch hervor und schrieb eine Notiz hinein.

Wenn das Leben ein Rätsel ist, könnte der Tod die Antwort geben.

Ich blickte in die traumhafte Landschaft vor uns. Auf der Brüstung der Terrasse hopste ein kleiner Spatz entlang. Er sah Rolands Weinglas und versuchte zunächst, von unten gegen das Glas zu picken und an den Eiswürfel zu gelangen. Nach zwei, drei Schnabelstupsern entschloss er sich, auf das Glas zu springen und – mit den Füßen den Rand umklammernd – kopfüber auf den Würfel einzuhacken. Ich war ganz gefangen in diesem Schauspiel.

Doch dann zischte etwas an meinem Kopf vorbei. Fast zeitgleich zersprang das Weinglas vor meinen Augen. Der Spatz flog erschrocken auf.

Auf mich war noch nie in meinem Leben geschossen worden. Aber exakt so fühlte es sich gerade an. Als sei eine Kugel an meinem Kopf vorbei ins Weinglas gefeuert worden.

Ich hatte mich unwillkürlich geduckt. »Was war das?«, fragte ich erschrocken Roland, der immer noch entspannt in sein Fragebuch vertieft war.

»Der Spatz hat meinen Wein umgeworfen.«

»Nein. Ich glaube, erst ist das Glas zersprungen, und dann ist der Spatz weggeflogen.«

»Wie soll der Spatz denn das Glas zum Zerspringen gebracht haben?« Roland sah mich lächelnd an.

Ich lächelte irritiert zurück und schaute mich schulterzuckend um. Wir waren die einzigen Gäste auf der Terrasse. In unserem Rücken lag die Herberge, dahinter der Wald. Kein Schütze war weit und breit zu sehen.

Nach dem ersten Schreck kam mir meine Beschuss-Theorie doch ein wenig abwegig vor.

Hätte jemand geschossen, hätte ich den Knall eines Schusses hören müssen.

Aber vor allem: Warum sollte jemand auf mich schießen?

Im Grunde fiel mir nur eine Person ein, die akut einen Grund hatte, sauer auf mich zu sein. Und noch lebte. Der Bauschaum-Chinese. Aber das war abwegig. Herr Quang kannte weder meine Funktion noch meinen Namen. Geschweige denn meinen Aufenthaltsort. Oder hatte sich das inzwischen geändert?

Mir ging mein letztes Gespräch mit Sascha vor meiner Abreise durch den Kopf. Das war gerade mal einen Tag her.

Wir saßen in meinem reparierten Land Rover. Sascha fuhr mich und mein Pilgergepäck zum Bahnhof, von wo aus ich mit dem ICE zum Frankfurter Flughafen weiterfahren wollte.

Von Emily und Katharina hatte ich mich zuvor bei einem kleinen Frühstück in meiner Wohnung verabschiedet.

»Man merkt der Lenkung gar nicht an, dass die Vorderachse gebrochen war«, merkte Sascha in Anspielung auf den mittlerweile zwei Monate zurückliegenden Abend im Hotel an, der der Auslöser für meine nun beginnende Pilgerfahrt gewesen war.

»Was das Auto angeht, ist dieser Geburtstagsabend spurlos verheilt«, antwortete ich. Auch die Bauschaum-Sache schien folgenlos im Sande verlaufen zu sein.

Anfang der Woche war der Chinese zum zweiten Mal seit dem Vorfall mit seiner Delegation im Hotel abgestiegen. Wir hatten strengstens die CIAO-Regeln eingehalten. Chinesen wurden bei S-Exclusive nicht mehr bedient. Chayenne und Sandy wurden an diesen Tagen von der Agentur isoliert. Walters Team passte auf uns auf und observierte Herrn Quang.

Die Observation hatte ergeben, dass Herr Quang keinerlei weitere Anstalten unternahm, sich wegen seiner Misshandlung zu rächen.

Der Concierge hatte sich vorsorglich aus dem Dienstplan des Hotels herausnehmen lassen.

»Dank der CIAO-Regeln hat sich das Chinesen-Problem ja wohl auch erledigt«, bemerkte ich.

»Richtig. Du kannst also ganz entspannt lospilgern.«

»Wie kommen Chayenne und Sandy mit der Isolation zurecht?«

»Sehr gut. Ein Kunde ihrer anderen Agentur hat sie zu einem zweiwöchigen Luxus-Urlaub eingeladen.«

Bei mir schrillten erste Alarmglocken.

»Welche andere Agentur?«

»Na, in der Zeit, in der sie nicht für S-Exclusive tätig sind, arbeiten sie für eine andere Agentur.«

»Was haben die beiden eigentlich an ›I‹ wie ›Isolation‹ nicht verstanden?«

»Wieso? Die beiden wurden von S-Exclusive isoliert und konnten über uns nicht gebucht werden. Und vierzehn Tage woanders ist ja wohl eine ziemlich lange Isolation. Außerdem passen die beiden ja ›A‹ wie ›auf‹.«

»Und bei der anderen Agentur konnte sich in der Zeit jeder Kunde die beiden über die Agentur-Website anschauen, richtig?«

»Ja gut, aber ...«

»Die CIAO-Regeln funktionieren nur, wenn sich alle an sie halten! Was, wenn sich die beiden jetzt diesen Chinesen eingefangen haben und deswegen nicht zu erreichen sind?«

»Walters Leute haben Herrn Quang durchgehend ›O‹ wie ›observiert‹. Er hatte keinen Kontakt zu den Mädels.«

»Sicher?«

»Misstraust du mir?«

»Ich misstraue dir nicht. Ich weiß aber, dass jede Observation auch Lücken aufweisen kann. Lass uns Walter bitte kurz anrufen.«

Walter bestätigte uns, dass die Observation des Chinesen lückenlos funktioniert hatte – bis auf ein kleines Zeitfenster von drei Stunden, in denen er im Hilton-Hotel verschwunden war.

»Drei Stunden dürften reichen, um zwei Escort-Girls lange genug zu foltern, dass sie alle unsere Namen preisgeben«, fasste ich die möglichen Ereignisse in diesem Zeitfenster kritisch zusammen.

»Das ist richtig. Allerdings sind die beiden ja wahrscheinlich eher nicht für vierzehn Tage im heimischen Hilton in Urlaub«, bemerkte Sascha.

»Habt ihr die beiden angerufen und gefragt, wie es ihnen geht?«

Jetzt wurde Sascha ein wenig blasser.

»Also, die beiden haben sich abgemeldet und gesagt, sie wollten für den Urlaub nicht zu erreichen sein. Digital Detox. Bei denen geht keiner ran.«

Digital Detox. Ich wusste, wie wichtig das war und wie gut mir das selbst tat.

Ich merkte aber in diesem Moment auch, dass mich die praktische Anwendung von Nicht-Erreichbarkeit bei Chayenne und Sandy gerade sehr störte. Ihre Nicht-Erreichbarkeit musste nichts zu bedeuten haben. Konnte aber.

Ich wollte mich von der Möglichkeit, dass Chayenne und Sandy nicht irgendwo am Strand, sondern unter der Erde lagen, nicht beunruhigen lassen. Und von dem theoretischen Gedanken, dass sie dem Chinesen vorher noch unsere Namen genannt haben könnten, wollte ich mir rein praktisch auch nicht meine Pilgerschaft beeinflussen lassen.

Ich ärgerte mich allerdings, nicht auch die Observation von Chayenne und Sandy angeordnet zu haben. Den gleichen Fehler würde ich nicht noch einmal begehen.

»Also gut. Vielleicht ist es ja tatsächlich so, wie du vermutest. Ich will aber kein Risiko eingehen. Ich bin ab heute pilgern. Du verschärfst bitte alle Sicherheitsmaßnahmen. Ab sofort werden auch Katharina und Emily von Walter unauffällig überwacht und geschützt.«

»Mach dir keine Sorgen. Wenn was ist, dann ... Wie erreiche ich dich?«

Selbst Callgirl-Mitarbeiterinnen wurde die Digital-Detox-Freiheit zugestanden, nicht angerufen werden zu können – nur mir offensichtlich nicht. Dabei wollte ich genau das beim Pilgern vermeiden: erreicht zu werden, wenn was ist.

»Es bleibt alles wie besprochen. Im Notfall sagst du Katharina, sie soll mir ein ›Buen Camino‹ von dir schicken.«

Ich wanderte in Gedanken wieder zurück ins Hier und Jetzt. Ich saß auf der Terrasse des Refuge Orisson und kramte mein altes Handy hervor. Keine SMS von Katharina. Kein »Buen Camino« von Sascha.

Vielleicht war das mit dem Wein ja tatsächlich der Spatz gewesen. Und das mit der Kugel an meinem Kopf ein Insekt.

Kein Grund zur Sorge.

Bis Roland mich aus meinen Gedanken riss.

»Hast du den da gerade gesehen?«

»Wen meinst du?«

»Da ging grad ein Chinese mit einem Gitarrenkoffer an der Herberge vorbei. Komisch ...«

Ich hatte ihn nicht gesehen.

»Was war an dem komisch?«

»Es mag vielleicht nur mein alter staatsanwaltlicher Ermittlerinstinkt sein. Aber – welcher Pilger läuft um kurz vor sechs Uhr abends an einer Herberge vorbei? Wenn die nächste Übernachtungsmöglichkeit achtzehn Kilometer entfernt liegt? Und wer nimmt zum Pilgern seine Gitarre mit? In einem Koffer?«

Vielleicht ein Chinese, der mit Schalldämpfer auf Weingläser schießt, dachte ich mir und merkte, wie mein sorgenvolles Gedankenkarussell automatisch wieder anlief.

Vielleicht war das aber auch nur ein musikalischer Mensch, der gerne alleine im Dunkeln wandert, ließ ich mein alternatives Karussell starten. Dadurch wurde aber die Frage nach dem zersprungenen Glas nicht beantwortet.

Nun, vielleicht hatte der Spatz auf den Eiswürfel gepinkelt. Durch den schlagartigen Temperaturanstieg war der Würfel explosionsartig zersprungen, die Eisbrocken sind gegen das Glas geflogen und haben es auf diese Weise zertrümmert.

Ich hätte jetzt Millionen von Horror- und Banalitätsszenarien erfinden können. Ich konnte es aber auch einfach lassen.

Manchmal war ein Chinese mit einem Gitarrenkoffer einfach nur ein Chinese mit einem Gitarrenkoffer.

Und manchmal brachten Spatzen Gläser zum Platzen.

21 ABENDESSEN

»Das gemeinsame Essen ist ein sehr verbindendes Ritual, da es sich auf das jedem Menschen, egal welcher Herkunft, innewohnende Grundbedürfnis nach Nahrung bezieht. Das tut der Giftmord allerdings auch.«

JOSCHKA BREITNER,
»ZU FUSS INS ICH –
PILGERN ALS SELBSTFINDUNG«

»ROLAND-BJÖRN-DAS-GIBT-ES-JA-NICHT!«, begrüßte uns eine bekannte Frauenstimme beim Betreten des Speisesaals von Orisson.

Mon-Chéri-Evi hatte offensichtlich das gleiche erste Pilger-Tagesziel wie wir. Mir wurde schlagartig klar, dass Rolands Supermarkt-Beispiel nur allzu gut stimmte. Die Kunden, mit denen man den Supermarkt betrat, verliefen sich zunächst in den vielen Gängen. Für kurze Momente. An bestimmten zentralen Punkten traf man diese Menschen aber immer wieder: am Obstregal, an der Fleischtheke und spätestens an der Kasse stand man wieder zusammen. Oder eben in der ersten Pilgerherberge.

Evi war noch aufgekratzter und redebedürftiger als am Vortag. Ehe wir es bemerkt hatten, hatte sie uns schon auf eine gemeinsame Holzbank geschoben.

Der Speisesaal der Herberge bestand aus einem halben Dutzend langer Tische, die so schlicht wie liebevoll für etwa fünfzig Pilger eingedeckt waren. Auf weißen Papieruntersetzern lagen für jeden Pilger Besteck, standen Gläser, Wasserflaschen und Rotwein-Karaffen. Blümchen gab es auch. Der Raum war niedrig und hatte eine Holzbalkendecke. An der einen Seite befand sich eine Theke, an der anderen ein kleines Podest mit einem Mikrofon, dessen Sinn sich mir zunächst nicht erschloss.

Zum Abendessen saßen Evi, Roland und ich nun also nebeneinander. Roland außen, Evi in der Mitte, ich zu ihrer Rechten neben ihr.

Der Raum füllte sich mit glücklichen, aufgekratzten Menschen, von denen ein Großteil – so wie wir – gestern erst zu ihrer ersten

Pilgerschaft gestartet war. Wir waren wie Maxikinder vor der ersten Kindergartenübernachtung.

Um Punkt achtzehn Uhr wurde für alle Pilger ein rustikales Abendessen aufgetischt. Als Tischnachbar von Evi erfuhr ich bei Wildschweineintopf und gebratener Blutwurst alles über die Affäre von Evis schweinischem Ex-Mann mit ihrer blutjungen Ex-Mitarbeiterin.

Ihr Ex hatte sie verlassen, obwohl er genau wusste, dass Evi Bluthochdruck hatte. Die Trennung hat ihren Blutdruck weiter erhöht. Deswegen könne sie auch nicht so schnell pilgern. Wegen des Ex-Mannes, der sie trotz Bluthochdruck verlassen und damit den Bluthochdruck erhöht hatte. Deswegen trug sie auch so viel rote Kleidung, um von ihrem Gesicht abzulenken. Das oft rot war. Wegen ihres Ex-Mannes. Der sie verlassen hatte. Trotz Bluthochdruck.

Es war schon erstaunlich, wie präsent ein Mensch im Leben eines anderen sein konnte, nachdem er es freiwillig verlassen hatte. Evis Ex, obwohl ich ihn nie gesehen hatte, war bereits mit uns im Taxi gefahren und saß nun auch noch bei uns am Tisch. Und hatte mir meinen Appetit auf Blutwurst gründlich verdorben.

Ich machte mir gedanklich meine Notizen für mein Pilgertagebuch:

Der Sinn des Lebens ist es nicht, sein Leben vom Leben anderer überlagern zu lassen.

Auch nach dem Tod einer Beziehung gibt es ein Leben danach, das vom Leben davor unabhängig sein sollte.

Die Erfüllung meines Lebens sollte nicht vom Verhalten anderer Menschen abhängig sein.

Als nach dem Essen das Geschirr abgeräumt wurde, stellte sich der Wirt der Herberge, ein gemütlicher, rundlicher Mann mit Vollbart und lebensbejahendem Lächeln namens Micha, auf das Podest im Speisesaal, zog das Mikrofon aus dem Ständer und erklärte uns in sehr französisch gefärbtem Englisch, dass sich nun jeder Pilger, der wolle, der Reihe nach kurz vorstellen könne.

Ich wusste jetzt schon: Ich wollte nicht.

Meine letzte Kurzbeschreibung bei Herrn Breitner hatte dazu geführt, dass ich überhaupt hier saß. Da ich seitdem noch keine neuen Erkenntnisse zur Selbstbeschreibung gewonnen hatte, verzichtete ich auf eine Wiederholung im großen Kreis.

Das Mikrofon ging an jedem Tisch reihum. Wer das Bedürfnis verspürte, nahm es, stand auf, nannte seinen Namen und erzählte ein wenig von sich.

Entgegen meiner Erwartung hatte die Vorstellrunde einen wunderbaren Unterhaltungswert.

Die kleinen Geschichten, die einen minimalen Einblick in die Lebenswahrheiten meiner Mitpilger gewährten, waren so bunt wie das Leben an sich.

Da war die junge Kanadierin, die erzählte, sie wolle einfach mal ein paar Wochen auf Social Media verzichten. Und die sich dabei mit einem Selfie-Stick filmte.

Da war der vierzigjährige, kleine, dicke Italiener, der den Wunsch äußerte, auf dem Camino entweder fünfzehn Kilogramm leichter oder fünfzehn Zentimeter größer zu werden.

Da war die sechzigjährige Engländerin, die nach dem Tod ihres Mannes zum ersten Mal alleine auf Reisen ging.

Der Australier Ende zwanzig, dessen Paartherapeut ihm und seiner Frau zu getrennten Urlauben geraten hatte. Der Camino war das längste und am weitesten entfernte Ziel, das er gefunden hat.

Irgendwann kam das Mikrofon an unserer Bank an. Mein direkter Sitznachbar zur Rechten nahm es in die Hand und erhob sich.

»Ja, also, ich bin der Kladdy.«

Was war das für ein Name? Ich schaute mir den Menschen neben mir erstmals genauer an. Bislang war mir nur aus den Augenwinkeln aufgefallen, dass er bei jedem neuen Redner hektisch auf seinem Handy herumblätterte.

Er schien ungefähr in meinem Alter zu sein. Sein Haar war grau meliert und kurz geschnitten.

»Eigentlich heiße ich Klaus-Dieter, aber meine Freunde nennen mich Kladdy. Also ziemlich viele Menschen.«

Es stank nach frischer Pflegespülung. Er trug ein kariertes Jack-Wolfskin-Hemd und ein einstudiertes Lächeln. Das sollte vermutlich seine körperliche Fitness unterstreichen.

»Ich bin – sagen wir mal – Privatier. Auf dem Camino bin ich, weil ich die Natur liebe. Ich geh zu Hause auch viel raus. Ich bin Jäger.«

Sein Gesicht war nicht hässlich. Aber irgendwie fehlte der Charakter. Es sah aus wie das Gesicht eines Menschen, der das Gesicht eines Models auf einer Pflegespülung imitierte.

Sein Gesicht zeigte quasi die zweite Ableitung echter Emotionen.

»Am meisten freue ich mich auf das Stierrennen in Pamplona. Hemingway und so. Ist mein vierter Camino. Vielleicht komme ich ja bei diesem Versuch zum ersten Mal bis Santiago. Also – Buen Camino!«

Er hob sein Rotweinglas und prostete dem Saal zu. Und die Mehrheit des Saales prostete zurück. Der Typ erinnerte mich an genau die männliche Angeber-Klientel, derentwegen ich Ü-40-Partys mied.

Kladdy reichte mir das Mikrofon. Ich gab es, ohne mich vorzustellen, direkt an Evi weiter.

Evi wurde vom Herbergsbetreiber nach zehn Minuten unterbrochen, damit die anderen auch noch ein wenig Zeit hatten zu reden.

Danach war Roland an der Reihe, der die mir gegenüber gezeigte Offenheit des gestrigen Abends nicht wiederholte, sondern schlicht erzählte, dass er den Camino nach vierzig Jahren ein zweites Mal gehen wolle.

Ich hörte ihm trotzdem gerne zu. Nach knapp dreißig Stunden Bekanntschaft hatte ich Roland bereits fest in mein Herz geschlossen.

Als Roland gerade fertig war und das Mikrofon an den nächsten

Tisch weiterreichte, lehnte sich Kladdy zu mir herüber und flüsterte mir vertraulich zu:

»Hm, der nette Herr hat leider vergessen zu sagen, dass er Staatsanwalt ist und Krebs hat.«

Ich starrte verdutzt in Kladdys Gesicht. Woher wusste er das?

22 ERKENNTNISSE

»Es gibt Begegnungen, die empfinden Sie als Bereicherung. Und es gibt Begegnungen, die laugen Sie aus. Die rechtzeitige Erkenntnis, Letztere so kurz wie möglich zu halten, ist wiederum gewinnbringend.«

JOSCHKA BREITNER,
»ZU FUSS INS ICH –
PILGERN ALS SELBSTFINDUNG«

DURCH SEIN VERTRAULICHES FLÜSTERN hatte mein Sitznachbar eine Intimität mit mir herzustellen versucht, die ich spontan ablehnte.

»Sie kennen den Herrn?«, fragte ich ihn so neutral wie möglich.

»Ich kenne hier eine Menge Leute. Ist immer gut zu wissen, mit wem man es zu tun hat, oder? Aber die wenigsten kennen mich. Wie gesagt, ich heiße Kladdy.«

Er streckte mir eine für sein forsches Auftreten zu kleine Hand entgegen.

Ich reichte ihm überrumpelt meine und bekam einen laschen, feuchten Händedruck geschenkt.

»Björn Diemel.«

Kladdy griff wieder zu seinem Rotwein. Ich nagte an einem Gedanken.

»Wenn er Sie gar nicht kennt – woher wollen Sie dann seinen Beruf und Gesundheitszustand wissen?«, fragte ich ihn schließlich.

Während sich am Nachbartisch eine Japanerin vorstellte und mit irgendeiner Bemerkung für einen Lacher im Saal sorgte, beugte sich Klaus-Dieter noch näher zu mir heran.

»Ich sammle gerne Informationen. Der Australier zum Beispiel, der mit seiner Frau zum Paartherapeuten geht, hat in Wahrheit eine Arbeitskollegin geschwängert. Auf dem Camino will er sich darüber klar werden, ob er sich für eine der beiden entscheidet, beide verlässt oder nach wie vor ein Doppelleben führt.«

Hätte mir Kladdy lediglich von dem Australier erzählt, hätte ich das als frei erfundenes Schwätzertum abgetan. Aber die Informationen über Roland stimmten nun mal.

»Aber das können Sie doch alles gar nicht wissen.«

»Ich weiß noch viel mehr. Interesse?«

Eigentlich nicht. Der Kerl war mir unsympathisch. Aber ich wollte wissen, in welcher Beziehung dieser Kladdy zu Roland stand. Entgegen meinem innigen Wunsch, das Gespräch mit Kladdy zu beenden, nickte ich.

»Aber das bleibt unter uns, ja?«, fragte Kladdy verschwörerisch. Ich nickte erneut. »Es ist hier auch ein Freak auf dem Camino, der acht Leute auf dem Gewissen und seine Ehe in den Sand gesetzt hat. Ich hab nur noch keine Ahnung, ob diese kranke Gestalt heute Nacht hier ist oder gleich bis nach Roncesvalles durchgelaufen ist.«

Meinen offenen Mund deutete Kladdy nicht als Anzeichen meiner spontanen Panik, sondern als Zeichen meiner Bewunderung.

»Keine Sorge. Wer der Typ ist, krieg ich spätestens bis Pamplona noch raus. Man trifft sich eh immer wieder auf dem Weg.«

Mein Blickfeld verengte sich. Meine Finger wurden kalt. Mein Brustkorb fühlte sich eng an. Mein Herz raste. Ich vergaß zu atmen. Mit der letzten Luft in meinen Lungen formulierte ich eine Frage: »Das denken Sie sich doch alles aus, oder?«

»Nein. Ich kann das sogar alles beweisen.«

»Wie das?« Ich atmete wieder ein.

»Es gibt da ein Kloster außerhalb von Saint-Jean, da werfen Pilger Briefe an sich selbst ein. So eine Art Geständnis, warum sie pilgern.«

Er zwinkerte mir verschwörerisch zu. »Der Deckel des Briefkastens ist zwar schwer, aber nicht gesichert. Da schaue ich gerne mal rein.«

Eine namenlose Wut erfasste mich. Der Typ hatte die Pilgerbriefe gelesen. Im besten Fall war er ein widerlicher Spanner, der sich an den Seelennöten anderer aufgeilte und dafür das Briefgeheimnis eines

Klosters verletzte. Doch ebenso wahrscheinlich wie schlimmer war die Möglichkeit, dass seine kriminellen Neigungen nicht beim Spannen aufhörten.

Noch hatte er die Verbindung zwischen mir und dem unter falschem Namen verfassten Brief nicht hergestellt. Auch meinen Beruf hatte ich in dem Brief verschwiegen. Aber das, was Kladdy gelesen hatte, könnte für mich trotzdem sehr gefährlich werden. Es war immerhin in der Ich-Form und in meiner eigenen Handschrift verfasst.

»Sie haben Pilgerbriefe geöffnet?«, fragte ich empört.

Er winkte mit dem Zeigefinger vor meinem Gesicht, als hätte er mich bei irgendetwas erwischt.

»Ah, sieh an – Sie wissen, welche Briefe ich meine!«

Mist. Damit wurde es für ihn wahrscheinlicher, dass auch ich einen Pilgerbrief verfasst haben könnte. Aber auf den Gedanken schien er noch nicht gekommen zu sein.

»Das ist …« Ich war sprachlos.

Er hob abwehrend die Hände.

»Diebstahl? Quatsch. Von Diebstahl kann keine Rede sein. Ich hab die Briefe alle wieder in den Briefkasten gelegt. Nachdem ich sie fotografiert habe. Die sind ja alle nur gefaltet.«

Er klopfte auf seine obere Hemdtasche, in der sich offensichtlich sein Handy befand.

»Ich … also …« Ich wusste in der Tat nicht, was ich dazu sagen sollte. Die Fotografie eines Geständnisses befand sich jetzt in der Brusttasche meines Sitznachbarn. In meiner Handschrift!

»Hey«, beschwichtigte mich Kladdy, »was regst du dich auf? Ein Björn-Diemel-Brief war nicht dabei. Und – ich bin verschwiegen. Ich mache das jetzt seit vier Jahren und hab noch nie jemanden bewusst kompromittiert. Bislang haben alle vorher bezahlt.«

Meine Wut ging über in eine Angst, die auf einem großen Bottich Panik waberte.

»Wie meinst du das? Wofür bezahlt?«

»Ich sag mal so. Wie viel wäre es dem Australier wohl wert, wenn ich seinen Pilgerbrief nicht an seine Noch-Ehefrau weiterleite?«

»Du erpresst Pilger?«

Kladdy hob abwehrend die Hände.

»Ich bitte dich. Ich biete einen Service zum Seelenfrieden an. Gute Dienstleistungen werden gut bezahlt. Mit diesen kleinen Nebeneinnahmen lässt es sich einfach angenehmer durchs Leben pilgern. Und was glaubst du wohl, wie viel erst acht Tote wert sein werden?«

Mein Pilgerbrief, der als Zeitkapsel von einer belastenden Gegenwart in eine befreite Zukunft gedacht war, drohte aufgrund des Menschen neben mir zu einer Zeitbombe zu werden, die mit der Sprengkraft der Vergangenheit in der Gegenwart explodieren und meine Zukunft zerstören konnte.

Bevor ich auch nur ein einziges weiteres Wort sagen konnte, musste ich meine Vitalfunktionen wieder unter Kontrolle kriegen.

Ich hatte mittlerweile genügend Achtsamkeitserfahrung, um mich auch inmitten anderer Menschen, von diesen völlig unbemerkt, aus einer belastenden Situation herauszunehmen.

Ich versuchte es mit Joschka Breitners Übung gegen Panikattacken:

Konzentrieren Sie sich mit drei verschiedenen Sinnen auf Ihre tatsächliche Umgebung. Beginnen Sie mit den Füßen und Ihrem Gefühl für den Boden, auf dem Sie sich befinden. Nehmen Sie danach zwei weitere Sinne dazu. Beschreiben Sie für sich selbst, was Sie wahrnehmen. Anschließend wird auch die Wahrnehmung Ihrer Panik eine andere sein.

Ich hatte meine Bundeswehrstiefel nach dem Duschen gegen mein zweites Paar Pilgerschuhe – Badelatschen – ausgetauscht. Ich schlüpfte aus den Latschen und stellte meine Füße in Socken auf die kalten Steinfliesen, um den Boden unter mir zu spüren.

Erfrischend. Solide. Rau.

Ich führte das Weinglas zum Mund und tat so, als ob ich tränke.

In Wahrheit versuchte ich, unbemerkt zwei weitere Sinne zu triggern.

Zunächst den Geruchssinn: Ich roch die Aromen des schweren Landweins.

Traube. Erde. Holz.

Anschließend ließ ich tatsächlich einen Tropfen auf meine Zunge gleiten, um meinen Geschmackssinn zu animieren.

Der Wein schmeckte bitter, schwer, herb.

Ich hatte mich wieder ein wenig gefangen, ohne dass Kladdy aufgefallen war, dass ich überhaupt ins Bodenlose gefallen war.

Noch wusste er weniger von mir als ich von ihm. Das war gut. Aber es ließ sich noch steigern.

Um meine echte Betroffenheit zu überdecken, versuchte ich zunächst einmal, das Gespräch mit Belanglosigkeiten fortzuführen.

Um zu wissen, wie ich die in Kladdy liegende Gefahr ausschalten konnte, musste ich mehr über ihn erfahren. Und so tun, als seien mir seine gestohlenen Briefe egal.

»Du bist jedes Jahr auf dem Camino?«

»Nur von Saint-Jean bis Pamplona. Immer Anfang Juli. Ich liebe die Stierrennen. Am Abend des ersten Tages der Sanfermines sitze ich immer neben der Hemingway-Statue im Café Iruña und trinke einen Daiquiri.«

Die Sanfermines waren seit Jahrhunderten ein einwöchiges Fest in Pamplona, das immer Anfang Juli stattfand. Im Rahmen des Festes wurden tägliche Stierrennen durch die Altstadt veranstaltet. Hemingway hatte sie durch seine Beschreibungen weltberühmt gemacht.

Ich hatte das Stierrennen bereits als touristische Attraktion in meinen Pilgerweg eingebaut und in Pamplona sogar schon ein Hotelzimmer reserviert, um während der Sanfermines innerhalb der Altstadt übernachten zu können.

»Und die Pilgerbriefe liest du, um dir diese Reisen finanzieren zu können?«

»Und weil es tolle Geschichten sind! Die Briefe inspirieren mich. Ich versuche, mir vorzustellen, wer die Menschen hinter den Briefen sind. Ich beobachte sie. Das ist auch ein bisschen wie Jagd. Irgendwann schreibe ich mal ein Buch darüber. Wie Hemingway. Der war ja auch Jäger und Schriftsteller. Dieser Roland zum Beispiel, der ist finanziell völlig uninteressant. Aber den habe ich jetzt als Inspiration im Visier. Ein Staatsanwalt, der selbst ein verkürztes Lebenslänglich bekommen hat. Was mag der wohl für Verbrechen begangen haben, hm? Unschuldige in den Knast gesteckt? Oder Schuldige laufen gelassen? Krebs kann auch eine Strafe sein!«

Neben mir saß ein Typ, der die Probleme seiner Mitmenschen nicht nur zur Erpressung missbrauchte. Er sah in ihren elementaren Lebenskrisen und Problemen zusätzlich noch eine Inspiration. Gut, das tat ich auch. Aber doch in einem ganz anderen Zusammenhang! Kladdy war ein krimineller Angeber, der seine Geltungssucht über die intimsten Nöte anderer Menschen stellte.

Tatsache war, dass sich die Wahrheit über meine Vergangenheit in meiner Handschrift auf dem Telefon meines Tischnachbarn befand. Das Mindeste, was bis Pamplona geschehen musste, war die Vernichtung von Kladdys Handy.

Noch immer lief die Vorstellrunde, aber ich konzentrierte mich ganz auf meinen Sitznachbarn. Geltungssüchtig, wie er war, plauderte er munter weiter, nachdem er in mir ein dankbares Publikum gefunden zu haben glaubte.

Der Privatier, der – wie Hemingway! – Jäger und Schriftsteller war, schrumpfte allerdings bereits nach wenigen Sätzen auf einen berufsunfähigen Versicherungsvertreter mit Waffenschein und einen Volkshochschulkurs für Kreatives Schreiben zusammen.

Kladdy war in einer kleinen Zweigstelle einer großen Versicherung angestellt gewesen. Seit ein verzweifelter Versicherungsnehmer die Leistungsverweigerungstaktik von Kladdys Arbeitgeber mithilfe einer täuschend echten Spielzeugpistole direkt in dieser Zweigstelle mit Kladdy klären wollte, war Kladdy der psychischen

Belastung seines Jobs nicht mehr gewachsen. Er lebte seitdem ganz gut von seiner privaten Berufsunfähigkeitsrente.

Den Waffenschein hatte er zum Selbstschutz gemacht.

Den VHS-Kurs in Kreativem Schreiben aus Langeweile.

Der mit einer Spielzeugpistole bewaffnete Kunde, der – Kladdys Meinung nach – Kladdys Leben zerstört hatte, wurde lediglich zu einer Bewährungsstrafe verurteilt. Als mildernder Umstand wurde gesehen, dass die Versicherung tatsächlich unrechtmäßig Gelder zurückgehalten hatte.

»Bewährungsstrafe! Dafür, dass der Typ mein Leben verpfuscht hat. Wo leben wir eigentlich?«, schloss Kladdy unser weitgehend als Monolog geführtes Gespräch. »Ich sag's dir. In einem Kuschel-Staat. Weil Staatsanwälte wie der da«, er nickte in Rolands Richtung, »auf die Täter mehr Rücksicht nehmen als auf die Opfer. Es ist nur gerecht, dass so einer Krebs hat.«

»Sorry«, intervenierte ich, »aber Krebs als göttliche Strafe anzusehen ist vielleicht ein bisschen drüber, oder?«

»Hast ja recht.« Kladdy ruderte zurück. Dachte ich. Aber in Wahrheit nahm er nur Anlauf. »So was müsste ohne göttliche Hilfe bestraft werden können. Manchmal würde ich schon gerne wissen, wie sich das anfühlt, das Leben eines anderen zu zerstören. So wie Typen wie der meins zerstört haben. Einfach mit dem Gewehr anlegen und peng. Danke für gar nichts.«

Ich sah in Gedanken, wie das Glas vor mir auf dem Tisch zersprang. Ganz ohne Spatz. Ich fragte mich, wie weit jemand wie Kladdy gehen würde, um dieses Gefühl zu erleben. Ich hielt ihn für einen dümmlichen Maulhelden, der zwar bereit war, jede verbale und auch einige strafrechtliche Grenzen zu überschreiten, aber ich hielt ihn nicht für einen Killer. Ich hatte aber auch keine Ahnung, wie weit ein Mensch voller Verbitterung bereit war zu gehen, bevor er einsah, dass ihn die Verbitterung nicht weiterbrachte.

Die Vorstellungsrunde war inzwischen zu Ende, und die ersten Pilger verließen den Saal. Evi sprach mich an, sie war noch ganz aufgeregt von den vielen Eindrücken. Kladdy ließ augenblicklich von mir ab und wandte sich seinem Nachbarn zur Rechten zu. So waren die Begegnungen auf dem Camino: flüchtig. Aber auch Kladdy konnte nicht entgehen, wie sich Roland in das Gespräch zwischen Evi und mir einklinkte. Und er musste auch die Vertrautheit zwischen Roland und mir erkennen.

Irgendwann stand Kladdy dann auf, rief mir mit einem Klaps auf meine Schulter ein »Buen Camino« zu und verschwand.

Das Zusammentreffen mit ihm war bedrohlich gewesen. Er strahlte einfach nichts als negative Energie aus.

Jenseits der konkreten Gefahr durch den Diebstahl meines Pilgerbriefs inspirierte mich diese Begegnung. Die Beschäftigung mit dieser verstörenden Inspiration führte zu einem weiteren Tagebucheintrag:

Der Sinn des Lebens kann nicht Verbitterung sein.

Mangelnde Lebensfreude wird nicht durch das Leid anderer ausgeglichen.

Das Überdecken der eigenen Leere ist etwas anderes als Erfüllung.

Um Kladdys Handy wollte ich mich noch in derselben Nacht kümmern.

23 SUCHEN

»Wer suchet, der findet. Allerdings ist beim Pilgern das Gefundene selten mit dem Gesuchten identisch.«

JOSCHKA BREITNER,
»ZU FUSS INS ICH –
PILGERN ALS SELBSTFINDUNG«

EINEM SCHLAFENDEN PILGER in einer Sammelunterkunft das Handy zu klauen ist ein Leichtes.

Ich wartete auf der oberen Hälfte meines Etagenbettes so lange, bis auch der letzte Pilger meiner Mitschlafgemeinschaft von der Toilette zurück war, seine letzte Zigarette vor der Tür geraucht, seinen knisternden Schlafsack geräuschvoll unter sich drapiert und seine Wasserflasche zischend geöffnet und geräuschvoll daraus getrunken hatte.

Wenn das der Soundtrack meiner nächsten dreißig Nächte sein sollte, dann wünschte ich mir schon jetzt einen anderen Film.

Als auch der Letzte, erst stöhnend und dann schnarchend, eingeschlafen war, stand ich leise auf und durchstreifte die Schlafräume der Herberge – ohne Kladdy zu finden. Dafür fand ich Evi, die selbst im Schlaf noch vor sich hin murmelte. Ich überprüfte jedes Bett, aber Kladdy hatte offenbar gar nicht in Orisson eingecheckt.

Achtsam betrachtet, bedeutete das im Hier und Jetzt lediglich, dass ich sein Handy heute Nacht nicht zerstören konnte. Wohl aber ein anderes Mal.

Zum Glück hatte ich zufälligerweise neben Kladdy gesessen, sonst hätte ich nie erfahren, dass er Rolands und meine Briefe fotografiert hatte.

Oder war Kladdys Platzwahl gar kein Zufall? War sein Hass auf die Justiz so groß, dass er die Nähe zu Roland gesucht hatte? Wusste Kladdy vielleicht schon, wer Roland war, bevor dieser sich vorgestellt hatte?

Mir war klar, dass auch auf Kladdy Rolands Supermarkt-Regel zutraf, deren Gültigkeit Evi ja schon bestätig hatte: Auf dem Jakobsweg konnte man sich problemlos aus dem Weg gehen – aber früher oder später traf man immer wieder zusammen.

Kladdy hatte mir von seiner Begeisterung für Hemingway und das Stierrennen in Pamplona erzählt. Pamplona lag auf dem Weg. Und das Stierrennen würde in wenigen Tagen beginnen. Am Vorabend des Rennens würde Kladdy an der Bar des Café Iruña in Pamplona sitzen. Neben der Hemingway-Statue. Und einen Daiquiri trinken. Dort würde ich ihn spätestens wiedertreffen.

Ich ging zurück in meinen Schlafsaal und tat etwas, das ich seit meiner letzten Nacht bei der Bundeswehr nicht mehr getan hatte. Ich bestieg in einem Raum voller schnarchender Erwachsener ein Etagenbett, steckte mir Ohropax in beide Ohren und schlief erschöpft ein.

Als ich am nächsten Morgen um kurz vor sieben von selbst erwachte, musste ich feststellen, dass rund ein Drittel der Pilger aus meinem Schlafraum verschwunden war.

»Wo sind die alle hin?«, fragte ich Roland, der gerade aus dem Bad kam, während ich auf die leeren, gemachten Betten um uns herum zeigte.

»Das sind sogenannte Nachtpilger. Laufen um drei Uhr morgens los.«

Mir fiel kein vernünftiger Grund ein, morgens um drei das Bett gegen einen Rucksack einzutauschen. Es sei denn, jemand brüllte »Nachtalarm«.

»Ist das 'ne Fetischsache, oder hilft das dem Seelenheil?«, fragte ich Roland.

»Weder noch. Die wollen nur vor dem Mittag ihr Tagesziel erreicht haben und sich ihr Bett für die nächste Nacht sichern.«

»Das sie dann wieder um drei Uhr morgens verlassen?«

»Exakt.«

»Das ist evolutionär ja noch eine Stufe unter den Menschen, die vor dem Frühstück der anderen ihr Handtuch über die Pool-Liege legen. Die werden wenigstens den Rest des Tages auch genutzt.«

Roland zuckte die Schultern.

»Gott wird sich auch bei diesen Menschen etwas gedacht haben. Ich setze die Frage danach auf meine Liste. Frühstück?«

Wir schulterten unser Gepäck und gingen auf die Terrasse auf der anderen Seite der Straße. Über Nacht war das Wetter umgeschlagen. Wolken waren aufgezogen. Ein beständiger Nieselregen fiel auf uns nieder, als wir die Straße vor der Herberge überquerten.

Am Ende der Straße in östlicher Richtung sahen wir ein wippendes Rot. Ein Regencape, das Pilger und Rucksack überdeckte. Anscheinend war Evi gerade aufgebrochen und lief bereits dem zweiten Etappenziel, Roncesvalles, entgegen.

Unter dem Sonnenschutz der Terrasse, der nun den Nieselregen von uns abhielt, tranken Roland und ich jeder einen schwarzen Kaffee und aßen die Sandwiches, die wir uns am Vorabend bestellt hatten.

Nach dem Frühstück kramten wir beide unsere Regencapes hervor und spannten den Nässeschutz über unsere Rucksäcke. Roland hatte einen knallgelben. Ich hatte einen knallroten.

Als ich meinen Rucksack gerade schultern wollte, äußerte Roland einen Wunsch.

»Hättest du was dagegen, wenn ich deinen Rucksack trage?«

Ich verstand nicht ganz.

»Anstatt meines Rucksacks. Ich würde gerne tauschen«, klärte mich Roland sofort auf. »Vor vierzig Jahren bin ich den gleichen Weg wie heute mit dem gleichen Rucksack wie du gelaufen. Erfülle einem alten Nostalgiker diesen kleinen Wunsch.«

Ich hatte nichts dagegen. Wir tauschten also unser Gepäck. Und so verließ ein kranker Staatsanwalt am Ende seines Lebens mit dem alten knallroten Rucksack eines gesunden Rechtsanwaltes in der Mitte seines Lebens das Refuge Orisson.

Und lief nichts ahnend in den Tod.

24 NAMEN

»Namen sind Schall und Rauch. Aber für Scheingefechte sind Schall und Rauch lebensnotwendig.«

JOSCHKA BREITNER,
»ENTSCHLEUNIGT AUF DER ÜBERHOLSPUR –
ACHTSAMKEIT FÜR FÜHRUNGSKRÄFTE«

WIE AUCH AM VORTAG empfand ich es als sehr angenehm, dass wir beide zunächst einmal schwiegen und jeder für sich in seinen eigenen Rhythmus hineinwanderte. Auch meine Gedanken nutzten die Stille des Morgens und die Monotonie des Gehens, um sich in Bewegung zu setzen. Ich dachte an meine Tochter. Und deren Mutter. Und deren neuen Freund.

Ich dachte an den Tag nach meinem ersten Treffen mit Heiko.

Ich war nachmittags mit Emily in der Kindertanzschule gewesen. Katharina hatte sie nach ihrem Feierabend bei mir abgeholt. Während Emily noch ein Wasserfarbenbild in ihrem Zimmer zu Ende malen wollte, hatten ihre Mutter und ich noch ein paar Minuten für uns.

Ich zauberte uns zwei Kapsel-Espressi. Katharina brachte das Gespräch auf den Vorabend.

»Heiko war mal dein Mandant?«

»Ja, vor sechs Jahren. Hat er dir gesagt, worum es ging?«

»Irgendwas Arbeitsrechtliches. Sein Chef wollte ihn rausmobben.«

Das war keine Lüge. Aber nicht einmal zehn Prozent der Wahrheit.

»Genauer ist er nicht geworden?«, fragte ich so betont unauffällig, dass es Katharina sofort auffiel.

»Doch. Er hat mir erzählt, dass er früher mal eine wilde Phase hatte. Haben wir nicht alle irgendwann mal über die Stränge geschlagen? Irgendein Vorwurf bleibt immer hängen. Gut, dass Heiko das aus der Welt räumen konnte.«

Geschickt gemacht von Heiko. »Wilde Phase« und »über die Stränge schlagen« waren schöne Begriffe für Lebensabschnitte, die von Kaiser Nero bis Papst Benedikt jeder einmal durchlebt hatte. Über die Unterschiede in den Details konnte man dann großzügig hinweggehen.

»War in Heikos Erzählungen von Kokain die Rede?« Irgendwie wollte ich nicht, dass er damit durchkommt.

Das war ein Fehler.

»Hör mal, Björn. Heiko hat mir offen von Fehlern aus der Vergangenheit erzählt. Wenn du da jetzt nachtrittst, obwohl du als sein damaliger Anwalt auf seiner Seite stehen müsstest, wirkt das eifersüchtig und kleinlich.«

Nicht die Handlung zählte, sondern das Motiv des Handelnden.

Am Ende des Tages ging es darum, wie ich mich möglichst reibungslos mit dem »Problem« Heiko arrangierte. Aus der Welt schaffen konnte ich es offenbar nicht. Vor allem galt es, Schaden von Emily abzuwenden. Daher durfte ich Katharina nicht durch allzu große Offenheit gegen mich aufbringen. Ihr zu erzählen, dass ich damals für Heiko bewusst ein falsches Alibi an die Staatsanwaltschaft weitergegeben hatte, würde mir keine Pluspunkte bei ihr einbringen. So viel war klar. Mein allzu ausgeprägtes Verständnis für die Rechte meiner verbrecherischen Mandanten war damals schließlich einer der Gründe für unsere Trennung gewesen. Dass Katharina mit Heiko offenkundig großzügiger verfuhr, nagte an meinem Ego. Aber nach Lage der Dinge war es besser, diesen Punkt jetzt nicht weiter zu vertiefen.

»Und wie hat Heiko der Abend sonst so gefallen?«, fragte ich Katharina.

»Heiko hat mich gestern Abend noch gefragt, ob es sein könnte, dass du rechts bist«, klärte sie mich, immerhin leicht belustigt, auf.

»Und?«, fragte ich. Ich reichte ihr den Espresso und deutete auf den Esstisch. »Hast du ihm die kurze oder die lange Antwort gegeben?«

»Welche ist welche?« Katharina setzte sich. Ich setzte mich ihr gegenüber.

»›Geht dich nichts an‹ ist die kurze. ›Geht dich überhaupt nichts an‹ ist die lange.«

»Er meint, du würdest seine Arbeit nicht ernst nehmen. Aber das geht mich nichts an.«

Wie professionell. Der Faktenchecker hatte mich also bereits markiert. Allerdings ließ ich es bleiben, mich durch eine weitere Verteidigung an dieser Anklage zu beteiligen. Jeder Versuch, einen argumentativen Keil zwischen Katharina und Heiko zu treiben, würde an dieser Stelle damit enden, dass Katharina sich von mir entfernte.

»Ich fand es jedenfalls nett, Heiko nach so langer Zeit mal wieder zu treffen«, versuchte ich zu deeskalieren.

»Wirklich? Warum hast du dann neidische Bemerkungen über seinen Porsche gemacht?«

Katharina tickte in vielen Dingen genauso wie ich. Wurde es ihr zu blöd, wechselte sie das Thema und redete lieber über Autos.

»Ich habe sein Auto in einem völlig anderen Zusammenhang erwähnt. Die Marke seines Autos ist ein Fakt, den ich weder beeinflussen kann, noch spielt sie für mich irgendeine Rolle. Wenn das bei ihm anders ist, tut es mir leid.«

»Du hast hoffentlich keine Witze über seinen Porsche als Penis-Ersatz gemacht?«

Ich sah sie so unschuldig wie irgend möglich an.

»Ich habe noch nicht einmal Witze über seinen Elektro-Porsche als Vibrator-Ersatz gemacht.«

»Du magst ihn einfach nicht, stimmt's?«

Warum argumentierte ich eigentlich die ganze Zeit, wenn Emotionen eh wichtiger waren als Argumente? Gut, dann nannte ich eben die emotionalen Fakten.

»Ich kann es nicht ausschließen, dass er vielleicht ein Idiot ist.«

»Gib es zu – du bist ein bisschen eifersüchtig!« Katharina sah mich fast neugierig an. Sie schien sich über mich lustig zu machen.

»Nein. Und selbst wenn. Meine Eifersucht wäre ja keine Rechtfertigung für ihn, ein Idiot zu sein. Aber das ist im Übrigen auch völlig egal ...«

Ich lehnte mich zu Katharina hinüber, umfasste ihre Hände und schaute ihr in die Augen, um ihr das Ausmaß meiner Toleranz zu vermitteln:

»Du hast alles Recht der Welt, dich mit jedem Idioten der Welt einzulassen. Selbst mit einem Heiko.«

Katharina zog ihre Hände weg.

»Lass das. Mir ist für Emily wichtig, dass sich wegen Heiko nichts zwischen uns ändert.«

Ich wusste, dass Emily mit meiner Ironie nicht gedient war, wenn es darum ging, einen neuen Partner an der Seite ihrer Mutter zu verkraften. Ich wechselte also in eine seriösere Gangart.

»Da ändert sich nichts. Versprochen. Und damit Emily das Gefühl bekommt, dass es auch für mich völlig normal ist, dass du einen neuen Freund hast, sollten wir uns vielleicht mal alle zusammen treffen.«

Nun nahm Katharina erleichtert meine Hände.

»Das ist nun aber wirklich tolerant. Nächste Woche Samstag im Zoo, so gegen vierzehn Uhr?«

Am Samstag wollte ich eigentlich eine ausgedehnte Wanderung mit meinen alten Schuhen unternehmen, nachdem Katharina mittags Emily abgeholt haben würde.

»Geht auch Sonntag?«

Katharina zog ihre Hände wieder zurück.

»Samstag würde uns besser passen. Heiko und ich sind Sonntag zur Jagd eingeladen.«

»Heiko ist Jäger?«

»Nein, aber ein Geschäftskunde hat uns in dessen Jagdrevier eingeladen.«

Dass Katharina nicht unempfänglich war für Statussymbole, war mir bekannt. Sie erzählte mir entsprechend begeistert, dass diesem Geschäftskunden zahlreiche Onlineportale gehörten, die alle gecheckt werden wollten. Und dazu noch ein eigenes Jagdrevier.

Da mussten meine Schuhe halt warten.

»Dann lauert ihr mal am Sonntag aufs Wild. Emily und ich lauern dann am Samstag im Zoo auf euch.«

Katharina tätschelte lobend meine Hand. So tief, dass ich mich darüber freute, war ich doch noch nicht gesunken.

Wir hatten das Zoocafé als Treffpunkt vereinbart. Um fünfzehn Uhr. Emily und ich kamen ein wenig früher und machten schon mal einen ersten Rundgang.

Der Zoo war für Emily eine heile Welt. Sie liebte Tiere. Dass sich diese in Käfigen befanden, diente nach ihrer Auffassung in erster Linie dem Schutz der Tiere. Emily hätte wohl auch wirklich das Tiger-Pärchen zu Tode geknuddelt, wenn nicht Gitterstäbe sie daran gehindert hätten.

Unsere Zoobesuche verliefen eigentlich immer gleich: Hinter dem Eingang ließen wir uns fotografieren, und dann ging es schnurstracks zum Kiosk in der Mitte des Zoos, neben dem Café.

Wenn ich als Kind diesen Zoo besucht hatte, hatte ich mir dort immer von meinem mühsam zusammengesparten Taschengeld eine Capri-Sonne und ein Matschbrötchen gekauft.

Und genau das Gleiche taten meine Tochter und ich auch jetzt. Vierzig Jahre später. Ich fühlte mich dann wieder wie ein Kind.

Das erste Brötchen teilten wir uns noch am Kiosk.

Danach gingen wir, Capri-Sonne schlürfend, zum Erdmännchen-Gehege links hinter dem Kiosk und weiter zu den Flamingos.

Während wir das zweite Matschbrötchen verdrückten, versuchte Emily, mir ein Haustier aus den Rippen zu leiern.

»Kann ich ein Erdmännchen kriegen?«

»Nein. Erdmännchen brauchen ein eigenes Gehege zum Buddeln.«

»Krieg ich ein Nashorn? Die buddeln nicht.«

»Ein Nashorn ist zu groß.«

»Krieg ich ein Kaninchen?«

»Das muss ich mit Mama besprechen.«

»Ich weiß nicht, ob Mama ein Haustier erlaubt.«

Sobald Emily erfuhr, dass sich Mama einen neuen Freund halten durfte, würde es argumentativ schwierig werden, ihr ein Kaninchen zu verweigern. Aber auf diesen Trichter würde meine Tochter wahrscheinlich selber kommen.

»Mama kommt auch gleich in den Zoo.«

»Mit einem Kaninchen?«

»Mit einem Freund.«

»Was für ein Freund?«

»Jemand, mit dem sie gerne Zeit verbringt. Du hast doch auch Freunde.«

»Ich habe Freundinnen. Mit Jungs spiele ich nicht. Ich will ein Kaninchen.«

Heiko würde es nicht ganz leicht mit ihr haben. Ich war gespannt.

»Mamas Freund ist eigentlich ganz nett, ich habe ihn schon ...«

»Schau mal, die Flamingos. Wie schön. Alle pink!«

Vielleicht sollte sich Heiko einen pinken Pullover anschaffen. Das würde ihm den Start mit Emily leichter machen.

Katharina und Heiko saßen schon im Zoocafé und tranken Kaffee. Emily hatte sich voller Stolz eine Flamingofeder ins Haar gesteckt und stürzte auf Katharina zu.

»Mama! Wir haben die Flamingos gesehen. Du musst unbedingt mitkommen.«

Emily zog an Katharinas Hand. Aber Katharina blieb sitzen.

»Mäuschen, gleich. Schau mal, das ist Heiko.«

Emily schaute Heiko kurz an, sagte aber nichts zu ihm, sondern drehte sich demonstrativ weg.

»Die Flamingos stehen fast alle nur auf einem Bein!«

Heiko stand auf und winkelte ein Bein an.

»Schau mal, Emily, ich kann auch auf einem Bein stehen!«

Er tat mir fast leid in seinem Anbiederungsversuch. Emily ging gnädigerweise zunächst nicht näher darauf ein. Die Tatsache, dass Heiko nach drei Sekunden das Gleichgewicht verlor und wieder auf zwei Beinen stand, entlockte ihr dann doch noch einen Kommentar.

»Du bist kein Flamingo. Flamingos fallen nicht um.« Zumindest waren die beiden jetzt in einem kritischen Dialog.

Heiko zeigte auf die Feder in Emilys Haar.

»Aber du scheinst mir eine kleine Flamingo-Dame zu sein, hm?«

»Ich bin eine Indianerin.«

»Ah, du bist ein Mitglied der First Nation«, näherte sich Heiko der Begeisterung meiner Tochter mit einer Positivkorrektur.

Wie klein die Welt geworden war. Kaum steckte sich in Europa eine Fünfjährige eine Flamingo-Feder ins Haar, musste jemand darauf achten, dass dadurch in Nordamerika kein Ureinwohner beleidigt wurde. Ich war dankbar, dass Heiko diesen Job übernahm. Nur Emily verstand den Sinn noch nicht so ganz.

»Nein, ich bin eine Indianerin aus Amerika.«

»Also eine American Native, wie schön!«

»Nein, ich bin eine ...«

Katharina intervenierte.

»Wie wäre es, wenn wir uns alle am Kiosk ein Eskimo-Eis holen und gemeinsam weiter durch den Zoo schlendern?«

Bevor Heiko darauf hinweisen konnte, dass wir uns maximal ein Inuit-Eis holen könnten, erwiderte Emily bereits:

»Nein danke. Wir haben vorhin schon ein Matschbrötchen gegessen.«

Ein Stein fiel mir vom Herzen, dass wir Emily nie gesagt hatten, wie Matschbrötchen früher hießen. Ich hockte mich vor Emily auf den Boden und wischte ihr den Rest dessen, was seit meiner Kindheit zwar zigmal den Namen, aber kein einziges Mal seine klebrige Rezeptur gewechselt hatte, vom Mund. »Und weißt du was? Auch wenn wir völlig satt sind, können wir doch mit Heiko trotzdem noch mal zum Kiosk gehen und uns noch ein Raider teilen, hm?«

Wieder meldete sich Heiko zu Wort.

»Das heißt jetzt aber ...«

»Ich weiß. Und das ist mir genauso egal.«

Emily, Katharina, Heiko und ich schlenderten zum Zookiosk und kauften dort vier Twix und vier Wasser. Im Schaufenster des Kiosks war deutlich sichtbar die Packung Schaumküsse der Marke Dickmann's zu sehen, aus der die Verkäuferin vor dreißig Minuten noch die beiden Schokoküsse für unsere Matschbrötchen entnommen hatte. Ich versuchte, die leicht verkrampfte Atmosphäre zwischen Heiko und mir wieder zu lockern.

»Die Verpackung kriegen wir auch noch beleidigungslos gegendert, oder?«

»Wie meinst du das?«

»Na, sich über verfettete Menschen mit Penis lustig zu machen geht ja wohl gar nicht. Wenn ›Dickmann's‹ nicht ab sofort ›Adipösm/w/divers‹ heißt, esse ich die nicht mehr.«

Heiko war nicht ganz so amüsiert wie ich.

»Eine sich verändernde Gesellschaft braucht auch eine sich verändernde Sprache«, erwiderte er und biss in sein Twix, das trotz Namensänderung noch immer genauso wenig Vitamine enthielt wie früher ein Raider.

Wir schlenderten an dem mit dem Schild »Erdmännchen« bezeichneten Gehege vorbei, um die vordere Zoohälfte gemeinsam zu besichtigen. Ich fragte mich, ob die Beschilderung des Geheges nicht die Gefühle der Erdweibchen verletzte. Oder die der Erdmännchen, die eigentlich lieber Pinguin-Weibchen wären. Ich überlegte, ob ich einen Zoowärter auf diese Problematik ansprechen sollte, verwarf das aber als zu riskant. Eigentlich gab es in unserer intoleranten Gesellschaft nur zwei Reaktionen auf eine solche Frage: lebenslanges Zooverbot oder eine Dauerkarte mit fünfzig Prozent Rabatt für die betreuende Begleitperson.

»Wo sollen wir hin?«, fragte Heiko meine Tochter.

»Zu den Flamingos«, erwiderte Emily.

»Aber die hast du doch schon gesehen«, meinte Katharina.

»Ich schon. Aber dein Freund kann von denen mal lernen, nicht immer umzufallen.«

Der Anfang war gemacht. Emily kannte jetzt Heiko und wusste, dass es für mich okay war, dass Katharina einen Freund hatte.

Ob das auch für Emily okay war, war eine andere Frage.

Und Heiko musste erkennen, dass auch Emily offensichtlich in einer völlig anderen Blase lebte als er.

25 IBAÑETA-PASS

»Das Leben ist wie eine Wanderung. Es kommt am Ende nicht darauf an, wie lang die Strecke, sondern wie schön der Weg war.«

JOSCHKA BREITNER,
»ZU FUSS INS ICH –
PILGERN ALS SELBSTFINDUNG«

EIN UNBEDACHTER AUSRUTSCHER brachte mich zurück in die Gegenwart. Ich war nicht mehr mit Heiko im Zoo, sondern mit Roland auf dem verregneten Camino. Meine alten Bundeswehrschuhe durften ihre Qualität auf einem steilen, steinigen, rutschigen Stück Anstieg unter Beweis stellen. Bis zum Erreichen des Ibañeta-Passes lagen noch ein paar Höhenmeter vor uns. Und irgendwo dahinter lag hoffentlich Kladdys Handy in erreichbarer Nähe. Mein emotionaler Weg von Heiko zu Kladdy jedenfalls war relativ kurz, wie ich gerade feststellte. Beide gingen davon aus, das Glück zu schmieden wäre eine externe Dienstleistung, zu der andere ohne ihre Anleitung nicht in der Lage waren.

Nach allem, was mir Kladdy gestern so alles erzählt hatte, war sein ganzes Leben geprägt von den Fehlern anderer. Von dem Versicherungsnehmer, der seine Filiale überfallen hatte. Von dem Staatsanwalt, der für diesen Täter keine hohe Strafe gefordert hatte. Von dem Richter, der dieser Sichtweise gefolgt war.

Ich tauchte aus meinen Gedanken wieder hervor und wandte mich an Roland.

»Kann ich dir eine Frage stellen?«

»Schieß los!«

»Was war deine größte berufliche Fehlentscheidung?«

Roland überlegte.

»Außer meiner Berufswahl?«

»Ob die ein Fehler war, weiß ich nicht.«

Roland überlegte. Schließlich antwortete er: »Da sticht kein Fehler aus den anderen hervor.«

»Du hast also eine ganze Reihe Fehler gemacht?«

»Na klar. Alles andere wäre ja auch schlimm. Aus Fehlern lernt man schließlich.«

»Aber andere leiden doch unter deinen Fehlern. Wenn du einen unschuldig Angeklagten zu hart rannimmst, leidet der. Wenn du für einen Schuldigen eine zu milde Strafe forderst, leidet das Opfer.«

»Die Toleranz für Fehler macht aber gerade unseren Rechtsstaat aus. Wer keine Fehler akzeptiert, braucht auch keine Chancen zuzulassen, Fehler zu beheben. Das endet dann in einem totalitären Allmachtsanspruch. Fehler, die ich sicherlich gemacht habe, konnten immer in der nächsten Instanz wieder behoben werden. Und aus den Fehlern, die ich in dem einen Prozess gemacht habe, konnte ich für den nächsten Prozess lernen. Fachlich wie menschlich.«

»Du bereust keinen deiner Fehler?«

»Meine Fehler haben mich zu dem Menschen gemacht, der ich bin. Alle Fehler von vornherein zu vermeiden ist unmöglich. Möglichst viele Fehler im Nachhinein zu erkennen ist realistisch. Auch wenn der ein oder andere Fehler wehgetan hat, für die meisten Fehler bin ich dankbar.«

Ich machte mir gedanklich ein paar Notizen für mein Pilgertagebuch:

Wenn der Sinn von Fehlern ist, dass sie erkannt werden, könnte dann der Sinn des Lebens sein, dass es erkannt wird?

Auch ich war dankbar. Für die Gespräche mit Roland. Auch wenn ich ihn gerade mal achtundvierzig Stunden kannte.

Dankbar. Das war Rolands letztes Wort.

Wir gingen noch drei weitere Kilometer schweigend nebeneinanderher. Roland auf meiner rechten Seite, vielleicht einen halben Schritt vor mir.

Dann explodierte sein Kopf wie aus dem Nichts in einer rosafarbenen Wolke.

Seine Gehirnmasse vaporisierte in feinen Tropfen zu mir herüber. Knochenteile seiner Schädeldecke flogen mir um die Ohren.

Ich drehte mich instinktiv nach links weg, sodass sich ungefähr die Hälfte von Rolands Kopf kontrastreich auf den knallgelben Regenschutz seines Rucksacks ergoss, den ich auf meinen Schultern trug.

Den Knall des Schusses vernahm ich Sekundenbruchteile nach dem Einschlag der Kugel.

Es dauerte ein, zwei Sekunden, bis ich die Situation begriffen hatte und nur noch ein einziges übermächtiges Gefühl übrig blieb: nackte Angst.

Ich stand in knapp eintausendeinhundert Metern über Meereshöhe mitten in den spanischen Pyrenäen auf dem feuchten Boden eines friedvoll wirkenden Wäldchens. Und Roland und ich waren gerade offensichtlich zum zweiten Mal innerhalb von vierundzwanzig Stunden von einem Scharfschützen beschossen worden. Heute hatte er zur Abwechslung auf den Schalldämpfer verzichtet.

Die entspannende Theorie, dass der Spatz gestern Abend den Eiswürfel zur Explosion gepinkelt haben konnte, war soeben gemeinsam mit Roland zusammengebrochen.

Ich konnte allerdings weder erkennen von wo, geschweige denn von wem auf Roland geschossen worden war. Durch den Nieselregen verschwommen die Konturen der Landschaft. Es war völlig still. Der Schuss hatte alle Geräusche der Natur zum Schweigen gebracht. Kein Tier war zu hören. Kein Rauschen. Kein Wind. Rolands erschlaffter Körper lag verdreht auf dem Boden, mit dem Gesicht – oder dem, was von ihm übrig geblieben sein mochte – auf dem nassen Waldboden, und rührte sich nicht.

Aber was war das?

Ich fuhr herum.

Waren das gehetzte Schritte eines sich entfernenden Menschen?

Roland und ich waren als Letzte aus Orisson losgegangen. Während der gesamten Wanderung hatten wir keinen einzigen anderen Pilger gesehen.

Aber in einiger Entfernung hörte ich jetzt, wie ein Mensch davonrannte. Rechts von mir.

Und da war noch ein anderes Geräusch. Ein dumpfes Wummern. Es wurde immer lauter. Es hörte sich an, als trommele jemand. Sehr schnell.

Es war ... mein Herzschlag. Mein Herz raste.

Was hatte ich in dieser Situation für Optionen? Sollte ich dem Schützen hinterherrennen?

Was sollte das bringen? Außer mich in Lebensgefahr zu bringen.

Sollte ich Hilfe holen? Ich schaute mir Roland an. Vielmehr seine Leiche. Da gab es nichts mehr zu helfen. Der halbe Kopf war weggerissen worden.

Auf seiner rechten Stirnhälfte war ein circa centstückgroßes Einschussloch zu sehen. Die linke Seite des Kopfes fehlte vollständig. Die Kugel hatte beim Austreten alles mitgenommen, was Roland vorher noch im Kopf gehabt hatte.

Und dieses Alles rann nun zum Teil an Rolands Rucksack herunter, den heute ich auf meinem Rücken trug. Es tropfte auf den feuchten Waldboden und vermischte sich dort mit einer rotbraunen Pfütze, die aus Rolands Restschädel herauslief.

Roland war nicht die erste Leiche, die ich in meinem Leben gesehen hatte. Aber die erste, an der ich nicht schuld war.

Mir sackten die Knie weg. Ich stolperte rückwärts und plumpste auf den Boden. Rolands unförmiger Rucksack zwang mich in eine halb aufrechte Sitzposition.

Ich musste zunächst einmal in meinem Kopf für Ruhe sorgen, bevor ich mich mit Rolands Kopffragmenten beschäftigen konnte. Mir kam eine Achtsamkeitsübung von Joschka Breitner in den Sinn: der blinde Maler.

Wenn es in Ihrem Geist zu laut wird, dann malen Sie mit Worten ein Bild. Stellen Sie sich vor, Sie wären nicht eine, sondern zwei Personen. Die eine Person kann sehen, hat aber keine Arme. Die andere Person ist blind, kann aber malen. Die sehende Person soll nun der blinden Person die Landschaft so beschreiben, dass Letztere die Landschaft mit einem Kohlestift zu Papier bringen kann. Lassen Sie dabei bitte bewusst alles weg, was Sie beunruhigen könnte. Konzentrieren Sie sich so lange auf das Bild, bis es in Ihrem Kopf wieder ruhig ist.

Ich schloss kurz meine Augen, um mir vorzustellen, die sehende Person zu sein. So paradox konnte Achtsamkeit sein. Ich öffnete die Augen und begann, leise vor mich hin zu murmeln.

»Ich bin in einem Wald. Der Wald ist sehr aufgelockert. Ein Wechsel von Bäumen und Felsen. Vor mir ist ... eine kleine Baumgruppe. Es sind vielleicht zwei Dutzend Bäume.«

»Was für Bäume?«, wollte mein blindes Alter Ego wissen, das sich sofort auf die Übung eingelassen hatte. Ich schaute mich um, ob ich die Blätter der Bäume erkennen konnte. Ich konnte nicht.

»Keine Ahnung ... Ich kann die Blätter an den Bäumen nicht deutlich genug sehen.«

»Liegen vielleicht welche vor dir auf dem Boden?«

Ich schaute auf den Boden.

»Auf dem Boden vor mir sind Steine, Wurzeln, ein paar Äste, Kopfknochen, Blut, Hirnmasse ...«

»Lass bitte alles weg, was uns beunruhigen könnte.«

»Da! Das da ist kein Knochen. Das ist eine Buchecker. Hier ist alles voller Bucheckern.«

»Also ist es wohl ein Buchenwald.«

Mein blindes Alter Ego war wesentlich ruhiger als ich. Aber es sah ja auch all das Blut nicht. Ich beschrieb also weiter und versuchte, die Leiche ebenfalls zu übersehen.

»Überall liegen Steine in verschiedener Größe herum. Der Boden ist sehr uneben. Zwanzig Meter links von mir ist eine kleine Schlucht.«

»Sind die Steine schwer?«

Ich nahm einen Stein in die Hand.

»Vielleicht fünf Kilo.«

»Wie willst du das wissen? Du hast keine Arme!«

Meine blinde Achtsamkeitsaufspaltung nahm unsere Rollen wirklich sehr ernst.

»Beschreibe mir lieber mal Bildvordergrund, Hauptmotiv und Hintergrund.« Wenn ich Roland geflissentlich übersah, dann ließ sich das Bild sehr harmonisch beschreiben:

»Im Bildvordergrund liegt ein alter Armee-Rucksack, verpackt in einen roten Wetterschutz. Es bilden sich kleine Regenpfützen auf dem Plastik. Dahinter ist, als Hauptmotiv, eine kleine Baumgruppe zu sehen. Die Spitzen der Bäume bilden ein geschlossenes Dach.«

»Noch aufgeregt?«

Ich horchte in mich hinein. Mein Herz hatte aufgehört zu rasen. Mein Geist war wieder klar. Die Übung hatte gewirkt.

Was war jetzt zu tun? Wer auch immer da warum auch immer geschossen hatte – er schien für den Moment keine Gefahr für mich zu sein. Sonst hätte er mich während meiner kleinen Übung ganz entspannt erledigen können.

Ich war also mit Rolands Leiche allein.

Ich wusste aus eigener Erfahrung, dass Leichen Fragen aufwarfen.

Würde ich, wie geplant, runter ins Kloster von Roncesvalles laufen und dann, wie nicht geplant, die Behörden verständigen, dann wäre meine Pilgerreise bereits am zweiten Tag beendet. Vor allem, weil sich die spanische Polizei dann die gleichen Fragen stellen würde wie ich jetzt: Wer hatte auf Roland geschossen? Und warum? Warum sollte jemand einen todkranken Mann erschießen?

Mit jeder Minute, die verstrich, während ich auf diese Frage keine Antwort fand, kamen mir mehr Zweifel, dass der Schütze überhaupt Roland hatte treffen wollen.

Bei dem regnerischen Wetter waren sowohl Roland als auch ich selbst für einen geübten Schützen schlecht zu erkennende Ziele. Eigentlich waren wir in dem Wäldchen nur über die Signalfarben unserer Regenhüllen auf den Rucksäcken zu erkennen. Rolands Rucksack war knallgelb. Meiner knallrot. Roland war erschossen worden, während er meinen Rucksack trug. Sofern der unbekannte Schütze das rote Ziel absichtlich anvisiert und auch getroffen hatte, war es nicht ganz unwahrscheinlich, dass er davon ausgegangen war, mich zu treffen.

Und so nah, wie gestern eine Kugel an meinem Kopf vorbeigerauscht war, war die Vermutung nicht ganz abwegig, dass auch diese Kugel für meinen Kopf bestimmt war. Nicht für das Weinglas oder den Spatz.

Mir fiel nur ein einziger Mensch ein, der durch das Schreddern eines kleinen Fingers bereits deutlich sein Interesse an meinem Ableben zum Ausdruck gebracht hatte: der Chinese. Bislang stand dem aber vor allem im Wege, dass er gar nicht wusste, wer ich war. Geschweige denn wo.

Ob sich das inzwischen geändert hatte?

Immerhin war gestern ein Chinese mit Gitarrenkoffer am Refuge Orisson vorbeigelaufen. War das der Typ, der vorhin geschossen hatte?

Ich hatte ihn nicht persönlich gesehen. Ihn zu sehen hätte allerdings nichts geändert. Ich hatte auch Herrn Quang nie zu Gesicht bekommen.

Wenn die Polizei einmal auf den Gedanken kommen würde, dass ich das Ziel von wem auch immer sein könnte, stünde ich im Fokus der Ermittlung.

Dann würde sich auch die spanische Polizei mit meiner Pilgerfrage beschäftigen: Wer war ich eigentlich?

Genau wegen dieser Frage war ich auf dem Camino.

Und diese Frage wollte ich mir lieber selbst beantworten, als dies der Polizei zu überlassen. Ich hatte keine Lust darauf, nun ausgerechnet wegen eines Mordes, den ich nicht begangen hatte, in Schwierigkeiten zu geraten.

Aber gab es eine Möglichkeit, Rolands Tod *nicht* zu melden?

Wir könnten uns unterwegs getrennt haben. Das war beim Pilgern nichts Ungewöhnliches. Allerdings würde auch ein mit einem

Tag Verzögerung von den nächsten Pilgern entdeckter toter Staatsanwalt mit halbem Kopf, fehlendem Hirn und fremdem Rucksack zu ein paar Fragen führen.

Besser wäre, wenn Rolands Leiche gar nicht erst gefunden würde.

Wir waren auf dem Ibañeta-Pass. Dass Pilger hier stürzten, war nichts Ungewöhnliches. Die Gegend war schroff.

Ohne Leiche würde Roland erst in ein paar Tagen von seiner Familie als vermisst gemeldet werden. Bis dahin war die Verbindung zu mir nicht mehr enger als die aller anderen Pilger, die am selben Tag wie wir in Orisson aufgebrochen waren. Keine Leiche, keine Probleme – eine einfache Gleichung.

Hatte ich meinem blinden Alter Ego nicht vorhin eine Schlucht beschrieben?

Ich schnallte mir im Sitzen Rolands Rucksack ab und stand schließlich auf. Ich betrachtete die Schlucht genauer, die mein sehendes Ich gerade noch seinem blinden Gegenüber beschrieben hatte. In der Tat: Zwanzig Meter von Rolands Leiche entfernt ging es vielleicht fünfzehn Meter senkrecht nach unten. Dort unten lag ein weiteres kleines Wäldchen, durch das allerdings kein Weg führte. Es sah aus, als sei es nur für Bergsteiger zu erreichen.

Wenn Roland dort runtergefallen wäre? Wenn er sich den Schädel gebrochen hätte? Wenn er erst in ein paar Monaten oder Jahren gefunden werden würde?

In dieser Zeit wäre auch ein nicht herausgeschossenes Hirn weitestgehend verwest oder von Wildtieren gefressen worden. Dessen Fehlen würde also keine Fragen mehr aufwerfen. Allerdings würden sich die Gerichtsmediziner fragen, warum Rolands noch vorhandener Schädelrest ein Einschussloch aufwies.

Und wenn Rolands Schädel beim Sturz so an der Steinwand zersplittert wäre, dass die Knochenfragmente nicht mehr zu rekonstruieren wären?

Hatte ich nicht gerade noch einen fünf Kilo schweren Stein in meinen nicht vorhandenen Händen gehabt?

Dann müsste jemand Roland meinen Rucksack ausziehen, seinen eigenen Rucksack wieder anschnallen, seinen Schädel komplett einschlagen, die Knochensplitter in die Schlucht werfen.

Und Rolands Körper hinterher.

Mir fiel wieder das letzte Wort ein, das Roland in seinem Leben gesagt hatte: »dankbar«. Wenn es ein Jenseits gab, war er möglicherweise dankbar, dass ihn der Tod auf diese Weise ereilt hatte. Er hatte es hinter sich. Schnell und schmerzlos. Er würde nicht, wie von ihm befürchtet, am Krebs dahinsiechen. Und irgendwann in naher Zukunft an seinem Lungenkrebs ersticken. Im Kreise seiner Familie.

Roland war mitten aus dem Leben gerissen worden. Ohne davon überhaupt etwas mitbekommen zu haben. Das Pilgern hatte sein Leben verändert. Nur von sich selbst verabschieden konnte er sich nicht mehr.

26 RÜCKSCHRITTE

»Rückschritte sind der Anlauf, der Sie weiter springen lässt, als wenn Sie es aus dem Stillstand versuchten.«

JOSCHKA BREITNER,
»ZU FUSS INS ICH –
PILGERN ALS SELBSTFINDUNG«

ALS LETZTES WARF ICH den blutigen Stein in die Schlucht. Ich hatte Roland in der kurzen Zeit unseres Kennens wirklich sehr ins Herz geschlossen. Rational betrachtet, wäre es heuchlerisch gewesen, die Umstände seines Todes zu bedauern.

Ich machte mir eine gedankliche Notiz für mein Pilgertagebuch: *Aus dem Leben gerissen zu werden bedeutet, bis zum Tod gelebt zu haben.*

Aber ich vermisste Roland. Ich hätte gerne mehr von ihm erfahren.

Die Spuren auf dem Weg hatte der beständige Regen bereits weitgehend verwischt. Meine eigene Wetterkleidung und mein Gesicht hatte ich mit dem Wasser aus meiner Feldflasche problemlos von allen Blutspritzern gereinigt.

Die spanische Polizei würde sich mangels Leiche auf absehbare Zeit nicht mit der Frage beschäftigen, wer auf Roland geschossen hatte.

Ich hatte also ein wenig Zeit, mich zusätzlich zu meinen eigenen drei Pilgerfragen nun auch mit der Frage zu beschäftigen, wer für Rolands Tod verantwortlich war.

Ich schnallte mir meinen Rucksack um und setzte meinen Weg zum Kloster von Roncesvalles fort.

Ich kam kaum hundertfünfzig Meter weit.

Dann stolperte ich.

Über ein Gewehr.

Es sah aus wie das gute alte G3 meiner Bundeswehrzeit. Nur mit einem Fernrohrvisier ausgestattet. Und im Dreck liegend. Quer auf dem Weg.

Ich hatte mich vorhin also nicht verhört. Es war tatsächlich jemand nach dem Schuss weggerannt. Der Schütze hatte sein Gewehr fallen gelassen. Das ließ zumindest darauf schließen, dass er kein eiskalter Killer war. Ein Profi wäre nicht nach dem ersten Schuss weggelaufen. Ein Profi hätte sicherheitshalber uns beide erschossen. Und sei es nur, um einen Zeugen zu beseitigen. Er hätte vor allem nicht sein Gewehr beim Wegrennen mitten auf dem Weg fallen lassen.

Einerseits war das gut. Der Amateur hatte mich überleben lassen. Andererseits war das schlecht, weil die Anzahl der möglichen Täter dadurch größer wurde. Jeder Idiot mit Zugang zu Waffen kam als Täter infrage.

»Idiot mit Zugang zu Waffen« war nicht direkt die Umschreibung eines chinesischen Profikillers. Ein chinesischer Killer würde wahrscheinlich auch kein original Bundeswehrgewehr benutzen. Sondern einen Nachbau. Oder war das wieder ein rassistisches Vorurteil?

Gab es jemanden, der Zugang zu Waffen, schlechte Nerven und einen Grund hatte, auf Roland oder mich zu schießen?

Alles drei traf mit ein wenig Fantasie auf Kladdy zu.

Hatte mir Kladdy gestern Abend nicht gesagt, dass er einen Waffenschein hatte? Und dass er selber einmal die Erfahrung machen wollte, wie es ist, das Leben eines anderen zu zerstören? Über kriminelle Energie verfügte er. Wie ein kaltblütiger Mörder hatte er auf mich nicht gerade gewirkt. Aber wie jemand, der schießt und das Gewehr dann fallen lässt – vielleicht. Und er schien einen Hass auf Roland zu haben. Zumindest auf Staatsanwälte.

Ich würde dieser Frage spätestens in Pamplona auf den Grund gehen. Schließlich musste ich Kladdy dort noch das Handy klauen.

Der Gedanke, dass Kladdy auf Roland geschossen haben könnte, hatte etwas Beruhigendes. Jedenfalls mehr als die Vorstellung, ein unbekannter chinesischer Killer hätte es auf mich abgesehen. Was für eine Ironie wäre es, auf dem Jakobsweg gegen seine Midlife-Crisis anzuwandern, wenn ein einziger Schuss dafür sorgen konnte, dass die Mitte des Lebens bereits ein halbes Leben entfernt war.

Zunächst musste ich jetzt aber eine rein praktische Frage klären: Was sollte ich mit dem Gewehr machen? Es liegen zu lassen kam nicht infrage – das Auffinden des Gewehres würde zusammen mit dem Verschwinden Rolands zu Fragen führen.

Ich konnte es auch nicht zu Roland in die Schlucht werfen. Das würde die so sorgfältig überlegte Geschichte von Rolands Absturz nicht gerade glaubhafter machen.

Das Gewehr mit auf die Pilgerreise zu nehmen war ebenso abwegig. Der Pilgerstock mochte als Accessoire akzeptiert sein, ein geschultertes Gewehr ging wahrscheinlich nicht durch. Und selbst auseinandergebaut würde das Gewehr immer noch nicht in meinen Rucksack passen, sondern maximal in einen Gitarrenkoffer.

Womit ich in Gedanken wieder beim Chinesen war.

Wäre der Chinese der Attentäter, würde er sich nach seiner Panikattacke wieder beruhigt haben. Dann würde er feststellen, dass er sein Gewehr hatte fallen lassen. Irgendwann würde er dann vielleicht auch Zweifel bekommen, ob er tatsächlich den Richtigen getötet hatte. Wahrscheinlich würde er dann in Roncesvalles so lange abwarten, bis ein lebender Roland auftauchte und damit meinen Tod bestätigte. Tauchte Roland nicht auf, würde der Chinese es wahrscheinlich erneut bei mir versuchen.

Ich nahm mein altes Nokia-Handy aus der Tasche meiner Hose – meiner ersten Kleidungsschicht. Sascha hatte mir über Katharina keine warnende SMS zukommen lassen.

So groß die Versuchung auch war: Ich würde dieses Handy nicht dazu benutzen, Sascha anzurufen. Nicht wegen des Anschlags. Dieses Handy war das Fenster zu meiner Familie. Es sollte nicht das Einfallstor der Welt in meine Pilgerreise werden – egal, was passierte.

In Sachen Achtsamkeit war ich kein Anfänger mehr. Ich würde den Anschlag nicht als Problem sehen, über dessen Lösung ich grübeln müsste.

Ich würde ihn als Inspiration sehen und schauen, ob ich durch Meditation herausfinden konnte, welche Chance der Lebensveränderung sich mir dadurch bot. Zumindest nahm ich mir das ganz fest vor.

Der Anschlag führte übrigens dazu, dass ich meine Ziele für den Jakobsweg überdachte. Wenn ich die Lebensveränderung nicht schaffte, würde ich mich mit der Fortführung meines Lebens schon zufriedengeben. Bereits am zweiten Pilgertag war mir in einem Wäldchen auf dem Ibañeta-Pass klar geworden, wie sehr ich an meinem Leben hing.

Es gab Dinge, die nervten. Es gab Dinge, die ich verbessern konnte. Aber eins wollte ich auf keinen Fall: dass meine Probleme auf die gleiche Art wie bei Roland gelöst würden. Weder von diesem Bauschaum-Chinesen noch von Kladdy.

Wow! Was für eine Erkenntnis nach kürzester Meditation. Fast beängstigend, wie inspirierend der Tod anderer Menschen sein konnte.

Ich hielt das Handy in die Höhe, als sei es ein Kruzifix. Der Himmel meinte es gut mit mir und meinen Vorsätzen. Ich stellte fest, dass ich keinen Empfang hatte. Aber zumindest hatte ich jetzt zwei Theorien, mit denen ich arbeiten konnte.

Zum einen war es möglich, dass Kladdy Roland erschießen wollte und das einfach getan hatte.

Zum anderen war es möglich, dass der Chinese mich erschießen wollte und das vergeigt hatte.

Möglichkeit Nummer eins war mir persönlich lieber. Ich würde nicht zum Kloster von Roncesvalles weiterwandern. Das war mir wegen Theorie zwei zu riskant. Ich würde auch nicht zurück nach Orisson pilgern. Das war selbst bei Theorie eins zu nah. Micha, der Herbergsvater, würde mich eventuell wiedererkennen und Fragen stellen.

Ich musste zunächst einmal das Gewehr loswerden und ein paar Informationen einholen.

Ich würde das Gewehr auseinandernehmen, es in meinen Regenschutz einwickeln und oben auf meinen Rucksack schnallen.

Ich würde noch heute wieder nach Saint-Jean-Pied-de-Port pilgern. Das waren gut fünfundzwanzig Kilometer zurück – allerdings weitestgehend bergab.

Ich würde versuchen, mit Sascha Kontakt aufzunehmen. Von einem öffentlichen Telefon. Vielleicht hatte er ja Informationen über die Gefahr durch den Chinesen. Vielleicht hatte Katharina mir lediglich die SMS noch nicht geschickt.

Und wenn ich das Gewehr entsorgt und die Informationen erlangt hatte, würde ich weiterpilgern. Ich würde zunächst Kladdy in Pamplona treffen, um ihm sein Handy mit dem Foto meines Pilgerbriefs zu entwenden.

Vielleicht kam ich dabei auch der Wahrheit darüber näher, ob er der Mörder von Roland war.

Und danach lag hoffentlich ohne weitere Störungen noch der ganze Weg nach Santiago de Compostela vor mir.

Buen Camino.

27 VORSÄTZE

»Vorsätze sollten eine Richtschnur sein. Kein Fallstrick.«

JOSCHKA BREITNER,
»ZU FUSS INS ICH –
PILGERN ALS SELBSTFINDUNG«

ICH KAM AM SPÄTEN ABEND wieder in Saint-Jean-Pied-de-Port an. Um nicht wiedererkannt zu werden, kehrte ich nicht in mein Hotel von vor zwei Tagen zurück. Ich wollte aber auch nicht mit einem zerlegten G3 in einer öffentlichen Pilgerherberge schlafen. Ich hatte die einzelnen Gewehrteile ganz bewusst nicht unterwegs in der Landschaft entsorgt.

Ich hatte mich bei meinem Abstieg an das erinnert, was mir Roland noch am gestrigen Morgen nebenbei erzählt hatte. Die Brüder, die die Pilgerbriefe umsonst transportierten, beförderten gegen Geld auch reguläres Gepäck.

Ich wanderte also zunächst zum zweiten Mal innerhalb von zwei Tagen zu ihrem Kloster. Ich schnürte die Einzelteile des G3 im Gebüsch vor dem Briefkasten in meinem Regenschutz zu einem perfekten Bündel zusammen und klebte es mit den Blasenpflastern aus meiner Notapotheke zu.

Mit dem letzten Blasenpflaster befestigte ich einen 50-Euro-Schein als Briefmarke auf dem Paket.

In großen Buchstaben schrieb ich mit einem Kugelschreiber »Dragan Sergovicz – Santiago de Compostela« auf das wasserdichte Bündel.

Ich legte es auf den Briefkasten und ging zurück nach Saint-Jean.

In der ersten privaten Pension, die ich fand, checkte ich ein und fiel todmüde ins Bett.

Nach einem traumlosen Schlaf wachte ich erst spät am nächsten Morgen auf. Das Frühstück in der Pension war bereits abgeräumt.

Ich packte meine Sachen und machte mich auf die Suche nach einem Café mit einem öffentlichen Fernsprecher.

Ich fand beides in der Nähe der hässlichen Touristen-Information, bestellte mir ein Croissant, einen Café Noir und ging in den hinteren Teil des Cafés zum Telefonieren.

Sascha ging nach dem zweiten Klingeln ran.

»Elterninitiative ›Wie ein Fisch im Wasser‹, Sascha am Apparat, was kann ich für Sie tun?«

»Ich bin's.«

»Björn? Hast du dich schon gefunden?«

»Nein, lass den Scheiß. Aber vielleicht hat mich jemand gefunden.«

»Was ist passiert?«

Wenn ich Sascha die Wahrheit über den Anschlag und meine diesbezüglichen Theorien erzählte, wären binnen vierundzwanzig Stunden mehr Personenschützer von Walter auf dem Jakobsweg verteilt als Pilger. Das wollte ich vermeiden. Wenn meine Kladdy-Theorie zutraf, hatte der Anschlag ohnehin Roland gegolten. In dem Fall könnte ich ohne jede Sorge in Ruhe weiterpilgern.

Ich blieb also vage.

»Es gab da einen Zwischenfall beim Pilgern. Ich bin mir nicht sicher, ob ein Chinese sich mir gegenüber ein wenig danebenbenommen hat. Gibt es Neuigkeiten bezüglich dieses Herr Qui... Quo...?«

Sascha überlegte nicht lange.

»Mr. Yellow? Nein. Er ist nach meiner Information nach wie vor in China.«

»Und hast du irgendetwas von Chayenne oder Sandy gehört?«

»Die sind noch nicht wieder aufgetaucht. Was ja im Grunde dazu passt, dass sie für vierzehn Tage im Urlaub sind und ihr Job-Handy ausgestellt haben.«

»Das würde auch passen, wenn sie tot sind.«

»Wieso sollten sie tot sein? Willst du mir nicht sagen, was passiert ist?«

»Ich … nein. Es ist nur so, dass ich hier einen besonderen Menschen kennengelernt habe …« Meine Stimme zitterte. Mir wurde in diesem Moment bewusst, dass ich einen großen Verlust zu beklagen hatte. Ich hatte meinen ersten, einzigen und besten Pilgerfreund verloren.

»Björn? Alles okay?«

»Ja, alles okay.«

»Scheint ja emotional eine heftige Erfahrung zu sein, dieses Pilgern.«

Sascha hatte keine Ahnung, wie recht er hatte.

Aber ich hatte mich schon wieder gefangen und dachte ein wenig klarer. Wenn es nichts Neues von Mr. Quang gab, hatte der Anschlag wahrscheinlich in der Tat nicht mir, sondern Roland gegolten.

Und ich hatte zum ersten Mal in meinem Leben die Erfahrung gemacht, Zeuge eines Mordes zu sein, den ich nicht veranlasst hatte. Das durfte einen ruhig mal emotional mitnehmen. Ich durfte nur nicht zusammenbrechen.

Roland hätte sich sicher gewünscht, dass ich den Camino zu Ende ginge. Und sei es nur, damit sein Bundeswehrrucksackmodell nach vierzig Jahren mal wieder nach Santiago getragen würde.

So oder so musste ich zumindest bis nach Pamplona, um dort Kladdys Handy aus dem Verkehr zu ziehen. Mit etwas Pilgerglück würde ich dort vielleicht auch verifizieren können, ob Kladdy Rolands Mörder war oder nicht.

»Sascha, wenn du irgendetwas Neues über die Mädels oder den Chinesen erfährst, bleibt es dabei – du lässt mir über Katharina die Worte ›Buen Camino‹ ausrichten, und ich melde mich dann sofort wieder bei dir.«

»Kein Problem! Frohes Pilgern.«

Ich suchte die Nummer von dem Hotel in Pamplona heraus und fragte, ob ich auch zwei Tage vor meiner eigentlichen Reservierung kommen könnte. Die Stadt war nur über die Festtage ausgebucht, mein Zimmer stand zur Verfügung. Ich ging zurück zu meinem Platz, aß mein Croissant, trank meinen Kaffee und fragte den Kellner nach einem Taxi.

Ich hatte in den ersten vier Tagen auf Pilgerschaft exakt einmal in einer Pilgerherberge geschlafen und war gerade im Begriff, die Distanz von mindestens vier weiteren Pilgertagen auf einmal mit dem Taxi zurückzulegen.

Aber ich war niemandem außer mir selbst Rechenschaft schuldig. Es war schließlich allein meine Pilgerreise. Was ich tat, war das genaue Gegenteil der Umsetzung einer kleinkarierten Planung. Nach allem, was vorgefallen war, hatte ich mir das verdient.

Das Taxi fuhr vor. Ich stand auf und machte mich auf den Weg nach Pamplona.

28 PAMPLONA

»Natürlich stellt Pilgern ein Risiko dar. Sie könnten feststellen, dass die Herausforderung für Sie zu groß ist. Doch ein Risiko zu vermeiden ist manchmal ein größeres Risiko, als eines einzugehen.«

JOSCHKA BREITNER,
»ZU FUSS INS ICH –
PILGERN ALS SELBSTFINDUNG«

DER STIERLAUF IN PAMPLONA, der *encierro*, geht auf eine lange Tradition zurück. Er ist fester Bestandteil des Festes Sanfermines, zu Ehren des heiligen Firmin. Seit dem Jahr 1324 wird es über mehrere Tage gefeiert. Ursprünglich fand es im Oktober statt.

Im Jahre 1591 verlegte die katholische Kirche Fest und Stierlauf dann auf Anfang Juli. Man hatte nach den ersten zweihundertsiebenundsechzig Jahren Wetterbeobachtungen festgestellt, dass das Wetter im Sommer in der Regel wärmer war als im Herbst.

Damals hatten sich die Menschen noch Zeit genommen für die Klimaforschung.

Der heilige Firmin war ein Sohn Pamplonas und in Frankreich als Missionar zu einiger Berühmtheit gelangt, welche sich, wie beim heiligen Jakob, auf seine Knochen übertrug.

Die Reliquien des heiligen Jakob zogen und ziehen Menschen aus aller Welt nach Santiago de Compostela. Die Pilger hoffen dabei im Wesentlichen, ihre Seele zu heilen, indem sie beim Wandern ihre Knochen trainieren.

Die Reliquien des heiligen Firmin zogen und ziehen Menschen aus aller Welt nach Pamplona, um sich dort im Wesentlichen sieben Tage lang ihre Seele dichtzusaufen und ihre eigenen Knochen dabei zu gefährden.

Und das Tolle ist: Beides funktioniert. Egal, was andere Menschen von diesen Knochenbräuchen halten, die Teilnehmenden beglückt es.

Die glücklichen Besucher des Encierro von Pamplona treffen

sich ab dem zweiten Tag des Festes jeden Morgen um Punkt acht Uhr in den Straßen der Altstadt. Dort gibt es eine achthundertfünfundsiebzig Meter lange abgesperrte Rennstrecke. Diesen Weg nehmen jeden Morgen sechs Kampfstiere, um von ihren Ställen aus in die Arena von Pamplona zu rennen. Begleitet werden die Stiere von einigen Ochsen, die beruhigend wirken sollen. Und von Zigtausenden Menschen, die das Gegenteil bewirken.

Die Strecke des Stierlaufs ist perfekt präpariert. Alle Hauseingänge, alle Geschäfte am Weg sind geschlossen, alle Seitenstraßen versperrt. Läufer und Stiere kennen nur eine Richtung und ein Ziel: die Arena.

Die Teilnehmer des Rennens tragen weiße Kleidung mit einer roten Schärpe und einem roten Halstuch. Sie versuchen, so lange wie möglich so nah wie möglich vor einem der Stiere herzulaufen. In der Hoffnung, im Anschluss so wenig stierbedingtes Rot wie möglich auf ihrer Kleidung zu haben.

Die Tradition des Encierro dümpelte über die ersten sechs Jahrhunderte der Sanfermines sehr gemütlich und eher unbekannt vor sich hin. Dann machte ein Herr namens Ernest Hemingway sie in den Zwanzigerjahren des letzten Jahrhunderts durch einen Roman über Nacht weltberühmt. Seitdem besuchen Hunderttausende von Gästen das jährliche Fest mit dem dazugehörenden Stiertreiben.

Der Lauf ist nicht ganz ungefährlich.

Dutzende Menschen sind seit 1900 beim Stierlauf getötet worden.

Hunderte schwer verletzt. Tausende leicht.

Auch das macht den Reiz des Rennens aus.

Dass seit Anbeginn des Rennens nur eine Minderheit von Stieren das Fest überlebt hat, ist eine bedauernswerte Tatsache, deren Bedeutung proportional zur örtlichen Entfernung von Pamplona wächst.

Die Stadt war voller Menschen aus aller Welt. Den einzigen, den ich, von mir einmal abgesehen, kannte, war Kladdy. Für mich war es der erste Besuch in Pamplona überhaupt, für ihn war es vertrautes Terrain. Ich ließ mich vom Taxifahrer vor meinem Hotel absetzen.

Das Fest sollte am nächsten Tag um Punkt zwölf Uhr offiziell beginnen.

Ich sah tatsächlich auch Spanier. Vor allem aber gab es viele Amerikaner, sehr viele Australier und einige Asiaten. Chinesen entdeckte ich keine. Jedenfalls liefen die Asiaten, die ich sah, in Gruppen meistens weiß-roten Flaggen hinterher, die zwar thematisch gut zu den Farben der Sanfermines passten, aber vor allem das Hoheitszeichen von Japan waren.

Ich schloss mich in meinem Hotelzimmer ein und verbrachte den Rest des Tages im Bett. Der Gewaltmarsch vom Vortag steckte mir in den Knochen. Der permanent bergab führende Weg war eine Zumutung für meine Knie gewesen.

Am nächsten Tag ließ ich mich dann vormittags durch die Stadt treiben. Die Menschen feierten, tranken und tanzten auf den Straßen. Das Fest folgte einer Choreografie, die dem des Karnevals in Deutschland nicht unähnlich war. Dutzende von Vereinen, die *peñas,* organisierten während des siebentägigen Festes Feiern, Umzüge und Tanzveranstaltungen.

Am ersten Tag gab es noch kein Stierrennen. Stattdessen versammelte sich die Menge mittags vor dem Rathaus und wartete gemeinsam auf das Abfeuern einer roten Leuchtrakete um Punkt zwölf. Das Zeichen für den offiziellen Beginn des Festes. Erst wenn die Rakete in der Luft war, zogen sich die echten Sanferminanten traditionell das rote Halstuch an. Und zogen es bis zum Ende der Feierlichkeiten in einer Woche nicht mehr aus.

Wem es zu risikoreich erschien, beim ersten Stiertreiben am nächsten Morgen mitzumachen, der konnte bereits vorher am sogenannten *fuenting* teilnehmen.

Auf der Plaza de Navarrería stand ein Brunnen, der Fuente de Navarrería.

Betrunkene in allen Promillestufen kletterten auf den circa vier Meter hohen Sockel in der Mitte des Brunnens und sprangen von dort kopfüber in die Menge.

Wenn die Menge wollte, fing sie den Springer auf.

Wenn die Menge nicht wollte, nicht.

Dann konnte der Springer immer noch zu Hause erzählen, sein lebenslanges Hinken sei die Folge einer Verletzung beim Stierlauf in Pamplona gewesen.

Aber ich wollte weder rennen noch springen noch hinken. Alles, was ich in Pamplona erreichen wollte, war, Kladdy zu finden – oder eigentlich nur: Kladdys Handy.

Und ich wollte herausfinden, ob Kladdy Rolands Mörder war.

Alles, was ich von Kladdy wusste, war, dass er sich am ersten Abend der Sanfermines an der Bar des Café Iruña aufhalten würde, einer Institution in Pamplona. Nicht nur, aber vor allem auch während der Sanfermines war es der gesellschaftliche Mittelpunkt der Stadt. Es wurde 1888 am Tage der Elektrifizierung Pamplonas eröffnet. Seitdem zog und zieht es jeden hellen und auch nicht so hellen Kopf aus aller Welt an. Hemingway stand dort so lange an der Theke, bis man ihm eine Bronzestatue goss, die nun immer noch dort steht, obwohl Hemingway verdammt lange nicht mehr vorbeigeschaut hat.

In den frühen Abendstunden sah ich bei meinem wiederholten Rundgang durch das Café, dass Hemingway nicht mehr alleine dort stand. Kladdy saß neben ihm. In weißer Hose, weißem Hemd, mit roter Schärpe und rotem Halstuch. Er sah aus wie jemand, der einen deutschen Schauspieler spielte, der einen spanischen Teilnehmer am Stierlauf spielte.

Und er trank, wie angekündigt, einen Daiquiri.

Ich drängte mich an der überfüllten Theke an einen Platz in Sichtweite von Kladdy. Ich hielt es für taktisch klüger, wenn er das Gefühl hatte, mich entdeckt zu haben, und nicht umgekehrt.

Es dauerte nur wenige Minuten, da kam Kladdy auch schon auf mich zu.

»Hey, mein pilgernder Tischnachbar. Björn, nicht wahr?«

»Kladdy, das gibt's ja gar nicht!«

Kladdy schaute sich demonstrativ um.

»Ist dein Freund, der Staatsanwalt, schon übern Berg?«

Kladdy musste mir angesehen haben, dass mich die Frage völlig überrumpelte.

»Na«, erklärte er mir, »für jemanden mit Krebs im Endstadium ist die Überquerung des Ibañeta-Passes sicherlich eine körperliche Herausforderung.«

Seine Erklärung machte seine Nachfrage nicht weniger zweideutig.

»Ich habe Roland seit Orisson nicht mehr gesehen«, antwortete ich in dem Wissen, dass nur dem Schützen das Gegenteil bekannt sein konnte.

»Ach – und ich dachte, euch beide trifft man immer nur gemeinsam an.«

Auch diese Bemerkung minderte meinen Verdacht nicht, Kladdy könne etwas mit dem Tod von Roland zu tun haben.

»Offensichtlich nicht«, erwiderte ich neutral.

»Na ja, was soll der Staatsanwalt auch in Pamplona? Um vor dem Tod davonzulaufen, muss er nicht unbedingt schneller laufen als ein Stier. Es reicht, wenn er eine Zeit lang schneller läuft als sein Krebs.«

In diesem Moment war es mir völlig egal, ob Kladdy Rolands Mörder war oder nicht. Es war so oder so eine Ungerechtigkeit des Schicksals, dass Kladdy noch am Leben war, während Rolands Überreste in einer Schlucht in den Pyrenäen lagen.

Aber was ich hier und jetzt von Kladdy wollte, war kein Streit, sondern sein Handy. Kladdy wirkte, als habe er nicht nur einen Daiquiri intus. Vielleicht war es ja ganz einfach, ihm sein Telefon abzunehmen und es einfach nicht wieder zurückzugeben. Ich unterdrückte meinen Ärger und legte Kladdy verbrüdernd meinen Arm um die Schulter.

»Schön, dich hier zu treffen. Komm, lass uns ein Erinnerungsfoto machen.«

»Ich bin dabei.« Kladdy legte mir auch seinen Arm um die Schulter und grinste in eine imaginäre Kamera.

Dass gar keine da war, bemerkte er nicht.

Ich musste ihn erst auf diese Tatsache aufmerksam machen.

»Mein Handy kann keine Selfies machen.«

Kladdy schaute mich verdutzt an. Was die Szenerie, Arm im Arm an einer Bar zu stehen und darauf zu warten, dass der jeweils andere ein Foto machte, noch absurder erscheinen ließ.

Ich nahm meinen freien Arm, wühlte damit in meiner Hosentasche und zeigte Kladdy mein altes Nokia-Handy.

»Hier – keine Kamera. Kein Selfie. Wir müssen dein Handy nehmen.«

Auch Kladdy ließ seinen Arm von meiner Schulter sinken und klopfte seine Hosentaschen ab. Erst nach dreimal Klopfen kam ihm die Erkenntnis.

»Mist. Ist im Hotel. Batterie alle. Lädt gerade auf. Morgen beim Stierlauf soll der Akku in jedem Fall voll sein.«

Ich entnahm dieser Aussage die negative Information, dass damit sein Handy heute Abend nicht in meiner Reichweite sein würde. Und die positive, dass sich das morgen ändern könnte.

»Du machst morgen beim Stierlauf mit?«, fragte ich.

»Selbstverständlich! Das ist ein Nervenkitzel – unglaublich!«

»Aber wahnsinnig gefährlich, oder?«

»Nicht ›aber‹, sondern ›weil‹.«

»Du läufst *wegen* der Gefahr mit?«

»Stierkampf ist die einzige Kunst, bei der sich der Künstler selbst in Lebensgefahr begibt.«

Dieser Satz konnte unmöglich von Kladdy stammen.

»Sagt wer?«, wollte ich wissen.

»Der Typ da vorne.« Kladdy zeigte auf die Statue von Hemingway.

»Ich weiß nicht, aber bezieht sich das Zitat nicht vielleicht eher auf den klassischen Stierkampf? Ein Mann kämpft alleine gegen einen Stier? Und nicht: Zehntausend besoffene Touristen rennen vor sechs Stieren davon?«

»Ach komm!«, relativierte Kladdy zu seinen Gunsten. »Die Stiere rennen ja in Richtung Arena. Der Hinweg des Künstlers zur Arbeit ist auch ein Teil der Kunst, nicht wahr?«

»Dann ist also der Stier der Künstler, der sich in Lebensgefahr begibt?«

»Jetzt sei nicht so kleinlich. Der Stier. Der Kampf. Das Rennen. Das Leben. Alles Kunst.«

Wenn das Leben Kunst war, dann war es in Kladdys Fall jedenfalls eine sehr abstrakte.

Egal. Ich wollte mit ihm nicht über Kunst oder Literatur streiten, ich wollte sein Handy.

»Willst du mir nicht zeigen, wie das geht? Rennen als Kunstform?«, fragte ich ihn.

»Wie stellst du dir das vor?«

»Lass uns ... morgen gemeinsam laufen«, sagte ich, ohne über die Folgen meiner Worte auch nur eine Sekunde nachgedacht zu haben.

Auch Kladdy überlegte nicht lange. Er war der Künstler, der das Publikum brauchte.

»Geht klar. Ich will morgen um acht Uhr an der Curva de Estafeta sein. Da macht die Rennstrecke einen Neunzig-Grad-Knick. Die Stiere kommen da mit Vollgas aus einem kleinen, geraden Streckenstück an, bremsen wegen der Kurve ab und geben von da aus dann wieder Vollgas bis zur Arena. Wenn wir da einsteigen, können wir ziemlich lange mitrennen.«

Ich hatte im Leben nicht vor, meine Männlichkeit in der Kunstform des Übermuts unter Beweis zu stellen. Aber in mir schälte sich ein sehr vager Plan heraus, wie ich Kladdy von seinem Handy trennen und das Handy behalten, Kladdy hingegen loswerden könnte.

Kladdy nahm den Stierlauf ernst. Zumindest so ernst, dass er beschloss, sich vor dem Lauf nicht weiter volllaufen zu lassen. Er wollte am Morgen einigermaßen nüchtern sein. Wir tranken noch einen Daiquiri zusammen und verabredeten uns dann für den nächsten Tag um halb acht vor seinem Hotel.

29 SORGEN

»Vor seinen Sorgen kann man nicht davonlaufen, man muss ihnen entgegentreten.«

JOSCHKA BREITNER,
»ZU FUSS INS ICH –
PILGERN ALS SELBSTFINDUNG«

FÜR VIELE TEILNEHMER ist der Stierlauf von Pamplona wie Sex. Er dauert keine drei Minuten, die meisten Beteiligten geben dabei eine ziemlich unästhetische Figur ab, und das Ereignis ist entweder direkt fatal oder wird im Nachhinein ins Absurde überhöht.

Pamplona war während der Sanfermines bereits morgens um sieben Uhr dreißig eine quirlige, bunte Stadt. Das Farbenmeer aus rotweißer Kleidung wurde ergänzt durch verschiedene Blaustufen und einen Hauch von Gelb.

Viele Menschen auf den Straßen hatten die Nacht durchgemacht und waren noch blau vom Vortag.

Die anderen Menschen brachten sich mit reichlich Rotwein zügig auf den ihnen angemessen erscheinenden Pegel für den anstehenden Stierlauf.

Nur die Menschen mit den gelben Westen waren vollständig nüchtern und kontrollierten, dass auf der Rennstrecke der Stiere alle Türen geschlossen, alle Hindernisse beseitigt und keine erkennbar volltrunkenen Touristen im Weg waren.

Ich holte Kladdy wie vereinbart vor seinem Hotel ab.

Mir fiel sofort ins Auge, dass er sein Handy dabeihatte. Er trug es an einer dicken Kordel um seinen Hals. Es unbemerkt zu entwenden war ein Ding der Unmöglichkeit.

Wir begrüßten uns wie alte Freunde mit einer schulterklopfenden Umarmung und gingen dann gemeinsam zur Curva de Estafeta.

»Ich hab dich in Orisson nach dem Essen gar nicht mehr gesehen.

Bist du sehr früh aufgebrochen?«, versuchte ich, einen kleinen Small Talk mit ihm in Gang zu bringen.

»Ich hab da gar nicht übernachtet. Ich hab mir in Saint-Jean ein wunderbares E-Mountain-Bike gemietet, mit dem ich nachts noch die acht Kilometer bergab nach Jean-Pied-de-Port zurückgefahren bin.«

»Aber heißt das ... du pilgerst, ohne zu wandern?«, fragte ich ein wenig verdutzt nach.

»Ich war in Orisson wegen des Essens und der guten Stimmung – wie alle anderen auch. Was soll daran falsch sein?«

»Andere wollen sich beim Pilgern zum Beispiel selbst finden.«

»Andere finden sich. Ich finde gerne die anderen. Im Grunde suchen wir also alle das Gleiche. Nur dass ich mir mit der Suche nach den Selbstfindern obendrein auch noch ein kleines Extra verdiene.«

Ich musste mich zurückhalten, um meiner hochkochenden Empörung Einhalt zu gebieten.

»Und? Bist du weitergekommen?«, fragte ich mit großer Selbstbeherrschung.

»Und wie. Von der Frau des Australiers habe ich im Internet die Anschrift rausbekommen. Und von dem Australier habe ich in Zubiri dann fünfhundert Euro dafür erhalten, dass ich mein Wissen nicht nutze. Ich finde, ich habe noch sehr christliche Tarife.«

Zubiri war das Etappenziel nach Roncesvalles. Kladdy hätte also von Saint-Jean aus morgens mit dem E-Bike auf den Ibañeta-Pass fahren können, um Roland zu erschießen. Wenn er Roncesvalles ausgelassen hatte, hätte er trotzdem in Zubiri den Australier erpressen können.

»Und was ist mit den anderen Briefen?«

»Ich arbeite dran. Heute ist erst mal Stierrennen angesagt.«

Ich hatte vor meiner Pilgerreise geplant, mich in Pamplona von der Stimmung des Stierlaufs einfach ein wenig treiben zu lassen. Nun war ich drauf und dran, mich in kürzester Zeit von den Stieren selbst treiben zu lassen. Nicht, weil ich die Nähe zu den Stieren suchte. Mein Bedürfnis, mich der Gefahr auszusetzen, von einem Stier überrannt zu werden, ging gegen null. Ich hatte allerdings ein noch wesentlich geringeres Bedürfnis, wegen eines Fotos meines handschriftlich verfassten Pilgerbriefes als Mörder überführt oder erpresst zu werden.

Mein Problem kurz vor dem Rennen war lediglich, dass ich bislang noch keinen genauen Plan hatte. Ich versuchte, auch das als Inspiration zu sehen.

Sollte ich Kladdy das Handy einfach vom Hals reißen und schon vor dem Eintreffen der Stiere einfach wegrennen?

Sollte ich warten, bis Kladdy es zufällig irgendwo ablegte und liegen ließ?

Ich schwankte zwischen Aktionismus und Lethargie.

Mir kam eine Achtsamkeitsübung von Joschka Breitner in den Sinn. Die Übung hieß »Der Stock im See«. Herr Breitner hatte sie mir so erklärt:

Stellen Sie sich vor, Sie stehen an einem kleinen See. Auf der Oberfläche des Sees schwimmt ein Stock. Sie wollen den Stock gerne haben. Am Ufer des Sees liegen viele verschieden große Steine. Es gibt genau zwei Verhaltensweisen, durch die Sie den Stock nicht bekommen werden: durch Lethargie und durch Aktionismus. Weder durch Abwarten am Ufer noch durch hektisches Werfen aller Steine wird sich der Stock zu Ihnen bewegen. Wählen Sie also die Zwischenlösung: Werfen Sie einzelne Steine in die Nähe des Stockes. Warten Sie ab, wohin er sich bewegt. Und irgendwann wird der Stock so nah am Ufer sein, dass das gezielte Werfen eines einzelnen Steines die entscheidende Welle auslöst, die den Stock zu Ihnen bringt.

Der Stock war das Handy. Der See war Kladdy. Die Steine waren zunächst nichts als meine Worte. Ich warf im Gehen achtsam den ersten Stein. Einen sehr plumpen.

»Kann ich mal dein Handy haben?«

»Wieso?« Kladdy verlangsamte seinen Gang nicht.

»Dann … könnte ich ein Foto von uns machen.«

»Dazu haben wir jetzt keine Zeit. Wir sollten uns erst mal eine gute Startposition ergattern. Touristenfotos können wir nach dem Lauf immer noch machen.«

Der Stein ging also daneben.

Um kurz vor acht standen wir dann vor den Holzbarrieren an der Curva de Estafeta.

Jeder Stierlauf begann mit den auf der ganzen Strecke laut hörbaren Detonationen zweier Raketen als Startsignal. Damit wurde das Gehege der Tiere am Beginn der Strecke geöffnet, und die Horde hetzte in die Straßenschluchten Pamplonas.

Unseren Punkt der Strecke würden die Stiere in weniger als einer Minute nach den Detonationen erreicht haben.

Wir fanden einen freien Platz am linken Rand der Wegstrecke. Kladdy fing sofort an, sich wie ein Profi vor einem großen Lauf zu dehnen und warm zu machen. Er hüpfte auf und ab. Er stellte sich auf ein Bein und zog den Unterschenkel des andern zu sich hoch. Er imitierte im Grunde alles, was die Spanier um ihn herum auch taten. Er tat nur eins nicht: fotografieren. Ich warf den zweiten Stein, zugegebenermaßen eher einen kleinen.

»Komm! Ein Foto vor dem Lauf muss sein!«

Kladdy hörte mit dem Dehnen auf und grinste mich an.

»Gute Idee! Vorher-nachher-Bilder sind wichtig. Komm her!« Er streckte mir seine Hand entgegen und nahm mit der anderen Hand sein Handy vom Hals.

Anstatt mir sein Handy zu geben, legte er mir seinen Arm um die Schulter und schoss ein Selfie von uns. Die Handy-Kordel legte er sich anschließend wieder um den Hals.

»So«, sagte er, »ab jetzt wird nicht mehr fotografiert. Ab jetzt wird gefilmt.«

Auch der zweite Kiesel war ohne Ergebnis in den See geplumpst.

Kladdy aktivierte an seinem Telefon die Videofunktion. Der Typ wollte den ganzen Lauf aus der Ich-Perspektive aufnehmen.

Er nahm die Gefahr des Rennens allerdings doch zu ernst, um sich ganz nebenbei noch mit einer Hand zu filmen. Deshalb trug er seine Kamera um den Hals.

Zwei dicht aufeinanderfolgende Detonationen ertönten. Die Menge johlte auf. In weniger als sechzig Sekunden würden die Stiere und Ochsen bei uns sein. Ich musste handeln. Schnell.

Ich nahm den nächsten Stein.

»Gib mir dein Handy!«, brüllte ich Kladdy durch das anschwellende Gebrüll der Menge zu.

»Wieso?«, rief Kladdy zurück.

»Ich renne am Rand neben dir her und filme dich!«

»Aber dann hast du doch gar keinen Thrill?«

»Kann ich mit leben. Dafür hast du deinen Lauf hautnah als Film.«

Es funktionierte. Kladdy gab mir sein Handy.

»Wie ist der Code?«, wollte ich wissen.

»4-3-2-1.«

Was für ein kreativer Mensch. Ich wäre jetzt am liebsten mit dem Handy weggerannt. Musste aber feststellen, dass ich in einer nach allen Seiten abgetrennten Straßenröhre in Pamplona stand, durch die gleich ein halbes Dutzend Stiere und Tausende von Menschen in die gleiche Richtung rennen würden. Wegrennen ging nur mit der Masse. Wenn ich vor Kladdy weglaufen wollte, dann musste ich schon schneller sein als Kladdy und die Stiere.

Oder noch einen Stein werfen, um Kladdy auf der Strecke zu verlieren.

»Du bist ein Freund. Das vergesse ich dir mein Leben lang nicht.« Kladdy schlug mir lachend eine Hand auf die Schulter.

Wir beide hatten in dem Moment noch keine Ahnung, wie recht er mit diesem Versprechen behalten sollte.

Wir hörten ein Aufbrausen aus dem Beginn des Streckenabschnittes, der auf die Curva de Estafeta zulief. Die ersten Läufer schossen von dort aus nun in unser Sichtfeld.

Dann erschien ein ganzer Pulk.

Und endlich waren auch die Hörner des ersten Ochsen sichtbar.

Und danach die schwarzen Stiere.

Um uns herum begannen die Menschen loszulaufen. Auch Kladdy rannte in die Mitte der Straße. Ich war links neben ihm und folgte seinem Tempo. Ich merkte, wie das Adrenalin bei mir die Kontrolle übernahm. Ich achtete nicht mehr auf die Bildführung der Kamera. Im Gegenteil. Ich steckte das Handy hinten in meine Hosentasche, um beim Laufen nicht behindert zu werden.

Kladdy sah in meine Richtung. Wie schon am Vorabend im Café grinste er zum zweiten Mal innerhalb von zwölf Stunden dümmlich in eine nicht vorhandene Kamera. Hinter seiner Schulter wurden zwei Ochsen und ein Stier immer größer.

»Wo ist die Kamera?«, brüllte er mir irritiert zu.

Ich sah Kladdy an.

Er war der Typ, der Pilgerbriefe stahl und fremde Menschen mit ihren intimsten Sorgen erpresste.

Acht Meter hinter ihm erkannte ich die Hörner des ersten Ochsen.

»Die brauchen wir nicht«, brüllte ich zurück.

Kladdy war der Typ, der meinte, die Krebserkrankung von Roland sei eine gerechte Strafe Gottes.

Die Hörner des ersten Ochsen waren jetzt noch sechs Meter entfernt.

»Aber du wolltest doch …«, wunderte sich Kladdy, rennend.

Er war der Typ, der einen Waffenschein hatte und sicherlich wusste, wie man an ein gebrauchtes G3 kam.

Vier Meter hinter ihm – die Hörner des ersten Ochsen.

»Ja, wollte ich. Aber jetzt nicht mehr«, brüllte ich.

Er war der Typ, der wissen wollte, wie es ist, das Leben eines anderen zu zerstören. Und der mein Leben sicherlich auch zerstören würde, sobald er mir mein Geständnis zuordnen konnte.

Zwei Meter hinter ihm – die Hörner des ersten Ochsen.

Ich sah Kladdys fragenden Blick.

Und unmittelbar hinter ihm den ersten Ochsen.

In diesem Moment wurde mir klar, was Joschka Breitner mit dem letzten Stein meinte. Es bedurfte nur noch einer minimalen Anstrengung, um Kladdy final von seinem Handy zu trennen.

Ein einziger, achtsam geworfener Stein.

In diesem Moment war ich mir aus tiefstem Herzen sicher, dass Kladdy Rolands Mörder war.

Ich mag nicht ausschließen, dass dabei auch ein Stückchen Egoismus eine Rolle spielte. Wenn Kladdy Rolands Mörder war, musste ich mir keine Sorgen mehr wegen eines weiteren Killers machen, der es vielleicht in Wahrheit auf mich abgesehen hatte.

Die Gewissheit über Kladdys Schuld an Rolands Tod ersparte mir die Abwägung, ob es unverhältnismäßig wäre, Kladdy wegen eines Handyfotos umzubringen.

Einen potenziellen Erpresser einfach zu töten, ohne nach einem milderen Mittel zu suchen, hätte mein Gewissen vielleicht als Überreaktion angesehen.

Meinen potenziellen Erpresser und obendrein den Mörder von Roland mit einem einzigen Stein aus meinem – und aus seinem – Leben zu kicken, das war etwas anderes.

Ich wünschte mir Seelenfrieden für die vielen Kilometer, die noch vor mir lagen. Und ich wünschte mir, Rolands Tod hinter mir lassen zu können. Und das hier war die Gelegenheit, mir beide Wünsche mit einer minimalen, wertungsfrei und liebevoll ausgeführten Körperbewegung zu erfüllen.

»Schönen Gruß an Roland«, rief ich Kladdy zu, während ich den letzten Stein in den See beförderte. Allerdings warf ich ihn nicht. Ich kickte ihn, indem ich mit meinem rechten Schuh gegen Kladdys in vollem Lauf befindlichen linken trat.

Und dann sah ich dem Künstler bei der Arbeit zu.

Kladdy versuchte vergeblich, sein Gleichgewicht zu halten. Er wäre sicher mit dem Gesicht auf die Straße geschlagen. Wenn nicht das Horn des ersten Ochsen ihn daran gehindert hätte.

Der Ochse erfasste den strauchelnden Kladdy zwischen den Beinen und warf ihn in einer majestätischen Kopfbewegung über sich hinweg nach hinten.

Kladdy drehte sich in der Luft einmal um seine eigene Achse.

Im Flug hätte er sicherlich den tiefen Riss in seiner weißen Hose betrachten können, der sich noch in der Luft rot färbte. Aber er schien kein Auge für die Szenerie zu haben. Sein durch das Laufen adrenalingesättigter Körper musste erst einmal verarbeiten, dass die Stiere und Ochsen nicht mehr hinter, sondern ganz offensichtlich unter ihm waren. Jedenfalls für den Bruchteil einer weiteren Sekunde. Bis zum Aufprall hinter dem Ochsen. Auf dem Hosenboden. Da war dann die gedachte Ordnung fast wiederhergestellt. Bis auf die Tatsache, dass er dem unmittelbar nachfolgenden Stier nicht rennend seinen Rücken, sondern sitzend seinen Bauch entgegenstreckte.

Dem Stier schien das egal zu sein. Er überrannte Kladdy einfach. Das Gewicht war zu viel für sein zartes Künstlergenick. Um Kladdy würde ich mir künftig keine Sorgen mehr machen müssen.

30 RACHE

»Rache bedeutet, die Schuld eines anderen mit viel Energie durch eigene Schuld zu überdecken. Viel effektiver ist es, die Schuld des anderen zu vergeben und die eigene Energie konstruktiv zu nutzen.«

JOSCHKA BREITNER,
»ENTSCHLEUNIGT AUF DER ÜBERHOLSPUR –
ACHTSAMKEIT FÜR FÜHRUNGSKRÄFTE«

ALS DIE HORDE an Menschen und Tieren an mir vorbei und der Rückweg wieder frei war, ging ich zurück zur Curva de Estafeta.

Einzig ein Team Rettungssanitäter in knallroten Warnjacken rannte mir noch hektisch entgegen.

Ich kletterte über die Barriere, die die Laufstrecke vom Rest der Altstadt Pamplonas trennte, und schlenderte um zwei Straßenecken. Kaum fünfzig Meter Luftlinie von Kladdys Unfall entfernt war Pamplona menschenleer und ruhig. Erst hier bemerkte ich, wie aufgewühlt ich war. Meine Ohren rauschten, mein Herz pochte, und meine Hände zitterten.

Kein Wunder – ich hatte gerade nicht nur am Stierlauf von Pamplona teilgenommen, ich hatte auch einen Menschen getötet. Eine Art der Problemlösung, die ich eigentlich überwunden zu haben glaubte.

Ich wollte nicht mehr morden. Auch nicht achtsam.

Wobei – um ganz genau zu sein, hatte natürlich der Stier Kladdy getötet. Es hatte sich schlicht und ergreifend die romantische Gefahr realisiert, derentwegen Kladdy an dem Lauf teilgenommen hatte.

Mein kleiner Tritt hatte lediglich einen Beitrag geleistet.

Wäre mir nicht im Moment des Tretens bewusst gewesen, was dies für Folgen haben könnte, hätte ich vielleicht auch aus Versehen mit meinem Bein in Kladdys Laufweg stolpern können. Konnte man es nicht auch so sehen? Vermutlich nicht. Die Wahrheit war: Ich hatte Kladdy achtsam ermordet. Mithilfe eines Stiers.

Ein kleiner Hofeingang versprach Ruhe. Ich huschte unter dem jahrhundertealten Torbogen hindurch und stand plötzlich inmitten eines Ensembles aus einem knöchernen Olivenbaum in einem großen Tonkrug, einer Holzbank und einer Mülltonne. Eingerahmt zu drei Seiten von Hinterhofwänden. Um zur Ruhe zu kommen, stellte ich mich mit dem Rücken zur Hofwand zwischen den Olivenbaum und die Holzbank. Ich ignorierte den Geruch der Mülltonne und begann mit einer kleinen Stehmeditation. Die Beine schulterbreit auseinander, die Brust nach vorne, die Arme locker an den nach hinten liegenden Schultern hängend.

Ich spürte den jahrhundertealten festen Boden unter meinen Füßen und ließ dessen Sicherheit in mir aufsteigen. Mein Atem, meine Hände, mein ganzer Organismus kam zur Ruhe.

Ein Gefühl der Zufriedenheit machte sich in mir breit.

Die Gefahr, durch meinen Pilgerbrief entdeckt, erpresst und vielleicht sogar angezeigt zu werden, war gebannt.

Außerdem hatte ich den Tod Rolands gerächt.

Dass dabei ein Mensch gestorben war, ließ sich nicht rückgängig machen.

Doch es war weniger Kladdys Tod, sondern vielmehr das vergiftende Gefühl der Rache, das mich aufwühlte.

Joschka Breitner hatte mir einmal etwas sehr Wahres über schlechte Gedanken gesagt:

Rache bedeutet, die Schuld eines anderen mit viel Energie durch eigene Schuld zu überdecken. Viel effektiver ist es, die Schuld des anderen zu vergeben und die eigene Energie konstruktiv zu nutzen.

Ich horchte in mich hinein, ob ich Kladdy den Mord an Roland vergeben könnte.

Mit jeder Minute, die ich meditierend in diesem Hof stand, merkte ich, wie meine Wut auf Kladdy nachließ. Was nicht unwesentlich an der Tatsache lag, dass Kladdy nun ja auch tot war. Jetzt konnte ich ihm vergeben, und ich spürte, wie auch Kladdy mir vergab. Vielleicht war er mir sogar dankbar?

Würde Kladdy noch leben, wäre er bestimmt stolz auf seinen Tod gewesen. Wahrscheinlich war sein Tod seine einzige Lebensleistung, die in der Realität genauso spektakulär war wie in seiner Fantasie.

Der berufsunfähige Versicherungskaufmann mit Waffenschein und VHS-Kurs in Kreativem Schreiben, der sich für einen Jäger und Schriftsteller auf Augenhöhe mit Ernest Hemingway hielt, war tatsächlich als Künstler gestorben. Sofern man es als Kunst ansah, sich von einer männlichen Kuh tottrampeln zu lassen. Hätte er Freunde gehabt, die so tickten wie er, wäre er für die jetzt bestimmt ein Held.

Innerlich gestärkt durch diese kleine Entspannungsübung, kehrte ich zurück ins Hier und Jetzt.

Für die Rettungssanitäter war Kladdy bloß ein weiterer Tourist, der beim Stierlauf sein Leben gelassen hatte. Niemand würde diesen Tod hinterfragen oder näher untersuchen.

Ich entsperrte das Handy und ging in den Foto-Ordner. Tatsächlich hatte Kladdy etliche Briefe fotografiert. Ich las keinen davon, sondern löschte einfach den gesamten Speicher. Den Chip nahm ich aus dem Kartenschlitz und zerbrach ihn. Das Handy legte ich auf den Boden und zertrat es. Die Einzelteile warf ich in die Mülltonne.

Es war gerade einmal acht Uhr dreißig am Morgen. Die Sonne schien aus einem wolkenlosen Himmel. Ich hatte bereits an einem Stierrennen teilgenommen, einen Menschen getötet und einem mutmaßlichen Mörder vergeben. Ich hatte die Fotografie meines Pilgerbriefs vernichtet und einen gepackten Pilgerrucksack im Hotel.

Ich war frei.

Und voller positiver Energie.

Ich wollte diesen Tag feiern.

Nicht durchgeplant wie meinen Geburtstag. Nicht mit fremden Menschen, die nichts vom Grund meiner Feier wussten.

Sondern intensiv und spontan. Einzig und alleine mit mir selbst.

Ich wollte zur Feier des Tages das tun, worauf ich mich im Grunde seit meinem ersten Pilger-Coaching bei Herrn Breitner gefreut hatte: pilgern.

Ich ging in mein Hotel, schulterte meinen Rucksack, bezahlte und begab mich das erste Mal allein auf eine Etappe des Jakobsweges.

Ich lief aus Pamplona los. Und lief. Und lief. Und lief.

Ich spürte mich selbst. Spürte den zügigen, gleichmäßigen Rhythmus meiner Schritte, die Muskeln meiner Beine, das Volumen meiner Lungen.

Ich genoss die Ruhe.

Den Rest des Tages redete ich mit niemandem. Ich hörte nur zu. Mir. Ich hörte mir dabei zu, wie ich nichts sagen wollte.

Ich lief durch halb verlassene Dörfer, auf ein Gebirge zu, an Windrädern vorbei, passierte moderne Pilgerskulpturen, einen trockenen Brunnen und eine wunderschöne Brücke. Ich begegnete Pilgern. Und sprach mit niemandem.

Nach fünf Stunden strammen Marsches ohne jede Pause kam ich im kleinen Örtchen Puente la Reina an.

Ich hatte nirgendwo reserviert und marschierte einfach in die erste Herberge am Wegesrand.

Wie sich herausstellte, war es eine kirchliche Herberge mit über neunzig Betten. Ich bekam einen Platz in einem großen Schlafsaal mit Neonröhren an den Decken und weißen Fliesen auf dem Boden.

Ich duschte, wechselte meine Wäsche und wusch die Wäsche vom heutigen Tag. Ich kannte keinen der anderen Übernachtungsgäste. Von allen wurde mein Wunsch zu schweigen wortlos hingenommen.

Ich setzte mich auf einen der Plastikstühle im Garten der Herberge, holte mein Pilgertagebuch hervor und schrieb ein paar Gedanken auf, die mich auf dem Weg hierher beschäftigt hatten:

Mein Körper ist ein Gebrauchsgegenstand. Ich sollte ihn öfter gebrauchen.

Ein einziger Tritt meines Fußes kann ein Leben beenden.

Tausende von Schritten meiner Beine lassen mich mein eigenes Leben spüren.

Mein Leben zu spüren verleiht mir eine größere Befriedigung, als andere Leben zu nehmen.

Beide Bewegungen haben mich dahin gebracht, wo ich heute Abend bin.

Wo ich morgen sein werde, weiß ich nicht.

Ich spüre, dass ich lebe.

Beim Abendessen im Speisesaal am Rande zu sitzen und das Leben meiner Mitpilger zu beobachten, ohne direkt daran teilzunehmen, machte mich glücklich. Und ich ruhte in der Vorstellung, dass ich für jeden dieser Mitpilger ebenfalls nur ein anonymer Mitpilger war.

31 HYSTERIE

»Einem hysterischen Menschen die Hand zu reichen ist kein Zeichen der Verständigung, sondern eine Entscheidung gegen Ihre Hand.«

JOSCHKA BREITNER,
»ZU FUSS INS ICH –
PILGERN ALS SELBSTFINDUNG«

IN DER NACHT träumte ich von Emily. Und ich träumte von zwei Kaninchen. Im Traum waren Emily und ich voller Stolz am ersten Schultag in der Hasenschule und sahen den beiden Kaninchen bei der Einschulung zu. Es war ein sehr realistisch wirkender Traum, in dessen Zentrum die zwei sehr realen Kaninchen standen, die Katharina und ich Emily vor Antritt meiner Pilgerreise geschenkt hatten.

Wir wollten Emily mit den Kaninchen auch ein wenig Ablenkung schenken. Damit ein einzelnes Kaninchen bei Emilys Abwesenheit nicht einsam war, hatten wir uns entschlossen, die Anzahl der Kaninchen zu verdoppeln. Bei einem gemeinsam Zoogeschäft-Bummel besorgten Katharina und ich Emilys neue Haustiere samt notwendigem Zubehör. Um die Anzahl der Kaninchen in Emilys Zimmer auch in Zukunft in überschaubarem Rahmen zu halten, hatten wir uns für zwei Weibchen entschieden.

Jeder von uns suchte ein Kaninchen aus.

Katharina entschied sich für ein Deutsches Widderkaninchen. Ein Tier, das mit seinen Hängeohren extrem süß aussah.

Ich kaufte Emily ein Angorakaninchen. Ein Tier, das ebenfalls extrem süß aussah. Obwohl ich seine Form nicht anders beschreiben konnte als die eines aufgebürsteten Tampons, der den Faden verloren hatte.

Gemeinsam richteten wir den Kaninchenkäfig in Emilys Zimmer ein. Emilys begeisterte Freudenschreie, als sie die beiden Kaninchen sah, hallten mir noch in den Ohren.

Emily liebte ihre neuen Freundinnen. Das machte sich vor allem dadurch bemerkbar, dass sie ihnen Namen gab. Gewöhnlich wurden Spielzeuge bei Emily lediglich über rein beschreibende Namen auseinandergehalten. Sie hießen »Meerjungfrauen-Barbie«, »Glitzerpferd« oder »braune Katze«.

Die Kaninchen jedoch nannte sie Lümmel und Puschel.

Der einzige Lümmel, der die Kaninchen nicht puschelig fand, war Heiko.

Zur Schaffung einer familiären Normalität hatte Katharina ihn noch am Tag des Einzugs der Kaninchen zum Abendessen eingeladen. Emily hatte sich obendrein gewünscht, auch die beiden neuen Familienmitglieder Lümmel und Puschel in ihrem Käfig am Abendessen teilhaben zu lassen.

Was Menschen ohne Kinder meistens nicht begreifen, ist, dass es einen elementaren Unterschied zwischen einem familiären »Abendessen« und dem »Abends-essen-Gehen« von Singles gibt.

»Abendessen« ist die Kombination von Nahrungsmittelaufnahme und familiärer Bindung.

»Abends essen gehen« ist das zu erduldende Ritual vor sexuellen Handlungen.

Heiko kannte diesen Unterschied offenbar nicht.

Katharinas Einladung, als neuer Freund am familiären Ritual einer sich gut verstehenden, aber getrennt lebenden Familie teilzunehmen, hatte er missverstanden als: Ich habe heute das Kind nicht, lass uns später vögeln.

Entsprechend aufgebrezelt drückte er die Klingel meines ehemaligen Hauses. Entsprechend überfordert sah er aus, als ich ihm die Tür aufmachte und mitteilte, dass der Tisch schon fast gedeckt sei.

Seine gute Miene zum für ihn nicht nachvollziehbaren Vater-Mutter-Kind-Spiel entglitt ihm vollends, als Katharina ihn nicht küssen konnte, weil Lümmel gerade auf ihre Schulter kletterte und Emily ihm in aller Freundschaft Puschel auf den Arm geben wollte.

»Schau mal! Lümmel ist ein Widder und Puschel ein Angora.«

Angewidert wandte Heiko sich ab.

»Das geht doch nicht…«

Ich hatte so etwas schon befürchtet. Und ich hatte mir fest vorgenommen, Heiko diesmal laut vor meiner Tochter auszulachen, wenn er jetzt mit irgendeinem politisch korrekten Blödsinn käme.

Aber was Heiko sagte, war wesentlich schlimmer:

»Ich habe eine Angora-Allergie.«

Er spielte die Gesundheitskarte.

»Was ist eine Allergie?«, wollte Emily wissen.

»Wenn ich mit Angorahaaren in Berührung komme, kann es zu Lungenbeschwerden kommen.«

Ich musste kurz ein Lachen weghusten.

»Was heißt das?«, wollte Emily wissen.

»Dass Heiko sich dann mal räuspern muss«, relativierte ich den schwerwiegenden medizinischen Befund.

»Bis hin zur Atemnot!«, dramatisierte Heiko.

»Gut«, sagte Emily ganz pragmatisch. »Dann berührst du es einfach nicht.« Sie behielt Puschel auf dem Arm und ging zum gedeckten Abendbrottisch.

Katharina versuchte, nicht nur Lümmel zu bändigen, sondern auch das Thema.

»Ich wusste gar nicht, dass du so akute Allergieprobleme hast?«, bemerkte sie zu Heiko.

»Akut nicht. Aber ich bin positiv auf Angora-Allergie getestet.«

»Das bedeutet, du hattest noch nie Atemnot beim Kaninchenstreicheln?«, wollte ich genauer wissen.

»Nein, aber es besteht eine konkrete Gefahr.«

»Rein theoretisch«, konkretisierte ich.

»Wir müssen es ja nicht herausfordern. Die Kaninchen müssen nicht unbedingt mit uns am Tisch sitzen«, versuchte Katharina, allen Interessen gerecht zu werden.

»Wie viel Abstand wäre dir denn recht?«, fragte ich freundlich.

»So Haare können schon an die zwei Meter durch die Luft fliegen. Hautschuppen noch weiter«, antwortete Heiko.

»Dann setz dich doch ins Wohnzimmer. Ich mache dir ein Wurstbrot«, war mein Lösungsvorschlag.

»Warum ich? Die Gefahr geht doch vom Angorakaninchen aus!«, bemerkte der Risikopatient.

Ich versuchte, das Thema durch das Angebot von ein paar statistischen Fakten zu durchleuchten.

»Für fünfundsiebzig Prozent der Personen am Tisch geht von Angora keinerlei Gefahr aus. Wenn wir dich als Risikogruppe schützen, indem wir dir anbieten, im Wohnzimmer zu essen, kann das Abendessen ansonsten ohne jegliche Einschränkung stattfinden. Du bist natürlich herzlich eingeladen, mit am Tisch zu sitzen. Auf eigenes Risiko. Du bist ja ein erwachsener Mensch.«

»Das ist aber unsolida...«, wollte Heiko gerade einwerfen, wurde aber von Katharinas Lösungsvorschlag unterbrochen.

»Emily, warum bringen wir Lümmel und Puschel nicht mit ihrem Käfig rauf, und die beiden essen oben?«

»Aber es ist ihr erster Abend! Wir können sie doch nicht alleine essen lassen!« Emily war den Tränen nahe.

»Warum geht Emily nicht mit den Kaninchen aufs Zimmer?«, war Heikos Vorschlag.

»Emily ist weder durch Angora gefährdet noch ein Kaninchen. Warum sollte ausgerechnet sie auf das gemeinsame Abendessen verzichten?« Ich spürte, wie meine diplomatischen Ressourcen langsam zur Neige gingen.

»Aus Solidarität. Sie könnte schließlich Haare auf ihrem Pullover haben und will sicherlich nicht schuld daran sein, dass ich ersticke.«

Jetzt wurde es mir zu bunt. Anstatt die gefährdete Minderheit räumlich zu schützen, sollte der schwächste Teil der ungefährdeten Mehrheit vollständig eingeschränkt werden. Heikos Vorstellung von Solidarität war in meinen Augen wesentlich absurder als seine Angst vor Angora.

»Wie wäre es, wenn du einfach ...«, setzte ich an, als ich in Katharinas Augen den sorgenvollen Blick sah. Ihr war nicht entgangen, dass wir, Heiko und ich, uns auf direktem Kollisionskurs befanden.

Zum Glück war ich seit Jahren als Rechtsanwalt erfolgreich, weil ich über die Fähigkeit zur Kompromissbereitschaft verfügte. Zumindest dann, wenn ich nicht alle anderen beteiligten Parteien zugunsten meines Mandanten über den Tisch ziehen konnte. Und diese Fähigkeit brachte ich nun achtsam zum Einsatz.

»Wie wäre es, wenn Emily, Puschel, Lümmel und ich im Kinderzimmer essen und du und Heiko hier unten ein wenig Zeit für euch habt? Ich bring Emily ins Bett und bin danach auch weg.«

Emily war begeistert.

»Essen wir alle zusammen im Bett?«

Ich nickte. »Ja klar!«

Katharina war dankbar für diese Lösung. Nur Heiko hätte wohl am liebsten gehabt, dass ich sofort aus dem Haus verschwände. Aber vielleicht waren seine zusammengekniffenen Augen auch lediglich ein Symptom seiner Angora-Intoleranz.

Ich trug mit Emily den Kaninchenkäfig in ihr Zimmer. Wir aßen mit Lümmel und Puschel auf dem Bett. Später, als ich meiner Tochter noch eine Gutenachtgeschichte vorlas, verkrochen sich die beiden Kaninchen im Käfig in ihr kleines Holzhaus. Emily war glücklich. Das hatte auch Heiko nicht ändern können.

Als ich nach unten ging, um mich zu verabschieden, war Katharina gerade in der Küche. Heiko trank am Esstisch ein Bier.

Joschka Breitner hatte mich nachdrücklich dazu aufgefordert, meinem eigenen Seelenfrieden zuliebe meine Wünsche zu äußern. Ich setzte mich also neben Heiko an meinen ehemaligen Esstisch und legte ihm meinen Arm auf die Schulter.

»Heiko, wir sind erwachsene Menschen. Was zwischen dir und Katharina läuft, geht mich nichts an. Aber wenn ich noch einmal mitbekomme, dass du deine hysterischen Ängste über die realen Bedürfnisse meines Kindes stellst, dann wird deine Angora-Allergie der geringste Grund für deine zukünftige Atemnot sein, haben wir uns verstanden?«

Das war jetzt nicht direkt als Wunsch formuliert, machte aber deutlich, worum es mir ging.

»Du willst mir drohen? Womit?«

Da saß das kleine Gleichberechtigungs-Hutzelmännchen vor mir an meinem ehemaligen Esstisch, trank sein Bierchen, ließ seine Freundin die Küchenarbeit erledigen und wurde auch noch bockig. Mir reichte es. Ich wandte mich wortlos von Heiko ab und rief zu Katharina in die Küche.

»Katharina? Ich bin fertig.«

»Ist die Kleine gut eingeschlafen?«

»Problemlos.«

»Und der Allergiker?«

»Olaf wartet am Esstisch.«

Eine kleine Pause aus der Küche.

»Wer ist Olaf?«, fragte Katharina.

Auch der ehemalige Olaf und jetzige Heiko war mit einem Schlag hellhörig geworden.

Ich schaute ihn an. Mit der einen Hand hielt ich mir ein Nasenloch zu und sog lautlos mit dem anderen eine Linie Luft ein. Mit der anderen Hand signalisierte ich ihm stumm, dass ich ihn ab sofort aufmerksam beobachten werden.

»Ein Niemand. Aber das erzähle ich dir ein andermal. Heiko trinkt hier noch sein Bierchen und denkt über den Abend nach. Ich bin weg.«

»Ich danke dir. Wir telefonieren morgen.«

»Bis morgen.«

Spätestens in diesem Moment musste Heiko klar geworden sein, dass er eine Grenze übertreten hatte, deren Überschreitung ich kein zweites Mal tolerieren würde. Bis zum Beginn meiner Pilgerschaft blieb alles friedlich. Und ich ging davon aus, dass sich dies auch nach meiner Rückkehr nicht ändern würde.

32 WUT

»Wut ist zerstörerisch. Sie entsteht meist, weil Ihnen oder Menschen, die Sie lieben, ein Unrecht widerfährt. Konzentrieren Sie sich nicht auf das Unrecht. Konzentrieren Sie sich auf die Liebe. Aus der Liebe heraus können Sie sich dem Unrecht viel effektiver in den Weg stellen als vor Wut zitternd.«

JOSCHKA BREITNER,
»ENTSCHLEUNIGT AUF DER ÜBERHOLSPUR –
ACHTSAMKEIT FÜR FÜHRUNGSKRÄFTE«

ES WAR, ALS WÄRE IN PAMPLONA ein Knoten für mich geplatzt. In den nächsten Tagen lebte ich ausschließlich im Hier und Jetzt. Ich war Pilger. Ich stand morgens auf, packte meine Sachen und begab mich auf Wanderschaft. Ich fand meinen Rhythmus. Ich genoss die Natur. Ich fühlte mich wohl mit der Reduzierung auf das Nötigste. Ich liebte jeden wanderbedingten Schmerz in meinem Körper. Weil er mich meinen Körper spüren ließ. Und ich spürte noch etwas: den Wunsch, die Schönheit, die ich alleine erleben durfte, in mir zu speichern, um sie später mit Emily zu teilen. Ich erfreute mich jeden Tag an der Tatsache, Vater zu sein. Und ich dachte überhaupt nicht an meinen Job.

Bevor ich abends erschöpft ins Bett fiel, notierte ich die Pilgererkenntnisse des Tages in mein Tagebuch. Es kam aber auch vor, dass ich die abendlichen Notizen am nächsten Tag wieder durchstrich, um sie achtsam neu zu schreiben.

Als mich einmal kurz vor dem Einschlafen die zum Lüften aufgehängten Socken des schnarchenden Mitpilgers im Bett über mir inspirierten, schrieb ich beispielsweise:

Nach meinem Tod darf ich nicht vergessen, Gott zu fragen, welchen Sinn es hat, nachts die Augen schließen zu können, aber nicht Ohren und Nase.

Das ging am nächsten Morgen dann achtsamer und liebevoller. Etwa so:

Mein eigener Verzicht macht mir nichts aus. Es ist der Verzicht anderer, den ich bedauere.

Mein absolutes Pilger-Highlight der ersten Woche, der Moment, auf den ich mich jeden einzelnen Tag gefreut hatte, war mein erstes samstägliches Telefongespräch mit Emily.

Ich hatte das Gefühl, als könnte ich mein Lieblingslied, das die ganze Zeit nur in meinem Kopf spielte, nun endlich laut hören.

Es fühlte sich nicht an, als würde ich durch das Telefonat in eine andere Welt versetzt werden. Es gab nicht einen alten und einen neuen Björn. Zumindest nicht nach dieser ersten Woche pilgern. Es gab nur das Gefühl, dass ich bei all den Fragen, die ich mir stellte, eines nicht infrage stellte: meine Tochter und unser Familienkonstrukt.

Ich erzählte Emily von der Landschaft, vom Essen, von den Anstrengungen und von den Tieren, die ich unterwegs gesehen hatte. Und wie ich mich darauf freute, sie bald wiederzusehen.

Emily erzählte mir von ihren Kaninchen. Dass sie jetzt im Garten wohnten, damit Heiko nicht niesen musste. Und dass sie mich vermisste. Und dass sie jetzt unbedingt Lümmel und Puschel füttern wolle. Sie gab mich weiter an ihre Mutter.

Ich fragte Katharina, warum Lümmel und Puschel nicht mehr in Emilys Zimmer wohnten. Mag sein, dass meine Frage unterschwellig aggressiv klang. Katharina ignorierte das gewohnt souverän. Heiko habe einen tollen Holzkaninchenstall besorgt. Dadurch würden wesentlich weniger Allergene im Haus freigesetzt. Ich fragte Katharina nicht, ob sie noch alle Tassen im Schrank hätte, diesem Spacko zu erlauben, über Emilys Kaninchen zu bestimmen. Auch wenn es mir auf der Zunge lag.

Ich tat es nicht, aus zwei Gründen:

Zum einen, weil ich pilgerte. Weil ich mich tausend Kilometer von zu Hause entfernt hatte, um mich mit Abstand selbst zu finden. Wegen dieses Vollidioten wollte ich mich nicht um die Errungenschaften meiner Pilgerreise bringen.

Zum anderen, weil ich achtsam verinnerlicht hatte, dass mir Wut nichts brachte, wenn ich die damit verbundene Energie nicht nutzbar machen konnte. Ich war wütend, weil Heiko feige in das von mir geliebte Familienkonstrukt eingegriffen hatte. Trotz meiner ausdrücklichen Warnung. Er hatte abgewartet, bis ich weg war, und hatte sich, entgegen meiner klaren Ansage, über die Wünsche meiner Tochter hinweggesetzt.

Dass mich das wütend machen würde, hatte er sicherlich einkalkuliert. Wahrscheinlich war genau das von ihm beabsichtigt. Der wütende, eifersüchtige Ex-Ehemann auf Selbstfindungstour sucht am Telefon Streit mit der bedauernswerten Ex-Frau, die sich anschließend vom verständnisvollen neuen Freund trösten lässt.

Nicht mit mir. Dem würde ich liebevoll einen Strich durch die Rechnung machen. Ich hatte in Joschka Breitners Achtsamkeitskurs etwas über Wut gelernt:

Wut ist zerstörerisch. Sie entsteht meist, weil Ihnen oder Menschen, die Sie lieben, ein Unrecht widerfährt. Konzentrieren Sie sich nicht auf das Unrecht. Konzentrieren Sie sich auf die Liebe. Aus der Liebe heraus können Sie sich dem Unrecht viel effektiver in den Weg stellen als vor Wut zitternd.

Ich war mir sicher, dass auch Katharina nicht gänzlich egal war, was Heiko da trieb. Ich versuchte meine Wut also umzuwandeln. In Liebe.

»Das tut mir sehr leid, dass du dich mit den Zipperlein von Heiko rumschlagen musst. Wie geht es dir damit?«

Mein liebevolles Verständnis öffnete die Tür, die Katharina bei Wut bestimmt sofort geschlossen hätte.

»Was hätte ich denn tun sollen? Heiko war übers Wochenende auf irgendeiner Tagung. Als er zurückkam, stand er mit diesem riesen Kaninchenhaus aus Holz vor der Tür. Und das Perfideste ist: Das Haus ist pink.«

Geschlechterspezifisches Rollendenken mochte Heiko bei anderen ablehnen – wenn es ihm nützte, kümmerte ihn sein Geschwätz von gestern offensichtlich weniger.

»Du kannst in dein Haus lassen, wen du willst. Du kannst aus deinem Haus aber auch rausschmeißen, wen du willst«, stellte ich einen Vorschlag in den Raum.

Die eigenen Wünsche als Optionen des Gegenübers zu tarnen hatte sich in der Vergangenheit als Gesprächsstrategie bewährt. Und ich merkte an Katharinas Reaktion, dass diese Taktik aufging.

»Jedenfalls ist Heiko mit dieser Aktion einem Ja zu seinem Heiratsantrag nicht unbedingt näher gekommen.«

Es reichte offensichtlich nur noch nicht zu einem klaren Nein. Aber das Pilgern hatte mich genügsam werden lassen. Fürs Erste war ich zufrieden. Heiko schaufelte gerade nicht mein Grab, sondern seins.

Ich erzählte Katharina unter Auslassung aller gewaltsamen Ereignisse von meiner ersten Pilgerwoche und von dem, was in der nächsten Woche vor mir lag.

In zwei Tagen wollte ich am Weinbrunnen von Irache sein. Eine Bodega hatte dort an der Außenmauer ihres Hauses zwei Wasserhähne angebracht. Aus dem rechten Hahn floss Wasser. Aus dem linken Rotwein. Beides gratis.

Es gab eigentlich keinen Pilger auf dem Jakobsweg, der diesen Brunnen nicht nutzte. Sei es zum Trinken oder – sofern das Pilgern der Überwindung der eigenen Alkoholsucht diente – zur Festigung der eigenen Entsagungskraft.

Katharina wünschte mir viel Spaß, ich ihr gute Nerven.

33 IRACHE

»Freiheit bedeutet, da, wo Sie Durst haben, das Wasser trinken zu können, das es dort gibt.«

JOSCHKA BREITNER,
»ZU FUSS INS ICH –
PILGERN ALS SELBSTFINDUNG«

WENIGE TAGE NACH meinem Telefonat mit Katharina traf ich eine alte Bekannte wieder: Evi.

Sie mühte sich auf dem Camino kurz vor Irache ab. Gesichtsfarbe und Kleidung waren wieder perfekt aufeinander abgestimmt: beides knallrot.

Ich war an diesem Tag erst spät in Navarra gestartet, da ich mir vormittags noch in Ruhe den Palast der Könige hatte anschauen wollen. Der mehr als achthundert Jahre alte romanische Palast hatte eine wechselvolle Geschichte hinter sich. Vom monarchischen Glanz war nicht mehr viel zu sehen. Der einstige Sitz von Königen war später eine Zeit lang auch als Gefängnis genutzt worden. Vergänglich ist auch die Welt der Mächtigen.

Das Wandern fiel mir glücklicherweise von Tag zu Tag leichter. Ich war zügig unterwegs in Richtung Irache. Evi hingegen bewegte sich in einem Tempo, das nur knapp über der Geschwindigkeit der Kontinentalplattenverschiebung lag. Dass sie sich völlig überfordert hatte, war offensichtlich.

»Evi! Schön, dich zu sehen. Ich möchte dir nicht zu nahe treten, aber ist mit dir alles in Ordnung?«, begrüßte ich meine Pilgerfreundin.

Evi schaute sich zunächst desorientiert um und brauchte offenkundig etwas länger, bis sie begriff, dass ich es war, der vor ihr stand. Als sie mich erkannte, reagierte sie mit spontanem Träneneinschuss.

»Björn, du ... dass ich dich ... hier ... Ich kann nicht mehr.«

Wir standen mitten auf dem Weg. Evi japsend. Ich sie stützend. Wir waren nicht wirklich ein Hindernis für andere Pilger. Der Weg war breit genug. Jeder, der wollte, konnte problemlos an uns vorbeigehen. Dennoch wurde ich in dem Moment, als Evi sich mit einem Großteil ihres Körpergewichtes an mich lehnte, angerempelt. Mein Rucksack machte einen kleinen Satz auf meinem Rücken. Ich schaute auf und sah im Weggehen einen kleinen Asiaten mit einem Pferdeschwanz. Er hob entschuldigend eine Hand, um deren Gelenk locker ein Halstuch geknotet war. Mit einem gemurmelten »Buen Camino« schien er sich für seinen Rempler zu entschuldigen und hastete weiter, ohne sich umzusehen.

Es war offensichtlich, dass Evi es ohne fremde Hilfe nicht mal mehr bis Irache schaffen würde, obwohl bis dort nur noch ein paar Hundert Meter zu laufen waren. Ich nahm ihr den Rucksack ab und gab ihr meinen Pilgerstock. Leider wurde die Last, die ich mir mit dem Tragen von zwei Rucksäcken aufbürdete, nicht durch eine entsprechende Erleichterung bei Evi ausgeglichen. Sie kroch an meiner Seite in Richtung des kleinen Örtchens, während ich mir innerlich ausrechnete, wann auch ich auf dem Jakobsweg unter meinem doppelten Gepäck zusammenbrechen würde.

Mein Versuch, Evi mit dem vor uns liegenden Weinbrunnen von Irache zu motivieren, scheiterte bereits akustisch. Ihr heftiger, japsender Atem ließ keinerlei Gesprächsinhalte an ihr Trommelfell dringen.

Da ich meinen Mund in dieser Situation nicht zum Reden brauchte, versuchte ich, ihn zum Trinken zu nutzen. Im Gehen tastete ich nach meiner Wasserflasche. Ich war mir ziemlich sicher, dass sie noch mindestens halb voll an der rechten Seite meines Rucksacks hängen musste. Tat sie aber nicht. Egal. Ich würde sie finden, wenn wir am Brunnen waren.

Wir brauchten über eine halbe Stunde für die geschätzt noch zweihundert verbleibenden Meter bis in das kleine Örtchen hinein. Ich schleppte Evi so nah wie möglich an den Brunnen. An einer Hauswand, wenige Meter von den Wasserhähnen entfernt, hielten wir an. Evi war dem Kreislaufkollaps nah. Ich nahm zuerst ihren und dann meinen Rucksack ab und stellte beide gegen eine Hauswand. Dann half ich Evi, sich auf den Boden zu setzen. Ein paar umherstehende Pilger, die bereits Wein aus dem Brunnen tranken, bemerkten Evis Zustand und drängten ihr umgehend ihre Hilfe auf. Zwei Holländerinnen halfen ihr aus den Schuhen. Ein junger Südamerikaner brachte Evi vorsichtshalber in eine Position, die ihren Kreislauf stabilisieren sollte: auf dem Rücken liegend, den Kopf auf ihre Jacke gebettet, die Beine leicht erhöht auf ihrem Rucksack ruhend. Dass es Evi noch schlechter als bei unserem Zusammentreffen vorhin ging, entnahm ich vor allem der Tatsache, dass sie mittlerweile zu schwach war, vor Rührung über die ihr zuteilwerdende Hilfe zu weinen.

Eine der beiden Holländerinnen setzte Evi eine Wasserflasche an die Lippen und flößte ihr ein paar Tropfen ein.

Ich wurde von den drei Helfern weder bemerkt noch gebraucht und machte mich auf die Suche nach meiner eigenen Wasserflasche.

Ich hatte sie an der rechten Seite des Rucksacks vermutet, wo ich sie üblicherweise anbrachte, aber jetzt baumelte sie an der linken. Vielleicht hatte ich mich heute Morgen beim Packen des Rucksacks einfach vertan. Ich öffnete den Karabiner der Flasche und nahm sie von meinem Rucksack. Entgegen meiner Erinnerung war die Flasche auch nicht halb voll, sondern so gut wie leer. Sei's drum. Möglicherweise hatte ich unterwegs in der Trance des Wanderns getrunken und sie versehentlich an die andere Seite des Rucksacks gehängt. Spielte ja auch keine Rolle.

Da Evi gut betreut schien, reihte ich mich in die Schlange der wartenden Pilger vor dem Brunnen ein. Der Brunnen war im Grunde nichts weiter als eine kleine Nische in einer Hauswand. Sein Zugang war durch ein Gittertor beschränkt, das sperrangelweit offen stand. Die Vorrichtung in der Wand bestand im Wesentlichen aus einem

Aluminium-Waschbecken, wie man es an den Autobahnparkplatz-Toiletten findet, bei denen man vor dem Pinkeln nicht für siebzig Cent einen Wertbon ziehen muss. Das Becken war allerdings mit metallenen Plaketten, Muscheln und Schriftzügen auf Sehenswürdigkeit getunt worden. Links und rechts von dem Brunnen befanden sich Tafeln an der Wand mit Gebrauchs- und Warnhinweisen. Über dem Brunnen war eine Jakob-Figur in die Wand eingelassen.

Aus einem simplen Waschbecken mit zwei Wasserhähnen war eine Art Altar geworden. Ein Wunder!

Oder auch nur ein Werbegag der Bodega, die den Brunnen betrieb. Wie dem auch sei, der Brunnen war ein Segen für die Pilger, die es bis hierher geschafft hatten.

Vor mir durften noch drei weitere Wanderer an dem Brunnen ihren Durst nach kostenlosem Rotwein stillen. Der erste öffnete den Rotweinbrunnen, ließ ihn eine kleine Ewigkeit laufen, ohne ein Glas darunterzustellen. Das Ereignis filmte er mit seinem Handy.

Die Nächste in der Reihe ließ sich den Rotwein in ihre hohle Hand laufen und trank daraus. Der dritte Pilger hingegen hatte einen großen Rotweinkelch dabei, öffnete den Hahn kurz, füllte das Glas zu einem Fünftel und entfernte sich glasschwenkend, um den Wein atmen zu lassen.

Jeder Mensch war offenkundig anders. Und warum sollten Verschwendung, Stillosigkeit und Dekadenz bei Pilgern weniger verbreitet sein als beim Rest der Bevölkerung? Kleine Schönheitsflecken, die aus reinen Seelen Charaktere machten.

Als ich an der Reihe war, nahm ich meine fast leere Trinkflasche, füllte sie mit Rotwein und ging zurück zu Evi. Sie hatte sich mittlerweile ein wenig erholt und saß schon wieder mit aufrechtem Rücken an der Hauswand. Sie unterhielt sich mit den beiden Holländerinnen und turtelte mit dem Südamerikaner. Sie wirkte ein wenig blass, aber ansonsten war sie schon wieder fast die Alte.

Als sie mich sah, unterbrach sie ihr Gespräch und rief in meine Richtung: »Da kommt mein Pilgerfreund des ersten Tages! Björn, das sind Frederike und Heike aus Rotterdam. Der Herr ist Pedro aus Buenos Aires. Und jetzt füll mich ab.«

Alles, was dem pilgernden Mon Chéri noch fehlte, war die alkoholische Füllung. Ich grüßte unsere neuen Pilgerbekanntschaften mit einem lächelnden Nicken und reichte Evi meine Trinkflasche. Sie setzte sie an ihre Lippen und trank einen so großen Schluck, dass ich kurz Sorge hatte, sie würde sie leeren, ohne abzusetzen.

»Besten Dank. Das habe ich jetzt gebraucht.«

Ich nahm meine Flasche zurück und wollte gerade selber den Wein probieren, als ich bemerkte, wie Evi die Augen aufriss. Ich setzte die Flasche wieder ab.

»Evi? Alles okay?«

Das Rot ihres Gesichts war noch dunkler als üblich. Ihre Augen weiteten sich. Sie griff sich an den Hals und schnappte nach Luft. Sie wollte aufstehen, wurde aber von den beiden Holländerinnen und dem Südamerikaner zurückgehalten. Evi schien keine Luft mehr zu bekommen. Sie riss sich von den dreien los und drohte nach vorne umzustürzen. Ich ließ die Flasche fallen und sprang ihr entgegen. Röchelnd fiel Evi in meine Arme und erschlaffte. Ich konnte ihr Gewicht nicht halten und ließ sie langsam zu Boden gleiten.

Pedro, offensichtlich medizinisch geschult, legte die nun bewegungslose Evi wieder auf den Rücken und kontrollierte die Vitalfunktionen.

»*No aliento ... no pulso.*«

Da Evi weder atmete noch Puls zu haben schien, brauchte ich für die Worte des jungen Mannes keine Übersetzung.

Pedro versuchte es noch eine Weile wechselweise mit Mund-zu-Mund-Beatmung und Herzmassage – ohne Erfolg.

Evi war tot.

Für die Umstehenden war offensichtlich, dass Evi nach ihrer Überanstrengung einem Herzinfarkt erlegen war. Evi hatte aus ihrem Bluthochdruck nie einen Hehl gemacht. Kein Arzt würde aus Zweifel an einer natürlichen Todesursache eine Obduktion anordnen.

Alle Verwandten, alle Freunde würden das überlastete Herz der Pilgerin als Grund ihres plötzlichen Todes akzeptieren.

Evi hatte sich auf dem Jakobsweg verausgabt und würde nicht mehr zurückkommen. Eine betreten schweigende Menschentraube bildete sich um die tote Pilgerin.

Auch ich schwieg. Weniger pietätvoll als geschockt. Evi war bereits die zweite Mitpilgerin innerhalb weniger Tage, die unmittelbar neben mir aus dem Leben gerissen worden war.

Plötzlich war ich mir wieder sicher, dass ich eine halb volle Wasserflasche an der rechten Seite meines Rucksacks getragen hatte. Und dass diese Flasche dort auch noch hing, bis mich jemand kurz vor Irache angerempelt hatte.

Und dieser Jemand war ein Asiate.

Er musste die Flasche, kurz bevor wir den Brunnen erreicht hatten, vertauscht haben.

Evi hatte keinen Herzinfarkt erlitten. Sie war vergiftet worden.

Allerdings aus Versehen. Mit Gift, das mir gegolten hatte.

Ich schaute nach der Flasche. Sie war mir vorhin aus der Hand gefallen, als ich Evi auffangen wollte. Jetzt lag sie auf dem Straßenpflaster. Ausgelaufen. Ich hob sie auf und roch an ihr. Durch den Weingeruch hindurch nahm ich eine leicht bittere Note wahr.

Evis Tod ließ keinen Zweifel mehr zu. Jemand wollte mich umbringen. Auch die Kugel, die Roland aus dem Leben gerissen hatte, war für mich bestimmt gewesen. Weil irgendjemand es auf mich abgesehen hatte, hatten bereits zwei Menschen auf dem Camino ihr Leben gelassen.

Genau genommen waren es drei. Auch Kladdy war gestorben, weil ich ihn irrtümlich für einen Mörder gehalten hatte. Dass ich deswegen keine Schuldgefühle bekam, hatte gerade vor allem einen Grund: Meine Angst war so groß, dass sie für nichts anderes Platz ließ.

34 HERAUSFORDERUNG

»Pilgern ist kein Spaziergang. Es wird Inspirationen geben, die Sie aus dem Tritt bringen. Finden Sie die dazu passende Meditation. Das ist die Herausforderung des Jakobsweges.«

JOSCHKA BREITNER,
»ZU FUSS INS ICH –
PILGERN ALS SELBSTFINDUNG«

ZUM PILGERN GEHÖREN BEGEGNUNGEN ebenso wie Abschiede. Während die anderen Pilger auf den Rettungswagen warteten, den Pedro über sein Handy organisiert hatte, zog ich mich langsam zurück. Niemand beachtete mich.

Ich brauchte Abstand. Wahrscheinlich war es für die Gesundheit meiner Mitmenschen ohnehin förderlicher, wenn ich mich nicht in ihre Gesellschaft begab.

Evis Tod hatte mir die letzte Gewissheit gegeben, dass es für mich auf dem Jakobsweg zunächst und vor allem ums nackte Überleben gehen würde. Doch nach dem ersten Schreck kam ich, je mehr ich darüber nachdachte, zu dem Schluss, dass ich in diesem konkreten Moment keiner unmittelbaren Gefahr ausgesetzt war.

Der Attentäter hatte sich zwischen den beiden missglückten Anschlägen auf mich tagelang Zeit gelassen. Beide Attentate waren geplant und aus dem Hinterhalt ausgeführt worden. Wer auch immer der Attentäter war: Es war unwahrscheinlich, dass er es am heutigen Tag ein weiteres Mal probieren würde.

Ich setzte mir meinen Rucksack auf und verließ Irache. Dieser Ort verhieß nichts Gutes für mich.

Die mechanische Bewegung meiner Beine triggerte einen Mechanismus, der sich meinem Körper mittlerweile eingeprägt hatte. Sobald mein Körper wanderte, wanderten auch meine Gedanken. Im Moment wanderten sie um eine Frage herum: Wenn auch Evis Tod eine Inspiration auf meinem Weg darstellte, wozu inspirierte sie mich dann?

Ganz offensichtlich wäre es schon ein Erfolg, wenn ich meine drohende Midlife-Crisis überhaupt noch erleben würde und es dahinter eine zweite Lebenshälfte gäbe.

Aber was war die Konsequenz? Sollte ich meine Pilgerschaft an dieser Stelle abbrechen? Oder musste ich nur die richtige Meditation für diese etwas brutale Form der Inspiration finden?

Ich konnte mir im Moment niemand anderen als den Bauschaum-Chinesen vorstellen, der mein Leben beenden wollte. Vor Rolands Tod war ein Chinese mit Gitarrenkoffer an uns vorbeigelaufen. Ein Koffer, in den locker ein zerlegtes G3 gepasst haben könnte.

Der Chinese, der mich angerempelt hatte, kurz bevor ich meine Wasserflasche verlor, hatte keinen Gitarrenkoffer. Aber der Mörder von Roland hatte sein Gewehr ja auch fallen gelassen.

Ich hatte weder Herrn Quang noch den Gitarrenkoffer-Chinesen persönlich zu Gesicht bekommen. Von dem Typen, der mich angerempelt hatte, wusste ich lediglich, dass er asiatische Züge hatte sowie ein Halstuch am Handgelenk trug.

Womöglich waren das nicht drei verschiedene Chinesen, sondern ein und derselbe.

Aber wie sollte der Bauschaum-Chinese auf mich gekommen sein? Er konnte davon ausgehen, dass die Männer mit dem Bauschaum in Beziehung zu Chayenne und Sandy standen. Die beiden arbeiteten für die Agentur S-Exclusive. Das wusste er vom Concierge. Aber da endete seine Recherche dann auch schon. Ich war nicht der offizielle Geschäftsführer von S-Exclusive. Das war Dragan. Ich war lediglich der Anwalt. Warum sollte jemand den Anwalt eines Unternehmens töten, mit dem er eine Rechnung offen hat?

Das wäre nur dann nachvollziehbar, wenn Herr Quang erfahren hätte, dass die Erlaubnis, ihn zu misshandeln, letztlich von mir erteilt worden war. Und das konnte er nur von Chayenne oder Sandy erfahren haben.

Solange Chayenne und Sandy verschwunden waren, war es reine

Spekulation, ob mir der neue Triaden-Chef auf dem Jakobsweg ans Leder wollte.

Eine andere Frage war, wie der Täter mich unterwegs gefunden hatte. Mir auf dem Ibañeta-Pass aufzulauern war keine Kunst. Jeder Pilger kam hier entweder am ersten oder am zweiten Tag des Camino vorbei.

Aber mich nach über einer Woche punktgenau vor Irache anzurempeln und meine Wasserflasche zu manipulieren – dazu gehörte schon die genaue Kenntnis meines Tagesplans. Wo sollte der Täter die herhaben?

Selbstverständlich machte ich mir auch Gedanken über die Tatsache, dass ich Kladdy getötet hatte, obwohl er gar nicht Rolands Mörder war. Unschuldig war er allerdings nicht. Ohne diesen Erpresser war die Welt letztlich eine bessere. Zumindest meine.

Und dennoch hatte ich ihm verziehen. Sogar einen Mord, den er gar nicht begangen hatte. Damit konnte ich die belastenden Gedanken an Kladdys Tod beiseitelegen und mich den anstehenden praktischen Fragen zuwenden.

Was hatte ich für Optionen?

Ich konnte in Los Arcos, dem heutigen Etappenziel, ein Taxi nehmen, mich zum nächsten Bahnhof bringen lassen, nach Madrid fahren und den Flieger nach Hause nehmen. Solange ich nicht gesichert wusste, wer da aus welchen Gründen hinter mir her war, würde ich die Gefahr für mich dadurch allerdings nicht vermindern, sondern im Zweifel lediglich mit nach Hause nehmen. Und dort sogar Emily in Gefahr bringen.

Ich konnte Sascha davon erzählen, dass ich zweimal einem Anschlag entkommen war. Sascha würde sofort meinen Schutz organisieren. Anschließend würde ich mit Walters Leuten weiterpilgern. Was einem Ende der Pilgerschaft gleichkommen würde. Aber wenn ich mir was vorgenommen hatte, konnte ich stur sein. Ich hatte mich bereits nach dem Anschlag auf dem Ibañeta-Pass gegen diese Option entschieden.

Ich konnte auch einfach weiterpilgern und mich in Acht nehmen.

Ich könnte es wie die Nachtpilger halten und nur bei Dunkelheit unterwegs sein. Tagsüber würde ich mich in kleine Pensionen einmieten, in denen mich niemand anderes sah, und würde in der nächsten Nacht weiterziehen.

Vielleicht war das ja die Art der Meditation, mit der ich die erschreckenden Inspirationen der beiden Morde verarbeiten sollte.

Ich pilgerte also durch bis nach Los Arcos und nahm mir dort ein kleines Hotelzimmer. Um mitten in der Nacht lospilgern zu können, bezahlte ich mein Zimmer bar und im Voraus. Vor dem Einschlafen brach ich allerdings mein Digital-Detox-Gelübde. Mit dem analogen Wählscheibentelefon, das auf dem Nachttisch stand, rief ich Sascha an.

»Björn!«, klang es ebenso weit weg wie hocherfreut. »Wie geht es dir? Ist was passiert?«

»Was soll passiert sein?«, antwortete ich mit einer Gegenfrage. So musste ich Sascha nicht anlügen. Ich hatte mir vorgenommen, nichts von den beiden Morden zu erzählen. Sie waren meine Inspirationen. Es war meine Aufgabe, mich ihnen zu stellen. Mit ein paar Informationen von Sascha könnte ich das entspannter tun.

»Es gibt hier nur ein paar ... Irritationen«, sagte ich. »Ich bin hier mehrfach einem obskuren Chinesen begegnet. Kann reiner Zufall sein. Ich möchte aber auf Nummer sicher gehen. Gibt es irgendwelche Neuigkeiten? Ist Herr Quang wieder im Hotel gewesen? Sind Chayenne und Sandy wieder aufgetaucht?«

»Nichts von alledem. Die Mädels sind noch bis übermorgen im Urlaub.«

»Emily und Katharina werden weiter von Walters Leuten bewacht?«

»Bei denen ist alles in Ordnung. Nur, dass vorletzte Nacht dieser Schneemann, *formerly known as* Olaf, das Haus mit roter Nase verlassen hat.«

»Das muss nichts bedeuten. Das kann auch an seiner Angora-Allergie liegen.«

»Angora-Allergie? Kann der nichts Männlicheres haben? Wildsau-Intoleranz oder so?«

»Glaub mir, ich würde Emily direkt eine Rotte Frischlinge in den Garten setzen, wenn er das hätte.«

»Was Walters Jungs erzählen, deutet eher darauf hin, dass der Typ wieder in alte Gewohnheiten zurückgefallen ist und sich sein Selbstbewusstsein in Tütchen kauft.«

Das war eine sehr gute Nachricht. Heiko konnte Katharina und Emily nichts anhaben – dafür sorgten Walters Jungs. Aber wenn Heiko wieder kokste, musste ihn irgendetwas aus der Bahn geworfen haben. Im Zweifel war es Katharinas Schweigen auf seinen Antrag – in Kombination mit meinem guten Verhältnis zu ihr. Seiner Beziehung zu Katharina ein Ende zu setzen wäre unter dieser Voraussetzung eine leichte Übung für mich. Gleich nach meiner Rückkehr. Ein koksender Ex-Kokser, der seine Vergangenheit nie wirklich offengelegt hatte, hätte bei Katharina keine Chance.

»Wenn der Typ zur Gefahr für Emily wird, sollen Walters Jungs bitte sofort einschreiten. Ansonsten einfach abwarten, bis ich zurück bin.«

»Du bist sehr tolerant mit deinem Nachfolger«, bemerkte Sascha.

»Wieso nicht?«

»Na, du hattest Katharina schließlich zuerst!«

»Meinst du, Kolumbus hätte es gestört, wenn ihm Jahre nach der Entdeckung Amerikas irgendjemand gesagt hätte: ›Ey, Kolumbus, ich habe gerade auch dein Amerika entdeckt!‹?«

»Und warum würdest du ihm dann die Frischlinge in den Garten setzen?«

»Amerika als Zweiter zu entdecken gibt einem nicht das Recht, es als Zweiter schlecht zu behandeln.«

Sascha schwieg in die Leitung. Ich wusste nicht, ob er schlau wurde aus dem, was ich sagte. Vermutlich hätte er besser damit umgehen können, wenn ich offen eifersüchtig gewesen wäre

»Du bist dir sicher, dass du keine Hilfe brauchst?«, fragte er schließlich.

»Ich bin hier, um das herauszufinden.«

35 DUNKELHEIT

»Das Schöne im Dunkeln ist, dass man besser sehen kann, wo es heller wird.«

JOSCHKA BREITNER,
»ZU FUSS INS ICH –
PILGERN ALS SELBSTFINDUNG«

DIE NÄCHSTEN DREI TAGE pilgerte ich ausschließlich nachts. Ich stand morgens kurz vor drei auf und wanderte keine Viertelstunde später auf dem Camino. Die Nächte waren mild und sternenklar. Nach einer halben Stunde außerhalb jeder menschlichen Lichtquelle gewöhnten sich meine Augen an die relative Dunkelheit, und ich konnte auch im Schein des Mondes genügend sehen, um meinen Weg zu finden. Ab und an sah ich in der Ferne ein paar Leuchtpunkte durch die Gegend schwirren. Das waren die professionellen Nachtpilger mit Kopflampen. Dass sie mit ihrer künstlichen Erleuchtung nur das sahen, was sich unmittelbar vor ihnen befand, und alles andere in der Dunkelheit verschwand, schien sie nicht zu stören.

Meine Hauptmahlzeit des Tages war ab sofort ein reichhaltiges Frühstück nach Erreichen meiner Tagesetappe, das ich in der Regel morgens gegen zehn in irgendeinem Café einnahm, bevor ich mir ein Hotel suchte. Obst, Brot und Wasser für die nächste Etappe kaufte ich mir im Laufe des Tages in einem Supermarkt.

Diese drei Pilgernächte reichten mir als Meditation, um meine Einstellung zum Sinn des Lebens und dessen Erfüllung zu bereichern. Meine Pilgerschaft hatte eine neue Dimension bekommen. Es ging nicht mehr darum, mich selbst zu finden. Es ging vor allem darum, nicht gefunden zu werden. Es wurde ein Sport, einem unbekannten Gegner zu entwischen. Aber es war ein Sport, der mir keine Befriedigung brachte. Es war ein Sport, der mich auslaugte. Ich war nicht auf den Camino gegangen, um nicht zu sterben. Ich hatte mich zum Pilgern entschieden, um zu leben. Das war eine Erkenntnis, die ich in meinem Pilgertagebuch festhielt:

Der Sinn meines Lebens ist es nicht, dem Tod davonzulaufen.

Ein erfülltes Leben erreiche ich nicht durch Vermeidung.

Am vierten Tag des Nachtpilgerns war endlich wieder Samstag. Emily-Tag. Ich stand nach dem Frühstück mit dem alten Nokia in der Hand in meinem Hotelzimmer und rief bei Katharina an. Sie gab mir Emily nicht sofort. Stattdessen sagte sie:

»Lümmel und Puschel sind tot.«

Ich taumelte rückwärts auf die Matratze.

»Wie ...? Was ist passiert?«

»Heiko hatte den beiden einen Auslauf im Garten gebaut. Direkt am Zaun zu den Eberts.«

»Und?«

»Eberts haben eine Tollkirsche im Garten. Heiko meint, ein paar Blätter und ein paar von den Beeren sind wohl ins Gehege gefallen. Jedenfalls ... vor zwei Tagen lagen Puschel und Lümmel tot in ihrem Auslauf. Die Münder weit aufgerissen. Offensichtlich haben die beiden sich vergiftet.«

Die Bilder von Evis Ende und die Vorstellung vom Tod der Kaninchen verschwammen ineinander. Das war Heikos Werk.

Heiko hatte die Kaninchen als Gefahr erkannt. Er hatte sie in den Garten verbannt. Und jetzt waren sie tot.

Markieren. Blockieren. Löschen.

An den Humbug, dass sich Kaninchen außerhalb der Erntezeit an Tollkirschen überfraßen, glaubte ich keine Sekunde. Was war das für ein kranker Typ, der kleine Kaninchen vergiftete?

»Wie kommt Emily damit zurecht?«

»Zum Glück hat sie die beiden nicht tot gesehen. Ich hab sie entdeckt, bevor Emily wach war.«

»Und was hast du gemacht?«

»Ich hab die Tiere zunächst in einen Karton gelegt und in den Keller gebracht. Dann habe ich die Stalltür offen gelassen und einen kleinen Brief in den Käfig gelegt. Emily hat den Brief entdeckt und mir gebracht. Ich hab ihn ihr dann vorgelesen.«

Ich musste schlucken.

»Und was stand in dem Brief?«

»Da stand in Kaninchenschrift, dass ...« Ich hörte, wie auch Katharina schlucken musste. »Da stand, dass Puschel und Lümmel einen Ausflug machen und Emily sich keine Sorgen machen muss.«

Ich merkte, wie mir das Wasser in die Augen stieg. So viel Liebe und Fantasie hatte ich Katharina gar nicht zugetraut.

»Emily glaubt das?«

»Klar. Für sie sind die beiden unterwegs. So wie du.«

»Und was glaubst du?«

Katharina wusste genau, worauf ich hinauswollte.

»Ich glaube an die Wanderschaft der beiden genauso wenig wie an die Geschichte von der Tollkirschen-Vergiftung. Heiko macht hier seit Tagen die Welle, weil ihm die Nase läuft und er angeblich wegen der Kaninchen immer schniefen muss. Ich will es nicht glauben, dass ich mit einem Mann zusammen bin, der die Kaninchen meiner Tochter vergiftet. Aber ich fürchte, dass das der Fall ist.«

»Schmeiß ihn raus.«

»Björn, wenn der Typ krank genug ist, Haustiere zu ermorden, dann weiß ich nicht, wie er reagiert, wenn ich ihn rausschmeiße. Sobald du zurück bist, werde ich Klartext mit Heiko reden. Aber bis dahin will ich vor Emily kein Drama im Haus haben.«

Ob es ein größeres Drama geben konnte, als die Kaninchen meiner Tochter zu vergiften, ließ ich dahingestellt.

Ich überlegte, Katharina jetzt sofort alles über Heiko zu erzählen. Und entschied mich dagegen. Die Entscheidung, Heiko zu verlassen, musste Katharina selbst treffen. Ansonsten würde sie mir für den Rest meines Lebens vorwerfen, dass ich ihre Beziehung zerstört hätte. Und es hätte auch das Ende meiner Pilgerreise bedeutet. Heiko würde mein Pilgern aber nicht beenden. Der nicht.

Katharina und Emily waren sicher.

Ich bot Katharina an, sie könne jederzeit Sascha kontaktieren, sollte Heiko durchdrehen. Dass sie ohnehin von Walters Leuten überwacht wurde, sagte ich ihr nicht.

»Und bei dir?«, wollte Katharina wissen.

Ich erzählte ihr, dass ich jetzt nachts wanderte. Um die Sonnenaufgänge zu genießen. In fünf Tagen käme ich zum Cruz de Ferro, dem höchsten Punkt des Camino Francés.

Am Eisenkreuz wollte ich den Stein ablegen, den Joschka Breitner mir mitgegeben hatte. Den Sorgenstein.

36 FONCEBADÓN

»Der Weg gibt dir nicht, was du willst, sondern was du brauchst.«

JOSCHKA BREITNER,
»ZU FUSS INS ICH –
PILGERN ALS SELBSTFINDUNG«

VIER TAGE SPÄTER stellte ich fest, dass man der Versuchung nur dort widerstehen kann, wo es sie gibt. Auf sein Handy kann man nur dort freiwillig verzichten, wo es Empfang gibt. In meinem Hotel in Rabanal del Camino gab es keinen. Erst morgens gegen vier Uhr, lange nach meinem Aufbruch, mitten im Nirgendwo der Provinz Leon, teilte mir mein Handy mit, dass mir Katharina gestern Abend eine SMS geschickt hatte. Ich schaute auf das grünliche Display meines alten Nokia-Handys:

1 Kurzmitteilung empfangen, stand dort.

Ich drückte auf »Zeigen«, und auf dem Display erschien eine SMS von Katharina mit den Worten:

Buen Camino wünscht Dir Sascha!

Das war alles.

Es war erst vier Uhr morgens. Ich versuchte trotzdem, Sascha zu erreichen. Doch das Netz war schon wieder weg. Ich steckte das Handy ein und lief weiter.

Eine halbe Stunde später schälten sich vor mir die Konturen des Ortes Foncebadón aus der blauen Dunkelheit der Nacht. Ein Ort, der in früheren Jahrhunderten ein belebtes und beliebtes Pilgerziel war, dem aber die Landflucht in den Achtzigerjahren des letzten Jahrhunderts die komplette Bevölkerung geraubt hatte. Zwischenzeitlich waren wieder ein paar Individualisten zurückgekehrt. Foncebadón war dennoch ein weitgehend verlassener Ort.

Kurz vor dem Ortseingang bemerkte ich, dass der Schnürriemen meines linken Schuhs offen am Schaft baumelte. Am Wegesrand stand ein alter Bollerwagen mit einem Werbeschild für eine offensichtlich längst verlassene Bodega. Ich hielt an, stellte meinen linken Fuß auf ein Rad des Bollerwagens und band mir den Schuh zu. Die letzten anderthalb Stunden war ich völlig alleine unterwegs gewesen. Dachte ich zumindest. Doch als ich hier in der Stille der Nacht meinen Schuh zuband, hörte ich eindeutig Schritte. Schritte, die plötzlich ebenfalls innehielten.

Ich tat, als hätte ich nichts bemerkt. Meine Gedanken rasten, aber ich zwang meine Beine, im gleichen Schritt wie vorher zu marschieren. In unverändertem Tempo wanderte ich in den Ort. Links und rechts der Straße standen alte verfallene Steinhäuser. Nach fünfzig Metern machte die Straße einen kleinen Knick, hinter dem ich auch bei Tag von einem Verfolger nicht mehr zu sehen gewesen wäre. Ich nutzte die Chance, mich zu verstecken, und huschte in das erste der verfallenen Häuser. Drinnen stellte ich fest, dass ich seit der Aufgabe des Hauses als Wohnstätte offensichtlich nicht der erste Besucher der Räumlichkeiten war. Der Boden war übersät mit Scherben zerbrochener Glasflaschen. Jeder Schritt von mir bewirkte ein lautes Knirschen. Ich stellte mich so leise wie möglich in den ehemaligen Wohnraum und wartete. Mein Herz pochte, mein Atem kam mir viel zu laut vor, mein Blut rauschte in meinen Ohren. Ich versuchte, achtsam die Umgebung wahrzunehmen. Der Raum war vielleicht vier mal fünf Meter groß. Die Holzdecke, die mal zu einem gemütlichen Zimmer gehört haben mochte, wies riesige Lücken auf. Durch die Lücken und das fast vollständig abgedeckte Dach konnte man die Sterne sehen. Ich nahm meine Stehmeditationsstellung ein und beruhigte meinen Atem. Von hier aus konnte ich die Straße im blauen Mondlicht gut erkennen. Von der Straße aus konnte ich unmöglich gesehen werden. Während sich mein Atem allmählich verflachte, hörte ich wieder Schritte.

Der Gang eines Menschen ist angeblich so unverwechselbar wie sein Fingerabdruck. In diesem Augenblick fühlte ich, dass das stimmte. Es war der gleiche Rhythmus wie vorhin. Das konnte kein Zufall sein.

Die Schritte wurden vor der kleinen Kurve langsamer. Wahrscheinlich fragte sich mein Verfolger, warum er mich nicht mehr hörte. Dann beschleunigten sich die Schritte wieder.

Ein Schatten erschien in dem für mich sichtbaren Bereich der vom Mond erhellten Straße. Ein Schatten mit einem Stab und einem Rucksack. Ein Pilger. Dem Schatten folgte ein Körper. Keine zehn Meter von mir entfernt sah ich einen Menschen durch mein Sichtfeld wandern. Einen Mann. Mit Pferdeschwanz und einem Halstuch an der rechten Hand.

Es war der Asiate.

Ich trat instinktiv einen Schritt zurück. Das war ein Fehler. Die schwere Sohle meiner Bundeswehrstiefel zertrat eine der zahllosen Scherben, die auf dem Boden verstreut waren. Wahrscheinlich war es nur ein leises Knirschen, als das Glas zerbrach, aber mir erschien es wie ein Knall in der Nacht.

Der Asiate blieb sofort stehen und lauschte. Er hatte das Geräusch richtig verortet. Langsam wandte er sich um und näherte sich dem Eingang meines Versteckes. Offensichtlich war er sich nicht sicher, wer oder was dieses Geräusch verursacht hatte. Allerdings griff er, während er sich dem Eingang näherte, in einer ruhig geführten Bewegung hinter sich und zog etwas aus dem Seitenfach seines Rucksacks. Das Glänzen des Mondlichtes auf blankem Stahl zeigte mir, was es war: ein Messer. Mit großer Klinge.

Ich hatte keine Ahnung, ob es einen hinteren Ausgang als Fluchtweg für mich gab. Darauf zu spekulieren war mir jedenfalls zu riskant. Ich musste den Chinesen irgendwie in den hinteren Teil des Hauses locken, um dann durch den Vordereingang verschwinden zu können.

Joschka Breitners Achtsamkeitsübung mit dem See, dem Stock und den Steinen, die mir in Pamplona so gut geholfen hatte, fiel mir wieder ein. Wenn der Chinese der Stock war, den ich von mir wegtreiben wollte, dann hatte ich hier und jetzt genau einen Stein greifbar, um ihn in den See zu werfen: meinen Sorgenstein. Den Stein, den mir Herr Breitner vor dem Pilgern mitgegeben hatte, um ihn am Cruz de Ferro als Symbol meiner Sorgen abzulegen. Meine größte Sorge derzeit war ein chinesischer Killer, der kurz davor war, mich zu entdecken und zu töten. Wie konnte ich den Sorgenstein also sinnvoller einsetzen, als mit ihm den Chinesen abzulenken? Ich griff langsam an die rechte Seite meines Rucksacks und öffnete die kleine Außentasche, in der sich der Stein befand. Ich nahm ihn in die Hand und warf ihn mit einer langsamen Bewegung, wie eine kleine Bowlingkugel, auf den Boden, wo er, über Scherben scheppernd, mehrere Meter in Richtung hinterer Hauswand kullerte.

Der Asiate konnte sich nun sicher sein, dass ich im Haus war. Irrte sich aber darüber, wo. Ich schlich mich von der Tür weg zur Seite und nahm meinen Pilgerstab als Knüppel in beide Hände.

Mein Verfolger näherte sich der Türöffnung. Mit dem Messer in der ausgestreckten Hand voraus trat er ins Haus, um in Richtung der Wand zu gehen, zu der der Stein gekullert war. Ich holte aus und schlug dem Eindringling meinen Pilgerstab, so fest ich konnte, auf das Handgelenk.

Pilgerstab und Attentäter mochten beide aus China kommen. Aber der Attentäter hatte offensichtlich die bessere Qualität. Mein Pilgerstab brach in der Mitte durch, als er auf den Unterarm des Pilgers traf. Immerhin verlor der Angreifer dabei sein Messer. Es fiel mit einem lauten »Plong« zu Boden. Gefolgt von einem leiseren »Plong«, als die abgebrochene Hälfte meines Pilgerstabes zu Boden fiel.

Ich hielt drohend die obere Hälfte meines Pilgerstabes in der Hand. Am Stabende baumelte an einem Lederbändchen die Jakobsmuschel, die ich mit Roland zusammen im Souvenirshop von Saint-Jean-Pied-de-Port gekauft hatte. Der Asiate ließ sich von beidem nicht sonderlich beeindrucken und machte einen Schritt auf mich zu. Ich wich zurück. Und stolperte über einen am Boden liegenden Balken.

Noch im Fallen stellte ich mir die Frage, ob es nun dumm oder schlau von mir war, dass ich meinen Rucksack nicht abgenommen hatte, als ich auf meinen Verfolger gewartet hatte. Von Vorteil war sicherlich, dass der Rucksack meinen Sturz abfederte und mir die im ganzen Raum verteilten Scherben nicht in den Rücken schneiden würden. Von Nachteil würde sein, dass ich nach der Landung wie eine umgedrehte Schildkröte hilflos auf dem Boden liegen würde.

Nicht, dass ich ohne Rucksack auf einen Kampf vorbereitet gewesen wäre. Ich war kein Kämpfer. Ich hatte mich noch nie geprügelt. Auch als Kind nicht. Früher hatte ich Probleme argumentativ lösen können. Später dann durch Morde. Aber ich war kein Mörder, der seine Opfer mit bloßen Händen umbrachte. Statt Hanteln zu stemmen, hatte ich Schriftsätze verfasst. Wenn ich bislang jemanden zu Tode gebracht hatte, konnte ich auf Hilfsmittel wie Kettensägen oder Gartenhäcksler zurückgreifen. Alles, was ich im Fallen in der Hand hielt, war ein abgebrochener Pilgerstab mit einer baumelnden Jakobsmuschel.

All das ging mir in den zwei Sekunden zwischen Stolpern und Aufprall durch den Kopf. Der Asiate sah die sich durch meine Rückenlage bietende Chance und nutzte meine Hilflosigkeit, um schnell nach seinem Messer zu greifen. Er sprang in die Ecke des Raumes, in die seine Waffe geflogen war. Durch ein Loch in der Decke fiel Mondlicht auf den Boden und ließ die Klinge funkeln.

Mit dem Messer in der Hand ging mein zukünftiger Mörder siegesgewiss auf mich zu. Ich hielt ihm, am Boden liegend, hilflos meinen abgebrochenen Pilgerstab entgegen.

Und was machte der Chinese? Er fing an, mit mir zu spielen! Er machte einen Ausfallschritt auf mich zu. Ich zuckte mit dem Stab zurück. Der Chinese lachte. Er tänzelte, warf sein Messer spielerisch von der rechten in die linke Hand und wollte einen weiteren Ausfallschritt auf mich zu machen.

In diesem Moment wünschte ich mir nichts sehnlicher, als meiner Tochter durch die Scheibe der Kindertanzschule beim Hupa-Lupa-Tanz zuzusehen und dabei belanglosen Gesprächen über Aufstellpools zu lauschen.

Und dann wurde ich Zeuge, wie sich eine große Weisheit des Jakobsweges bewahrheitete:

Der Weg gibt dir nicht, was du willst, sondern was du brauchst.

Alles, was ich wollte, waren eine Kettensäge und ein Gartenhäcksler, um den Chinesen zum Verschwinden zu bringen und meine Tochter auch in Zukunft in die Kindertanzschule begleiten zu können. Alles, was ich brauchte, waren mein abgebrochener Pilgerstab und die an ihm baumelnde Jakobsmuschel.

Der Asiate hatte einen entscheidenden Fehler begangen: Sein Imponiergehabe mit dem Tänzeln machte ihn unvorsichtig. Er trat mit einem Fuß auf den von mir weggeworfenen Sorgenstein. Der Stein war nicht groß, aber immerhin doppelt so groß wie eine Kastanie und ziemlich rund. Das reichte, um meinen Angreifer aus dem Gleichgewicht zu bringen. Mit dem Messer in der linken Hand stürzte er in der Vorwärtsbewegung haltlos auf mich zu. Ich war starr vor Schreck.

Mit einem Ratsch fuhr das Messer des Chinesen seitlich durch den rechten Ärmel meiner Jacke. Ganz knapp an meinem Arm vorbei. Und gleichzeitig fuhr die abgebrochene Spitze meines Pilgerstabes durch den Brustkorb meines Angreifers. Mit einem »Ratsch – Flupp – Krrr«.

Der Angreifer hatte sich im Fallen mit seinem eigenen Gewicht auf meinem Pilgerstab aufgespießt. Sein Kopf hielt – jetzt ungläubig guckend – nur Zentimeter von meinem Gesicht entfernt inne. Erstaunlicherweise lebte er noch. Er sammelte sich und schaute nach seinem Messer. In den letzten Sekunden seines Lebens wollte der Chinese mich tatsächlich noch umbringen. Das war die chinesische Arbeitsmoral, die vielen Deutschen heutzutage angeblich fehlte.

Aber mein Kampfgeist war geweckt. Von einem Sterbenden wollte ich mich nicht umbringen lassen. Doch an das Messer des Chinesen kam ich nicht heran. Ich hatte lediglich die am Pilgerstab angeknotete Jakobsmuschel.

Ich griff mit meinem linken Arm nach der Muschel und zog meinem Angreifer den scharfkantig gewellten Rand von rechts nach links über den Hals. Instinktiv ließ er sein Messer los und packte sich an die Kehle. Was das Blut seiner geöffneten Halsschlagader nicht daran hinderte auszutreten.

Der Asiate bäumte sich auf. Ich drehte mich unter ihm weg. Er sank zuckend dort zu Boden, wo ich bis eben noch starr vor Schreck gelegen hatte.

37 WEISHEIT

»Die Vorstufe zur Weisheit ist der Verlust der Dummheit.«

JOSCHKA BREITNER,
»ZU FUSS INS ICH –
PILGERN ALS SELBSTFINDUNG«

IN DER STILLE DER NACHT meldete sich mein Handy mit einem doppelten Brummton. Ich hatte offenbar wieder Netz und eine weitere SMS erhalten. Ich war für jede Übersprungshandlung dankbar und schaute auf das Display, anstatt meinem verhinderten Mörder beim Ausbluten zuzusehen.

Auch diese Nachricht war von Katharina und offensichtlich vor Stunden abgeschickt worden:

Urlauber wohlbehalten zurück. Der Zettel bleibt für immer im Glückskeks. (Was auch immer das heißt …)

Offensichtlich war diese SMS zeitlich unmittelbar vor der *Buen Camino wünscht Dir Sascha!*-Nachricht abgeschickt worden, aber erst eine Viertelstunde nach dieser angekommen. Die erste SMS hatte mir das Leben gerettet. Die zweite war mir ein Rätsel.

Ich schaute auf das Display. Ich hatte nach wie vor Netz, und zwar nicht nur schwach, sondern an dieser Stelle des Hauses sogar drei von fünf Balken.

Ich rief Sascha an.

Er war ein Frühaufsteher, aber halb fünf morgens war selbst für ihn eine ungewohnte Zeit für Gespräche.

»Björn! Was ist los?«

»Ich habe gerade eben erst von Katharina die SMS mit deinen Informationen erhalten. Kannst du mir erzählen, was los ist?«

»Chayenne und Sandy sind vorgestern wohlbehalten aus dem Urlaub zurückgekommen. Ihr reicher Kunde hatte ihnen vierzehn Tage alles inklusive auf Sardinien spendiert, und die beiden haben noch ein paar Tage drangehängt. Der Gönner war übrigens Italiener – nicht Chinese.«

Das war gleichermaßen beruhigend wie beunruhigend. Wenn Herr Quang keinerlei Kontakt zu den beiden Damen hatte, konnte er unmöglich herausbekommen haben, dass eine Verbindung zwischen dem Bauschaum und mir bestand. Gleichzeitig warf das aber die Frage auf, welchen Grund dann der Chinese hier vor mir auf dem Boden hatte, mich zu töten.

Aber die SMS von Sascha beinhaltete ja noch mehr Besprechungspotenzial.

»Und was bedeutet ›Der Zettel bleibt für immer im Glückskeks‹?«, wollte ich wissen.

Sascha lachte laut auf.

»Das ist meine Umschreibung für ›Herr Quang bleibt in China‹. Und zwar definitiv.«

»Wieso das?«

»Ich habe über das nachgedacht, was du gesagt hast. Du meintest, Herr Quang sei wahrscheinlich bei seiner Rache auf sich allein gestellt, weil er niemandem sagen kann, was tatsächlich in seinem Hotelzimmer vorgefallen ist. Gesichtsverlust und so.«

»Richtig. Inwiefern hilft uns das?«

»Wenn Herr Quang selbst niemandem von dem Bauschaum erzählen will, wird er auch nicht wollen, dass wir das in seinem Umfeld tun.«

»Wieso sollten wir das tun? Kannst du Chinesisch?«

»Nein. Aber ein Bild sagt mehr als tausend Worte.«

Vor mir auf dem Boden zeichnete das Blut des Chinesen gerade die Umrisse der Iberischen Halbinsel nach. Ich wurde langsam ungeduldig.

»Sprich nicht in Bildern mit mir, sondern sag einfach, was los ist.«

»Erinnerst du dich daran, dass Chayenne an deinem Geburtstag ihre Handtasche auf dem Hotelzimmer vergessen hatte?«

»Komm zum Punkt!«

»Chayenne filmt alle ihre Freier. Aus Sicherheitsgründen, wie sie sagt. Sie hat in ihrer Handtasche ein kleines Fach für ihr Handy mit einem gut getarnten Loch, um zu filmen.«

Langsam ahnte ich, worauf Sascha hinauswollte.

»Da Chayenne mit dem Chinesen nicht zur Sache gekommen ist, ging sie davon aus, die Aufnahmen des Abends seien belanglos. Im Urlaub musste sie Speicherplatz für Fotos frei machen und ist über das Video gestolpert. Und siehe da – es zeigt in aller Pracht Walter, Stanislav, Herrn Quang und eine Dose Bauschaum. Sie hat das Video nicht gelöscht, sondern es mir gestern gezeigt.«

»Und du?«

»Ich hab mir vom Concierge die Handynummer von Herrn Quang raussuchen lassen und ihm ein Standbild aus dem Video geschickt. Verbunden mit dem Hinweis, es an seine gesamte Firma zu mailen, wenn er auch nur noch ein einziges Mal an einen Besuch in Deutschland denke.«

»Und Herr Quang?«

»Hat mir in sehr schlechtem Englisch zurückgesimst, er würde alle Mitarbeiter von S-Exclusive persönlich umbringen, wenn irgendwer in seiner Firma trotzdem von dem Video erfährt.«

»Du hast also ein Gleichgewicht des Schreckens hergestellt?«

»Sieht so aus.«

Das hörte sich alles gut an. Es biss sich halt lediglich mit der Tatsache, dass mich gerade trotz allem ein Chinese hatte töten wollen.

»Nur zur Sicherheit – hast du mal ein Bild von Herrn Quang für mich? Ich habe immer noch keine Ahnung, wie er überhaupt aussieht«, fragte ich Sascha.

»Sein Passbild. Der Concierge hatte es fotokopiert. Aber auf dein altes Nokia kann ich es dir ja wohl kaum schicken.«

»Warte mal eine Sekunde.«

Ich legte mein Nokia vorsichtig auf den Boden und ging zu dem toten Asiaten. Ich drehte ihn auf die Seite und durchsuchte die Innentaschen seiner Jacke. Wie erwartet befand sich dort ein Handy.

Ein iPhone 10. Es war mit einem Fingerabdruck-Scan gesichert. Ich entsperrte das Handy mit der Hand des Toten, öffnete das SMS-Menü und schickte Sascha eine SMS ohne Inhalt. Dann ging ich wieder an mein Nokia.

»Sascha? Ich habe dir gerade eine SMS geschickt. Schick das Foto von Herrn Quang bitte an diese Nummer.«

»Einen Moment ...«

Das Handy des Chinesen piepte kurz. Ich öffnete die neue SMS und schaute auf das Schwarz-Weiß-Foto, das Sascha gerade geschickt hatte. Herr Quang war Anfang fünfzig und hatte eine beginnende Glatze.

Der Chinese auf dem Boden war maximal Mitte dreißig und hatte einen Pferdeschwanz.

»Angekommen?«, wollte Sascha wissen.

»Ja, angekommen«, antwortete ich gedankenverloren.

Wenn das auf dem Boden nicht Herr Quang war und wenn Herr Quang weder über Chayenne noch über Sandy von mir wusste und er sein Nichtwissen demnach nicht an einen bezahlten Killer hatte weitergeben können und wenn Herr Quang seine Rachepläne ohnehin nicht weiter fortführen wollte – wer steckte dann hinter den Anschlägen auf mich?

»Kann ich sonst noch was für dich tun?«

»Nein, kannst du nicht. Danke dir.«

Ich drückte das Gespräch auf dem Nokia-Handy weg.

Und ich wollte auch gerade das iPhone ausschalten, als eine neue SMS einging:

»Job erledigt?«

Der Absender lautete schlicht: *Veritas*.

Ich stolperte ungläubig zurück. Und trat auf eine weitere Glasscherbe, die knirschend zerbarst.

38 MOSAIK

»Manche Dinge sind darauf ausgelegt, dass sie erst mit Abstand betrachtet einen Sinn ergeben.«

JOSCHKA BREITNER,
»ZU FUSS INS ICH –
PILGERN ALS SELBSTFINDUNG«

ICH STAND IM SCHERBENMEER einer Ruine auf dem Jakobsweg. Das Knirschen unter mir wurde nur noch übertönt von einem Summen in meinem Kopf. Von einer Melodie, die immer lauter wurde. Es war der Refrain eines Ohrwurms von Andrea Berg.

In jedem Scherbenmeer seh ich ein Mosaik
Bunt und schön wie das Licht
Das den Morgen verspricht ...

Meine Tochter liebte dieses Lied.

Ich sah vor meinem inneren Auge plötzlich zahlreiche Gedankenscherben in meinem Kopf herumschwirren.

Auf einer Scherbe stand der Name »Veritas« in der Schrift der SMS.

Auf einer anderen stand VERITAS in der Schrift einer Firmen-Homepage.

Beide Scherben fügten sich zusammen.

Ich sah eine Scherbe mit Katharina in einem Jagdrevier.

Und ich sah eine Scherbe mit dem explodierenden Kopf von Roland.

Auch diese Scherben passten und fügten sich zu den VERITAS-Scherben.

Ich sah eine Scherbe mit zwei vergifteten Kaninchen.

Und ich sah eine Scherbe mit der sterbenden Evi.

Ich sah Scherben mit mir in einer Kneipe im Finanzdistrikt, mit Emily im Zoo, mit Katharina, die den Abwasch macht.

Auf drei weiteren Scherben waren die Telefonate mit Katharina, der ich erzählte, wann ich genau wo auf dem Jakobsweg sein würde.

Ich sah eine Scherbe mit einer langen Linie Kokain.

Ich sah drei Scherben mit den Begriffen *markieren, blockieren, löschen.*

Und alle Scherben bildeten zusammen ein Mosaik, das aussah wie ein Gesicht.

Es war das Gesicht von Heiko.

VERITAS war Heikos Firma. Er konnte mit Gewehren umgehen. Er hätte den ersten Anschlag sogar selber ausführen können. Zu dem Zeitpunkt war er ja angeblich auf einer Tagung. Danach hätte er einen Killer anheuern können. Heiko hatte die Chance, Emilys Kaninchen mit demselben Gift zu töten, mit dem sein Killer anschließend aus Versehen Evi umgebracht hatte ...

Aber welches Motiv sollte er haben, mich zu töten?

Eifersucht?

Jeder halbwegs verständige Mensch hätte bemerken können, dass das Verhältnis zwischen Katharina und mir in Freundschaft geklärt war.

Die Angst, ich könnte seine Vergangenheit ausplaudern?

Jeder halbwegs verständige Mensch hätte bemerkt, dass meine Chance dazu längst verstrichen war, weil Heiko mir mit seinen Halbwahrheiten Katharina gegenüber jede Fallhöhe genommen hatte.

Mich vor diesem Hintergrund selber zu bezichtigen, vor Jahren wissentlich mit einem falschen Alibi zwei Anklagen zu Fall gebracht zu haben, warf ein schlechteres Licht auf mich als auf Heiko.

Eifersucht und Angst vor der eigenen Vergangenheit alleine wären für jeden halbwegs verständigen Menschen kein hinreichendes Mordmotiv. Aber sie waren vielleicht ein Motiv, wieder mit dem Koksen anzufangen. Und dadurch wurden selbst bei halbwegs verständigen Menschen kontrollierbare Emotionen negativ verstärkt.

Möglicherweise war es ein folgenschwerer Fehler von mir gewesen, Heiko für einen halbwegs verständigen Menschen zu halten.

Wenn es als halbwegs verständig galt, Klotüren zu korrigieren, den Zauber des ersten Kennenlernens in eine App auszulagern, sich zur Leistungssteigerung das Hirn zuzukoksen und aus Angst vor einer Allergie Kaninchen zu vergiften, dann war mir die andere Hälfte der Verständigkeit eindeutig lieber.

Ich hatte Heiko gegenüber keinen Hehl daraus gemacht, dass ich seine Überbetonung von Haltung albern, seine Umarbeitung von Sprache blödsinnig und seinen Anspruch an die Solidarität anderer ziemlich unsolidarisch fand. Wären wir uns im Internet begegnet, hätte ihm das bestimmt gereicht, mich zu löschen. Aber das war doch kein Mordmotiv. Oder doch?

Ein Mordmotiv musste so stark sein, dass es einen Menschen die moralische Schwelle überwinden ließ, einen anderen zu töten. Aber wie es aussah, war bei Heiko die moralische Schwelle so niedrig, dass sein Mordmotiv nicht so stark sein musste.

Im Moment befand ich mich allerdings nicht in der Situation, mir über Heiko weitere Gedanken zu machen. Ich stand neben der ausgebluteten Leiche eines unbekannten Killers in der Ruine eines weitgehend verlassenen Pilgerdorfes.

Ich musste meine Gedanken ordnen.

Ich schälte mich aus dem Rucksack, den ich immer noch auf dem Rücken trug, stellte mich in die Mitte des Raumes, die Beine schulterbreit auseinander, die Arme am Körper hängend, die Schultern zurückgezogen und den Brustkorb herausgestreckt. Ich konzentrierte mich auf eine Weisheit aus Joschka Breitners Pilgerführer:

Denken Sie beim Pilgern nicht an alle Schritte, sondern immer nur an einen: den nächsten.

Nach ein paar Minuten wusste ich ziemlich genau, was zu tun war.

Ich kannte zwar noch nicht den ganzen Weg, aber ich sah sehr klar meine nächsten Schritte.

Ich nahm das Handy des Chinesen und beantwortete die SMS von VERITAS:

Erledigt.

Sollte Heiko denken, ich sei tot. Das gab mir Zeit. Zumindest bis zu meinem nächsten Anruf bei Katharina in drei Tagen.

Anschließend stellte ich die Sicherheitseinstellungen von Fingerabdruck auf einen PIN-Code um.

Danach rief ich nochmals Sascha an und bat ihn, eine Observierung von Heiko in die Wege zu leiten. Ich begründete es ziemlich offen damit, ich sei auf dem Camino zu der Einsicht gelangt, dass ich besser wissen sollte, was der koksende zukünftige Ex-Mann meiner Ex-Frau so trieb, bevor ich nach meiner Rückkehr dafür sorgte, dass er aus dem Leben meiner Familie verschwand.

Sascha war sicherlich bewusst, dass das nicht der Grund war, weshalb ich ihn morgens um halb fünf erneut anrief. Aber er stellte keine Fragen, und ich sagte nichts weiter. Er versprach mir, mich unter der Nummer des toten Chinesen – von dem er nichts wusste – anzurufen, sobald Heiko sich auffällig verhielte.

Am Ortseingang suchte ich nach dem Bollerwagen, an dem ich vorhin meinen Schuh zugebunden hatte. Ich fand ihn und zog ihn so leise wie möglich in die Ruine. Es war immer noch stockfinster. Die wenigen Bewohner des Ortes schienen alle zu schlafen.

Ich schnallte dem Asiaten den Rucksack ab, entkleidete ihn, legte seinen nackten Körper auf den Bollerwagen und zog ihn aus dem Haus.

Dann stapelte ich das Holz der Tür und ein paar herumliegende Bretter zu einem Haufen über der Blutlache, schüttete den Inhalt des Rucksacks des Chinesen und seine Kleidung darüber und zündete den ganzen Haufen an.

Die Nachtpilger waren wahrscheinlich alle schon durch. Bis die wenigen Einwohner erwachten und die Tagespilger Foncebadón erreichten, würde vermutlich noch einige Zeit vergehen. Sollten trotzdem zu dieser nachtschlafenden Zeit Pilger durch das Dorf kommen, würden sie wohl vom Anblick der brennenden Ruine so lange aufgehalten werden, bis ich mein nächstes Ziel erreicht hatte: das Cruz de Ferro.

Während die Ruine hinter mir Feuer fing, setzte ich mit der nackten Leiche des Chinesen im Bollerwagen meine Pilgerschaft auf dem immer noch stockdunklen Jakobsweg fort.

39 CRUZ DE FERRO

»Rituale haben etwas doppelt Beruhigendes. Sie sind nicht nur Ausdruck des Vertrauens in die Wirksamkeit einer alten Tradition, sie halten die Tradition für die Zukunft lebendig.«

JOSCHKA BREITNER,
»ZU FUSS INS ICH –
PILGERN ALS SELBSTFINDUNG«

DAS CRUZ DE FERRO steht gerade einmal zwei Kilometer von Foncebadón entfernt. Mit Bollerwagen und Leiche brauchte ich für die Strecke einmal *Bibi und Tina*.

Das Cruz hat für die Pilger eine ganz besondere Bedeutung. Der höchste Berg ist erklommen. Der Satz »Von nun an geht's bergab« ist hier einmal positiv gemeint. Die Strapazen des Aufstiegs sind vorbei.

Unter Pilgern hat sich die Tradition entwickelt, unter dem Eisenkreuz einen Stein abzulegen. Den Sorgenstein. Viele Pilger mit vielen Sorgen haben unter dem Pilgerkreuz so über die Jahrhunderte einen meterhohen Berg aus Geröll entstehen lassen. Neben einem Berg aus Geröll, den die Römer wenige Hundert Meter entfernt aus den gleichen Gründen dort abgelegt haben, welcher neben einem Geröllberg der Kelten steht.

Die christliche Tradition des Steineablegens fußt offensichtlich auf einer langen heidnischen Tradition. Warum ausgerechnet hier eine Mülldeponie der Sorgen entstanden war, entzog sich meiner Kenntnis. Aber ich ahnte jetzt, woher das Wort »entsorgen« kam.

Ich hatte meinen Sorgenstein bereits erfolgreich in der Ruine abgelegt und dafür einen toten Chinesen erhalten. Ich brauchte also keinen Stein mehr. Ich hatte einen Chinesen zum Ablegen.

Der Steinberg des Cruz de Ferro war wie gemacht, um dort den Chinesen zu vergraben. Unter den Sorgen der anderen Pilger war er perfekt aufgehoben.

Am Cruz de Ferro brauchte ich lediglich eine weitere Folge *Bibi und Tina*, um mit meinen Händen eine mannsgroße Kuhle in den Steinhaufen zu buddeln. Nach einer weiteren Viertelstunde waren Leiche und Kuhle wieder mit Steinen bedeckt.

Die Sonne ging im Osten auf und kitzelte mich. Befreit von meiner Last, erfasste mich eine Leichtigkeit, die ich seit Langem vermisst hatte.

Während mit dem Licht auch die Farben erwachten, stellte ich fest, dass der Kampf mit dem Asiaten an meiner Pilgerjacke nicht spurlos vorübergegangen war. Die vielen Flecken sahen allzu eindeutig nach Blut aus. Ich rollte die Jacke zusammen, steckte sie in meinen Rucksack und nahm mir vor, sie am Abend zu waschen.

Den leeren Bollerwagen ließ ich oben auf dem Steinberg stehen und setzte entspannt meine Pilgerschaft fort.

Die nächsten drei Tage verliefen ganz klassisch. Klassisch im Sinne von langen Tagesmärschen und Übernachtungen in überfüllten Pilgerherbergen. Mit dem Schnarchen, den Socken und den Gesprächen der anderen Pilger. Ich war offener gegenüber meinen Mitpilgern. Ich wanderte tagsüber, aber schweigend und alleine.

Ich versuchte, in dem Wissen, dass mich der neue Lebenspartner meiner Ex-Frau umbringen wollte, nicht in erster Linie ein Problem zu sehen, sondern eine Inspiration. Und diese Inspiration nahm ich zum Anlass ausgedehnter Meditationen.

Dass mir jemand alles nehmen wollte, was ich liebte, führte dazu, dass ich mein bisheriges Leben mehr schätzte. Selbst die Kindertanzschulen, die Spielplätze und Spaßbäder sah ich nicht mehr als Einschränkungen an. Sondern als Orte, an denen meine Tochter mein Leben bereicherte und dort ihre Freude an mich zurückgab. Solange ich lebte.

Ich fürchtete nach den Erfahrungen, die ich mit Rolands Tod gemacht hatte, gar nicht mehr den Tod an sich. Ich fürchtete, dass ich vor meinem Tod den Zeitpunkt zu leben verpassen würde.

Drei positive Erkenntnisse hielt ich in meinem Pilgertagebuch fest:

Andere Menschen haben weder über mein Leben noch über meinen Tod zu bestimmen.

Der Sinn des Lebens besteht darin, das eigene Leben zu leben und weiterzugeben. Liebevoll, geschützt, ohne Selbstaufgabe.

Für ein erfülltes Leben erhoffe ich mir, dass die Lebensfreude, die ich anderen weitergebe, positiv auf mich zurückfällt.

Ich hatte mein inneres Pilgerziel erreicht.

Ich wusste jetzt, was ich in meiner zweiten Lebenshälfte wollte: leben. Was mehr war, als nur zu überleben.

Heikos Vorsatz, mich umzubringen, stand dazu in maximalem Widerspruch.

Er würde allerdings erst durch meinen nächsten Anruf bei Katharina erfahren, dass er es schon wieder vergeigt hatte. Danach war ich noch knapp eine Woche auf Pilgerreise. Ich hielt es für unwahrscheinlich, dass es ihm gelingen würde, in dieser kurzen Zeit einen neuen Killer zu organisieren und einen weiteren Anschlag auf mich verüben zu lassen.

Ich nahm mir also vor, ihn auf dem Jakobsweg weiterhin lediglich als Inspiration und nicht als Bedrohung zu sehen. Bis zu meiner Rückkehr würde mir sicherlich meditativ eine Eingebung kommen, wie ich mein Leben positiv verändern könnte, indem ich seines beendete.

Mein wöchentliches Telefonat mit Emily und Katharina am nächsten Samstag wurde zu einem Wechselbad der Gefühle.

Emily fragte mich, ob mir Puschel und Lümmel beim Pilgern begegnet wären. Ich wollte meine Tochter weder direkt anlügen noch ihr die schützende Fantasie nehmen. »Ich habe gestern Morgen am anderen Ende eines Feldes zwei Kaninchen gesehen, das könnten sie gewesen sein … aber ich bin mir nicht ganz sicher.«

»Papa, du musst nach dem Pilgern mal zum Augenarzt!«

Ich versuchte, das positiv zu deuten. Ihre Sorge um mich war offenbar größer als die um ihre Kaninchen.

Katharina wirkte am Telefon nervös. Nicht meinetwegen, sondern wegen Heiko.

»Er ist seit ein paar Tagen noch komischer als sonst. Er sagt zu Emily so Sachen wie, er wäre auch für sie da, wenn du nicht mehr zurückkämst. Der wird mir immer unheimlicher.«

Kein Wunder.

»Hältst du es noch aus, bis ich zurück bin?«

»Ich würde die Sache lieber heute als morgen beenden.«

Katharina wollte, dass Emily bei mir war, wenn sie Heiko den Laufpass gab. Das wollte ich auch. Und bis ich wieder da war, wurden die beiden unauffällig von Walters Leuten geschützt.

Ich würde den Camino zu Ende laufen. Und dann genüsslich dabei zusehen, wie Katharina Heiko aus ihrem Lebensweg schmiss. Und ich malte mir schon aus, wie ich ihn im Anschluss aus seinem eigenen werfen würde.

»Nächstes Wochenende bin ich wieder da«, sagte ich zu meiner Ex-Frau. Hätte ich sie wirklich beruhigen wollen, hätte ich mir den nächsten Satz besser verkniffen. »Sollte mir allerdings auf den letzten Metern des Camino doch noch was passieren, dann möchte ich dich um einen Gefallen bitten.«

»Du machst mir Angst.«

»Es gibt in Santiago de Compostela ein Kloster – das Kloster der ›Confrérie des Messagers du Seigneur‹. Dort liegt etwas, das ich an den Namen Dragan Sergovicz adressiert habe. Ich möchte gerne, dass du es an dich nimmst und im Sinne von Emily damit verfährst.«

»Björn. Was ist los?«

»Gar nichts.« Ich war immer schon schlecht darin gewesen, vor Katharina etwas zu verbergen. »Weißt du was? Ich bin in drei Tagen in Santiago. Danach wandere ich noch bis nach Finisterre, guck mir da an, was Europäer jahrtausendelang für den begehbaren Rand der

Welt gehalten haben, und komme anschließend endlich wieder nach Hause. Dann lösen wir das Heiko-Problem gemeinsam.«

»Versprochen?«

»Versprochen.«

Ich legte auf und steckte das Handy ein.

Ursprünglich hatte ich vorgehabt, das Handy in der folgenden Nacht aufzuladen. Ich hatte das Ladekabel schon in die Steckdose neben meinem Pilgerbett gesteckt.

Aus irgendeinem Grund vergaß ich, als ich schließlich ins Bett ging, das Telefon an das Ladekabel anzuschließen. Eine Vergesslichkeit, die mir das Leben retten sollte.

40 SANTIAGO DE COMPOSTELA

»Der Weg ist nicht das Ziel. Erst am Ziel erkennen Sie den Weg.«

JOSCHKA BREITNER,
»ZU FUSS INS ICH –
PILGERN ALS SELBSTFINDUNG«

DREI TAGE NACH meinem Telefonat mit Katharina erreichte ich Santiago de Compostela.

Das Erlebnis, mein äußeres Pilgerziel erreicht zu haben, ließ sich nicht in Worte fassen. Der Plural wäre nämlich völlig unangemessen gewesen. Ein einzelnes Wort reichte völlig: unspektakulär.

Santiago war nur der Endpunkt meiner Pilgerschaft. Mein äußeres Ziel. Und auch das nur so halb. Schließlich wollte ich bis an den Rand der Welt weiterlaufen. Mein inneres Ziel hatte ich bereits beim Pilgern selbst erlangt. Ich wollte leben. Wirklich leben.

Zudem war mir die Stadt viel zu überfüllt mit beseelten, beglückten, beschwipsten Menschen mit Trekking-Rucksäcken. Meine ursprünglichen Vorurteile gegenüber dem Pilgern wären mir hier alle bestätigt worden, wenn ich sie nicht während des Pilgerns abgelegt hätte.

Das in Santiago pulsierende Kollektiv der pilgernden Individuen stand für mich im völligen Widerspruch zu meinen ganz persönlichen, auf Hunderten von Kilometern erwanderten Pilgererfahrungen, die ich im Wesentlichen im Alleinsein gemacht hatte.

Ich erledigte in Santiago die klassischen Pilgerformalitäten. Um mir meine Pilgerurkunde, die »Compostela«, abzuholen, musste ich eine Dreiviertelstunde im Gedränge vor dem Pilgerbüro warten. Gegen Vorlage meines bei jeder Übernachtung gestempelten Pilgerausweises erhielt ich eine Urkunde auf Latein überreicht. In dem Text stand erstaunlicherweise kein einziges Mal »lorem ipsum«, dafür aber mein handschriftlich eingetragener Name.

Anschließend ging ich zum Kloster der Confrérie des Messagers. Ich hatte Santiago lebend erreicht und wollte meinen Pilgerbrief selbst abholen. Lesen würde ich ihn am Rande der Welt, nach dem letzten Schritt meines Pilgerwegs.

Ich stellte mich als Dragan Sergovicz vor und bekam ohne jede Nachfrage das DIN-A4-Blatt ausgehändigt, das ich vor vier Wochen, achthundert Kilometer weiter östlich, in einen Steinbriefkasten geworfen hatte.

Einen Brief, zu dessen Schutz Kladdy von einem Stier überrannt worden war.

Die Verletzung des Briefgeheimnisses kann lebensgefährlich sein.

Nach dem zerlegten G3 in meinem Nässeschutz fragte ich nicht. Sollten die Brüder des Klosters irgendwann selber entscheiden, ob die Waffe weggeworfen oder als Spende verbucht werden sollte.

Den Pilgerbrief steckte ich ungelesen ein.

Ich ließ es mir trotz aller Skepsis vor den Pilgermassen nicht nehmen, auch die Kathedrale von Santiago zu besuchen, um dort an einem Gottesdienst teilzunehmen.

Höhepunkt der Zeremonie war es, dass ein riesiges Fass mit Weihrauch angezündet und als brennendes Pendel unter das Kirchendach gezogen wurde. Wie ein überdimensionaler Glockenschwengel schwang das Fass über den Gläubigen hin und her und verströmte dabei seinen sakralen Duft. Dieser Duft konnte aber nicht darüber hinwegtäuschen, dass unter der Weihrauchtonne Hunderte von Gläubigen mit Handy standen und diesem sakralen Ereignis am Ende einer einmaligen Pilgerreise die Einmaligkeit nahmen, indem sie es mit ihren Smartphones festhielten.

Ich verließ die Kathedrale, um noch am selben Tag weiter zum Rande der Welt zu pilgern.

Am Ortsausgang von Santiago klingelte das Handy des toten Chinesen.

Es war Sascha. Er kam direkt zur Sache.

»Wir haben Heiko verloren.«

»Wo?«

»Er ist gestern Morgen zum Flugplatz gefahren und in eine Privatmaschine gestiegen. Laut Auskunft des Tankwartes gehört sie einem Internet-Unternehmer.«

»Aha, ein Geschäftsfreund von ihm. Vielleicht ein beruflicher Termin irgendwo?«

»Das hat sich das Team von Walter zunächst auch gedacht und am Flugplatz gewartet. Aber die Maschine ist nicht am selben Tag zurückgekommen. Deswegen haben sie mal gecheckt, wo die Maschine gelandet ist.«

»Das geht so einfach?«, fragte ich erstaunt.

»Dafür gibt es eine kostenlose Handy-App. Du gibst die Kennung ein und erfährst, wo auf der Welt sich die gewünschte Maschine gerade befindet oder bewegt.«

»Und wo ist die Maschine mit Heiko?«

»Deswegen rufe ich dich an. Sie ist gestern Abend in Santiago de Compostela gelandet.«

Nachdem ich das Gespräch beendet hatte, erlosch das Display. Vielleicht hätte ich das Ladekabel des Chinesen nicht in Foncebadón verbrennen sollen.

Heiko hatte vor drei Tagen von Katharina erfahren, dass ich noch lebte. Und er hatte ebenfalls erfahren, wann ich in Santiago sein würde. Er hatte offensichtlich zwei Tage gebraucht, seine Gedanken zu ordnen, einen wie auch immer gearteten Plan zu schmieden und das Flugzeug seines Geschäftsfreundes zu organisieren. Seit gestern war er also in Santiago de Compostela. Der Ort, von dem er wusste, dass ich heute auch dort sein würde.

Nur – ich hatte Santiago bereits wieder verlassen. Und Heiko war mir nicht begegnet. Mich zu finden wäre kein Problem gewesen. Fast jeder Pilger taucht im Laufe des Tages im Pilgerbüro auf. Mich mitten in Santiago zu erschießen wäre allerdings auch ein wenig auffällig gewesen.

Wahrscheinlich wollte mir Heiko bis Finisterre folgen und mich dort in Ruhe beseitigen. Dafür musste ich allerdings am Ende auch in Finisterre sein.

Ich beschloss, meine Route ein wenig zu ändern. Meinem Reiseführer entnahm ich, dass es nördlich vom Kap Finisterre einen noch weiter westlich gelegenen Punkt gab: das Cabo da Nave. Auch der »Rand der Welt« war anscheinend ein dehnbarer Begriff.

Ich beschloss, ein paar Vorsichtsmaßnahmen zu ergreifen. Ich würde heute Nacht nicht in einer Pilgerherberge, sondern in irgendeinem kleinen Hotel schlafen. Von dort würde ich eine Etappe mit dem Bus fahren und nur das allerletzte Stück zu Fuß zum Cabo da Nave wandern.

Zeit, Ort und Geschwindigkeit meiner Pilgerreise zu verändern sollte reichen, um Heiko fürs Erste abzuhängen.

Anschließend würde ich mir am Rande der Welt ein Mietauto nehmen, nach Madrid fahren und von dort aus direkt nach Hause fliegen.

Von da an würde ich Heiko nicht mehr als Inspiration, sondern als Problem betrachten.

Und wie Probleme dieser Art zu beseitigen waren, hatte ich nun wirklich gelernt.

41 AM RANDE DER WELT

»Wie sehr Sie das Pilgern verändert hat, erkennen Sie in der Begegnung mit Menschen, die nicht gepilgert sind.«

JOSCHKA BREITNER,
»ZU FUSS INS ICH –
PILGERN ALS SELBSTFINDUNG«

ZWEI TAGE SPÄTER, nach vier Wochen Pilgern, vier Toten und der Entdeckung meines Wunsches an den Rest meines Lebens, stand ich schließlich am Rande der Welt. Ich blickte am Cabo da Nave von einer Felsklippe herab auf einen aufgewühlten Atlantik.

An diesem Abschnitt der Atlantikküste konnte es auch im Hochsommer kalte, windige Tage geben. Dieser Tag war so einer.

Im Himmel über mir wurden tief hängende Wolkenfetzen unter einer höher liegenden, geschlossenen Wolkendecke landeinwärts gejagt.

Dreißig Meter unter mir brausten die Wellen mit einer ungebändigten Energie gegen die Küste Europas. Bezeichnenderweise nannte sich der Küstenabschnitt »Costa de la Muerte« – Todesküste.

Das Ende meiner Pilgerschaft wollte ich zelebrieren. Ich stellte meinen Rucksack ab, benutzte ihn als Hocker und holte mein Pilgertagebuch und meinen Pilgerbrief aus der Innentasche meiner Jacke hervor.

Ich öffnete das Pilgertagebuch. Auf der ersten Seite standen die drei Fragen, die mir Joschka Breitner mit auf den Weg gegeben hatte:

Was ist der Sinn des Lebens?

Welches Verhältnis habe ich zum Tod?

Was brauche ich wirklich für ein erfülltes Leben?

Ich blätterte nach hinten zur ersten freien Seite. Ich hatte meine drei Fragen beantworten können und fügte jetzt einen letzten Eintrag, eine letzte Antwort auf meine drei Fragen hinzu:

Der Sinn des Lebens besteht darin, das Leben jeden Tag aufs Neue zu genießen.

Der Tod spielt an einem einzigen Tag im Leben eine Rolle. Am letzten.

Für ein erfülltes Leben brauche ich Alltag. Mit all seinen Problemen. Mit all seinen Glücksmomenten. Mit all seinen Hupa-Lupa-Tänzen.

Ich steckte das Tagebuch zurück in den Rucksack und entfaltete meinen Pilgerbrief:

»Am Anfang meiner Pilgerschaft schreibe ich Dir aus Saint-Jean-Pied-de-Port. In meinem Gepäck trage ich Steine, von denen ich noch nicht weiß, was ich daraus bauen soll. Da sind die Trümmer meiner Ehe. Da ist der glänzende Marmor meiner Tochter. Da sind die Mühlsteine von acht Menschenleben, die ich beendet habe. Die Menschen, die ich getötet habe, sind: Dragan, Toni, Herr Möller, Malte, zwei Jungs aus dem Park, deren Namen ich vergessen habe, Kurt und Boris. Vor mir liegen achthundert Kilometer Fußmarsch. Ich hoffe, wenn Du diesen Brief liest, wirst Du voller Verständnis und Liebe für den Menschen sein, der diesen Brief verfasst hat. Und wissen, was Du vom Rest Deines Lebens erwartest.«

Ganz wertneutral betrachtet, lagen die achthundert Kilometer Fußmarsch nun hinter mir. Und die Anzahl der von mir verantworteten Toten hatte sich erhöht. Von acht auf zehn.

Aber ich hatte mir auf dem Jakobsweg die Liebe zu mir selbst erwandert. Die Liebe zu meinem Leben. Mit all seinen Steinen.

Meine Tochter war weiterhin der glänzende Marmor meines Lebens. Ich wusste ihn nur noch mehr zu schätzen. Über die Trümmer meiner Ehe dachte ich jetzt anders. Es lag an mir, in den Trümmern wohnen zu bleiben oder ein neues Haus zu bauen. Katharina war es ja auch gelungen, ihre Trümmer für ein neues Gebäude abzuklopfen. Auch wenn sie sich dabei für eine einstürzende Hütte mit einem Vollidioten entschieden hatte. Aber Fehler geschahen und konnten korrigiert werden. Es würde für Katharina nach Heiko neue Beziehungen geben. Und für mich auch. Ich würde die Steine meiner Vergangenheit ebenfalls abklopfen und aus ihnen ein Heim für meine Zukunft bauen. Nicht beschwert, sondern geschützt von einem Bollwerk aus Mühlsteinen. Gekrönt vom Marmor meiner Tochter. Ich freute mich auf meine Zukunft.

Ich nahm den Pilgerbrief in beide Hände und zerriss ihn in zahlreiche kleine Schnipsel. Die Schnipsel warf ich in den Wind und sah ihnen dabei zu, wie sie aufs Meer hinauswehten.

Das war's. Meine Pilgerreise war zu Ende. Ich würde nach Hause zurückkehren.

Ich drehte mich um.

Und sah in den Lauf einer Pistole. Hinter der Pistole stand Heiko.

»Buen Camino, Herr Anwalt!«, sagte er mit einem Grinsen und zielte auf meinen verwunderten Gesichtsausdruck.

»Was … wie hast du …?«

»Wie ich dich gefunden habe? Obwohl du seit Santiago vor mir wegläufst wie ein aufgeschrecktes Huhn? Du hast einen GPS-Tracker im Rucksack.«

»Einen was?«

»Ein Peilgerät. Ich wusste, dass du beim Pilgerbüro in Santiago deine Urkunde abholen würdest. Leute wie du sind so. Da habe ich dich abgefangen. Ich stand in der Reihe direkt hinter dir und hab dir den Tracker in die rechte Außentasche gesteckt. Dich in Santiago zu töten hätte zu viel Trubel verursacht. Hier ist es viel schöner.«

Mein erster Gedanke war Ärger. Ärger über mich selbst. Da zelebrierte ich meine Digital-Detox-Philosophie bis zum Erbrechen, und jeder Honk konnte mir einen Peilsender anheften? Sollte ich das hier überleben, würde ich definitiv sensibler im Umgang mit neuen Technologien sein müssen.

Mein zweiter Gedanke war: langsam.

Heiko redete schnell, aufgekratzt, ohne Punkt und Komma. Er schien ziemlich high zu sein.

Erst mit meinem dritten Gedanken bemerkte ich, dass ich keinerlei Angst hatte. Noch nicht einmal Wut.

Heiko war für mich einfach nur absurd. Da reiste mir dieser kleine Mann mit seiner runden Nickelbrille bis ans Ende der Welt nach, um mich zu töten. Warum?

»Was hast du eigentlich für ein Problem?«, fragte ich ihn. »Ist es, weil Katharina deinen Antrag noch nicht angenommen hat?«

»Ich? Ich hab kein Problem. Wenn du erst einmal weg bist, wird mich Katharina sogar anflehen, sie zu heiraten. Vor mir liegt eine wunderbare Zukunft. Eine Zukunft, die ich mir nicht von jemandem kaputt machen lasse, der noch in der Vergangenheit lebt.«

Probleme mit der Vergangenheit zu haben war für mich jetzt nicht unbedingt ein Qualifizierungskriterium, die Gegenwart zu überspringen. Aber ich hatte ja auch keine Waffe in der Hand.

»Inwiefern beeinflusse ich deine Zukunft?«

»Tu doch nicht so. Du hasst mich.«

Ich war ein wenig verwundert.

»Heiko. Meiner Meinung nach bist du ein Vollidiot. Aber ich hasse dich nicht.«

»Wo soll da bitte der Unterschied sein?« Heiko hielt die Pistole bereits ein wenig schlaffer auf mich gerichtet.

»Na, wenn Hass keine Meinung ist, kann meine Meinung ja auch kein Hass sein«, versuchte ich, es mit seinen eigenen Worten zu erklären.

»Deine Meinung ist aber falsch.«

»Das ist ja das Tolle an Meinungen. Sie können *per definitionem* gar nicht falsch sein. Sie sind nur eine Weise, die Welt zu sehen. Sollte das also der Grund sein, warum du hier mit einer Waffe vor mir stehst, dann könntest du die Pistole jetzt auch wieder einstecken.«

Heiko tat das Gegenteil und hielt die Pistole wieder gerader.

»Du willst meine Vergangenheit gegen mich verwenden, damit ich keine Zukunft habe.«

»Es tut mir leid, dich enttäuschen zu müssen. Aber dafür bist du mir viel zu egal. Du und ich sind völlig verschieden. Na und? Warum sollte ich meine Energie damit vergeuden, das zu ändern? Menschen sind nun mal unterschiedlich.«

»Alle Menschen sind gleich. Akzeptier das. Das steht sogar so im Grundgesetz«, brüllte Heiko gegen den Wind.

Wieder fehlte etwas Entscheidendes an der Wahrheit.

»Steht da nicht. Da steht ›Alle Menschen sind *vor dem Gesetz* gleich‹. Das heißt, wir haben das Recht, völlig verschieden zu sein und auch völlig unterschiedliche Weltanschauungen zu haben, und haben trotzdem alle die gleichen Rechte.«

Anscheinend wurde Heiko die Diskussion zu rational. Er führte sie wieder in den Bereich des Persönlichen.

»Du treibst Katharina von mir weg.«

Also doch auch Eifersucht als Mordmotiv.

»Ich treibe sie nicht von dir weg. Ich trage sie lediglich nicht zu dir hin. Das ist etwas völlig anderes. Katharina hat die freie Wahl, sich für oder gegen dich zu entscheiden. Da sie nicht komplett bescheuert ist, wird sie sich auch ohne mich gegen dich entscheiden.«

»Ich werde hier und jetzt verhindern, dass sie deinetwegen die falsche Wahl trifft.«

»Ich vergaß. Was richtig und was falsch ist, bestimmst ja du. Können wir den Blödsinn jetzt sein lassen? Leg doch einfach die Waffe weg, und wir ...«

Ich machte einen Schritt auf Heiko zu. Heiko schoss. Vor mir in den Boden. Das war ein Argument, das mich beeindruckte.

»Die Wahrheit ist, dass du hier und heute Vergangenheit wirst.« Heiko zielte jetzt auf meine Stirn. Seine Pupillen waren abnorm vergrößert.

Aus unbegründeter Eifersucht erschossen zu werden empfand ich schon als absurd genug. Ich vermutete aber, dass Heiko gar kein

Motiv für sein Handeln brauchte. Er war high. Von sich. Vom Koks. Berauscht vom Gefühl der eigenen Bedeutsamkeit.

In Anbetracht der Tatsache, dass ich wahrscheinlich kurz davor war, erschossen zu werden, wollte ich meine karge verbleibende Lebenszeit nicht damit verschwenden, seine krude Logik zu ergründen.

Aber ich wollte leben. Frei und zwanglos. Ich war viele Kilometer gegangen, um zu dieser Erkenntnis zu gelangen. Und diese Erkenntnis wollte ich so lange wie möglich auskosten. Jede Sekunde, die ich mein Leben verlängerte, war wertvoll. Ich dachte nicht in Jahren, Tagen oder Stunden, sondern in diesem Moment nur von einer Sekunde auf die andere. Durch Reden konnte ich Zeit gewinnen. Und wenn es etwas Positives an einem Gegenüber auf Kokain gab, dann war es dessen drogenbedingter Redezwang.

»Eine Frage noch: Wie hast du das alles hinbekommen? Hast du mir wirklich einen Killer auf den Leib gehetzt, der mir die ganzen vier Wochen lang hinterhergepilgert ist?«

»Nein.« Heiko ließ die Waffe ein wenig lockerer in Richtung meines Herzens zeigen. Das war schon mal ein Anfang. »Eigentlich wollte ich das Ganze zügig und schnell erledigt haben. Ich wusste ja von Katharina, dass du am ersten Abend in Orisson übernachtest.«

»Du hast also schon auf der Terrasse auf mich geschossen.«

»Richtig. Ich stand im Wäldchen hinter dem Haus. Da hab ich noch geübt. Ging leider daneben.«

»Warum hast du kein zweites Mal geschossen?«

»Das Projektil hat den Schalldämpfer verzogen. Sogenannter Ölschuss. Und für einen Schuss ohne Schalldämpfer war es mir an der Stelle dann doch zu belebt.«

»Also hast du am nächsten Tag ohne Schalldämpfer auf mich gewartet.«

»Es war ja klar, dass ich dich am nächsten Tag am Ibañeta-Pass treffen würde.«

»Hast du aber nicht. Du hast Roland erschossen.«

Heiko zuckte mit den Schultern. »Wenn der Typ so hieß … Ich konnte ja nicht wissen, dass du mit diesem Wandervogel die Rucksäcke tauschst.«

Typisch Heiko. Schon wieder war ein anderer für seine Abweichungen von der Wahrheit verantwortlich. Nicht Heiko hatte das falsche Ziel. Das Ziel hatte den falschen Rucksack.

Wut kam in mir auf. Heiko mochte die Waffe in der Hand haben. Ich hatte meine Worte.

»Und nach dem zweiten Fehlschuss innerhalb von zwei Tagen hast du erkannt, dass du selbst gar nicht die Fähigkeiten dazu hast, deinen Plan in die Tat umzusetzen. Also hast du erst mal dein Gewehr fallen gelassen, bist weggerannt und hast jemand anderen gebeten, die Arbeit für dich zu erledigen.«

»Ich wusste von Katharina immer genau, wo du wann sein würdest. Da musste ich nur jemanden hinschicken.«

»Wen hast du dafür engagiert? Einen der Superhelden aus deinem Team?«

Dass Heiko die Waffe in der Hand hatte, aber trotzdem verbal angegriffen wurde, war eine ihn offensichtlich überfordernde Erfahrung.

»Ich … das ist … ich habe meine Kontakte.«

»Als ehemaliger Kleindealer? Da kennt man doch keine Profikiller!«

»Ich kenne Menschen, die Menschen kennen. Du ahnst gar nicht, was man im Darknet für Geld alles bekommt.«

»Wie toll, dass jeder im Internet einen Idioten finden kann. Ganz egal, ob man über eine Dating-App einen Partner oder im Darknet einen Killer sucht.«

Selbst für Heiko war es jetzt langsam genug.

»Du springst jetzt da runter.«

Er zeigte mit dem Lauf seiner Pistole auf den Abgrund hinter mir. Kaum ein halber Meter trennte mich vom Rand der Klippen.

»Warum sollte ich?«

»Du wärst nicht der erste Pilger, der am Ende des Weges noch einen Schritt weitergeht.«

»Keine Chance«, sagte ich. »Da musst du mich schon erschießen. Und dann hat meine Leiche ein Loch. Und das wirft Fragen auf.«

»Deine Leiche wird von der Brandung da unten an einem einzigen Tag so dermaßen an den Klippen zerrieben – da bleibt kein Knochen heil und keine Frage offen.«

Ich wollte trotzdem weder springen noch gesprungen werden.

»Eins noch. Wie hast du das mit dem Weinbrunnen hingekriegt?«

Heiko freute sich tatsächlich, dass jemand so tat, als hätte er Interesse an seiner Arbeit.

»Als klar war, dass du an den Weinbrunnen gehst, hat der Chi... also mein ... da hat mein Mitarbeiter das mit dem Atropin vorgeschlagen. Dem Gift aus der Tollkirsche. Dass diese dicke Frau aus deiner Flasche trinkt, war nicht abzusehen. Das Gift hätte auch dich umgebracht.«

»Das Gift, das du an den Kaninchen meiner Tochter ausprobiert hast?«

Ich versuchte weiter, Zeit zu schinden.

Der Weg gibt dir nicht, was du willst, sondern was du brauchst.

Was ich wollte, war, dass sich der Himmel auftat und ein Blitz Heiko brennend in zwei Teile zerriss. Aber Heiko redete ungeblitzt weiter seinen Blödsinn.

»Ich wollte die Wirkung mal testen und dabei ein weiteres Problem loswerden. Die blöden Hasenviecher hat eh keiner gebraucht. Dein dummes Blag ist mir mit den versifften Karnickeln ...«

In dem Moment schenkte mir der Weg, was ich brauchte.

Ein Déjà-vu.

Wieder explodierte ein Kopf in einer rosa Wolke.

Nur diesmal nicht der von Roland, sondern der von Heiko.

Das, was eben noch mein Kind beleidigt hatte, war nun verschwunden. Der Körper darunter fiel wie ein nasser Sack nach vorne. Wäre der Kopf noch als solcher zu erkennen gewesen, hätte er bereits über den Abgrund geschaut, als Heikos Körper neben mir auf dem Boden der Klippe aufschlug.

Nachdem Heiko aus meinem Sichtfeld verschwunden war, hatte ich den Blick frei auf eine Frau, die mit einem Gewehr auf einer Klippe links über mir stand: Katharina.

»Niemand nennt meine Tochter dummes Blag.«

Sie sprang von der Klippe, kam auf mich zu und feuerte einen zweiten Schuss in Heikos leblosen Körper. Ich hatte Katharina noch nie so wütend und gleichzeitig so beherrscht gesehen. Ich hatte sie aber auch noch nie auf so viel Adrenalin erlebt.

»Katharina? Was ... warum bist du ... was machst du hier?«

»Ich hab versucht, dich zu erreichen, aber dein Handy war tot. Ich war mir nicht sicher, ob nur der Akku alle war und du vielleicht das Ladekabel vergessen hattest oder ob dir etwas passiert ist ...«

Katharina stand neben der Leiche ihres Ex-Freundes und redete über ein Handy mit leerem Akku. In Anbetracht der Tatsache, dass sie gerade erstmals einen Menschen getötet hatte, eine nachvollziehbare Reaktion.

»Deswegen bist du mir bis nach Spanien gefolgt?«

»Ich habe mir nach unserem letzten Telefonat Sorgen gemacht. Als du gesagt hast, du hättest etwas hinterlegt, was ich abholen soll, wenn du nicht zurückkommst. Ich habe befürchtet, du hättest dein Testament verfasst.«

»Und dann bist du ...?«

»Ich habe versucht, dich zu erreichen. Aber dein Handy war tot.«

»Ich habe das Ladekabel in einer Herberge vergessen.«

Eine Möwe schwebte gegen den Wind heran und versuchte, in der Nähe von Heikos Körper zu landen. Katharina scheuchte sie mit dem Gewehrlauf weg, während sie, offensichtlich unter Schock, weitersprach.

»Ich hab ein wenig organisiert und Emily zu meiner Mutter

gebracht. Gestern bin ich mit dem Flieger nach Vigo und von da mit dem Zug nach Santiago. Ich hab diese Klosterbrüder aufgesucht und gesagt, ich wolle etwas für Dragan Sergovicz abholen.«

Den Pilgerbrief konnte sie nicht bekommen haben, den hatte ich am Tag vorher abgeholt.

»Ich habe einen mit Blasenpflaster zugeklebten Nässeschutz erhalten. Als ich das Paket ausgepackt habe, ist mir dieses G3 in Einzelteilen entgegengefallen. Ich habe gleich erkannt, dass es Heikos war.«

»Du wusstest, dass dieser Idiot Waffen hat?«

»Ich war mit ihm auf der Jagd. Da hat er mir alles über sein Gewehr beigebracht. Wie man damit schießt, wie man es auseinandernimmt, wie man es zusammenbaut. Als ich das Gewehr gesehen habe, hat es bei mir klick gemacht. Heikos Anspielungen, du würdest nicht zurückkommen. Heikos überstürzte Abreise einen Tag vorher, weil er wieder auf irgendeine Tagung musste.«

»Aber ... wie hast du uns hier gefunden, am Rande der Welt?«

»Nach der Nummer mit den Kaninchen hatte ich Heiko einen Kinderortungsdienst auf sein Smartphone gespielt und in einem Unterordner versteckt. Ich wollte sichergehen können, dass er nicht heimlich bei uns im Haus ist, wenn ich nicht da bin. Als ich gestern sein Gewehr in der Hand hielt und über die App feststellte, dass Heiko auch in Spanien war, wusste ich, was Sache ist. Ich habe mir einen Mietwagen genommen und bin ihm seit Santiago gefolgt. Und hier bin ich.«

Vielleicht sollte ich doch offener gegenüber den positiven Aspekten von Ortungs-Tools sein. Digital Detox hin oder her. Zumindest waren sie dazu in der Lage, ihre negativen Strahlungen gegenseitig zu neutralisieren.

»Keine Minute zu früh!«

Ich nahm Katharina in den Arm. Sie ließ es geschehen. Sie stand noch viel zu sehr unter dem Schock ihrer eigenen Entschlossenheit, als dass sie meine körperliche Nähe auch nur bemerkte.

Katharina schaute in meiner Umarmung auf Heikos leblosen Körper.

»Und was machen wir mit dem da?«

Ich schaute auf Heikos Restkörper.

»Schmeißen wir ins Meer. Selbstmord.«

»Selbstmord? Mit von hinten weggeschossenem Kopf?«

»Siehst du hier irgendeinen Faktenchecker, der das überprüft?«

»Nein.«

»Wenn die Leiche nur einen Tag lang von der Brandung an den Felsen zerrieben wird ... da bleiben keine Fragen offen.«

»Woher weißt du so was?«

»Inspiration und Meditation.«

Katharina und ich sahen uns an. Wir hatten ein stummes Einverständnis erzielt. Ich nahm Heikos Beine und legte seinen Körper parallel zum Klippenrand. Katharina und ich legten jeder einen Fuß unter Heikos Körper, zählten lautlos bis drei und ließen den Korpus über die Klippe fallen.

»Und das hier?« Katharina zeigte auf das Gewehr in ihren Händen.

Ich nahm es ihr ab und warf es ebenfalls über die Klippe.

»Ist auch weg.«

»Okay«, war Katharinas Reaktion. »Und jetzt?«

»Fahren wir zu Emily.«

Katharina im Schock gefiel mir. In diesem Zustand war ein lösungsorientiertes Miteinander ohne bissige Kommentare möglich.

Ich folgte ihr die Klippen hoch über einen Feldweg zu einem Parkplatz.

Wir bestiegen wortlos den Mietwagen und fuhren gen Osten.

Unterwegs kamen wir an einem einzelnen Pilger vorbei.

Ein Asiate. Mit Rucksack. Und mit einem Gitarrenkoffer.

Aus Gewohnheit wollte ich mir eine mentale Notiz für mein Pilgertagebuch machen. Aber dessen letztes Kapitel hatte ich bereits geschlossen. Vielleicht würde ich die Erkenntnis, die mir gerade durch den Kopf ging, für ein anderes Tagebuch verwenden können:

Nichts ist schöner, als am Rande der Welt in Freundschaft auf seine Ex-Frau zu treffen.

Wenn sie ein geladenes Gewehr in der Hand hat.

Und manchmal ist ein Chinese mit einem Gitarrenkoffer tatsächlich einfach nur ein Chinese mit einem Gitarrenkoffer.

DANKE

Einen Roman zu schreiben ist ein wenig wie Pilgern. Es gibt ein klar definiertes äußeres Ziel. Der Weg bis dorthin ist zeitlich begrenzt. Die Reise bedarf einer gewissen Struktur. Und unterwegs habe ich ein inneres Ziel erreicht – ich habe viel über mich selbst erfahren.

Ich danke allen, die mir diese Reise möglich gemacht haben.

Das sind zunächst einmal Sie, als Leser. Der Erfolg meiner ersten beiden Romane ist der Ausgangspunkt des dritten.

Entsprechend gilt mein Dank auch allen Buchhändlerinnen und Buchhändlern, die meine Bücher und ihre Kunden zusammengebracht haben.

Ich danke allen, die mir im privaten Umfeld die Freiheit gelassen haben, gemeinsam mit Björn Diemel auf Pilgerreise zu gehen.

Ich danke meinem Agenten, Marcel Hartges. Zum einen für alles. Zum anderen aber ganz explizit für die Gabe der offenen, ehrlichen, konstruktiven Kritik.

Ich danke allen Beteiligten beim Heyne-Verlag, namentlich Oskar Rauch, für die optimale Betreuung.

Ich danke Heiko Arntz für das bereichernde Lektorat.

Und ich danke natürlich dem heiligen Jakob, dass er sich nach Jahrhunderten der Totenruhe tatsächlich aufgerafft hat, sein Grab zu verlassen. Oder – um es mit Martin Luther zu halten – zumindest demjenigen, der die Hundeknochen in den Sarg gelegt hat.

Mit herzlichen Grüßen
Karsten Dusse

Wenn die Vergangenheit deines Therapeuten deiner Zukunft im Weg steht, ist es Zeit, im Hier und Jetzt zu leben.

LESEPROBE

Gebunden mit Schutzumschlag
ISBN 978-3-453-27386-3

Auch als E-Book: 978-3-641-28665-1
Überall, wo es Bücher gibt

HEYNE

PROLOG

»Bhagwan ist der Finger, der auf den Mond gezeigt hat. Ich verehre nicht den Finger. Ich bewundere den Mond. Aber ich bin dem Mann mit dem Finger dankbar für seine Geste.«

JOSCHKA BREITNER,
»GODWORK ORANGE –
MEINE ZEIT MIT BHAGWAN«

SELBSTVERSTÄNDLICH LESE ICH keine fremden Tagebücher.
Ich respektiere das Recht anderer Menschen auf Privatsphäre.
Es sei denn, irgendjemand – meinetwegen ich – behauptet, durch das Lesen fremder Tagebücher könnten Menschenleben gerettet werden.
Die Chance, durch das Lesen eines fremden Tagebuches ein einziges, unendlich wertvolles Menschenleben zu retten, mag sehr, sehr klein sein.
Und die dadurch begangene Verletzung der Privatsphäre eines Einzelnen mag sehr, sehr groß sein.
Aber die Anzahl der tagebuchschreibenden Menschen ist nun einmal endlich.
Und deswegen ist die Rechnung eindeutig:

Unendlich mal sehr, sehr klein ist immer größer als endlich mal sehr, sehr groß.

Aus mathematischer Sicht ist es also geradezu alternativlos, fremde Tagebücher zu lesen.
Ich mochte das als Jurist mal ganz anders gelernt haben – aber der Wissenschaft zu folgen, macht die Sache mit der Moral wesentlich einfacher.

Das getrocknete Blut auf dem Versteck des von mir ohne die Zustimmung des Verfassers an mich genommenen Tagebuches verströmte den Geruch nach frischem Eisen.

Ich hatte es geschafft, es binnen weniger Tage fast komplett zu lesen. Vor mir lagen noch die Seiten der letzten Eintragung:

20. Dezember 1984, Big Muddy Ranch, Oregon, USA

Ich mochte den Schreibstil. Der Verfasser beschrieb seine Emotionen ehrlich, seine Umgebung bildlich und die Ereignisse detailreich. Ich sah es förmlich vor mir, wie sich der emotional völlig irritierte Anhänger Bhagwans mit dem roten Ärmel seiner Winterjacke den Schweiß von der Stirn wischte, während sich die eisige Dezembersonne am minus sechs Grad kalten Himmel über der Wildnis Oregons dem Horizont näherte.
Bhagwan persönlich hatte ihm den Namen Swami Anand Abheeru verliehen: der Furchtlose.
Wenn es das Privileg des Furchtlosen sein sollte, Fürchterliches zu tun, so hatte er gerade seinem Namen alle Ehre gemacht.
Nur Abheerus Seele sah das offenbar anders. Er schwitzte. Angst und Schrecken standen ihm ins Gesicht geschrieben. Er hatte gerade achtsam einen Menschen erschossen: Swami Prem Parvaz, den »Vogel der Liebe«.
Abheerus Atem, sein Geist, seine ganze Wahrnehmung waren im Hier und Jetzt konzentriert gewesen auf diesen einen, einzigen, erfolgreichen Kopfschuss.
Er hatte getroffen, aber das löste seinen Stress nicht auf, sondern weiteren aus.

Es wird immer behauptet, im Moment des eigenen Todes laufe vor dem inneren Auge der persönliche Lebensfilm ab. Bei Abheeru war das offensichtlich anders. Nicht der Moment des Todes, sondern der Moment des ersten Mordes löste bei ihm Kopfkino aus.
Mit der noch rauchenden Maschinenpistole in der Hand, feierte sein eigener Lebensfilm in seinem Kopf Premiere.
Mit Abheeru in allen bisherigen Rollen.

Als deutsches Wirtschaftswunderkind.
Als Einser-Student mit fast vollendeter Dissertation und besten Karrierechancen.
Als Sinnsuchender in Bhagwans Ashram in Poona.
Und, in der letzten Einstellung, dann als Mörder, auf einem zweitausend Fuß hohen Berg gegenüber dem Walt Whitman Grove in Rajneeshpuram, Oregon.

Als Mensch, der keine Ahnung hatte, wie es nun weitergehen sollte.

Die Stimmung des Tagebuchs hatte sich zwischen den ersten und den letzten Seiten elementar verändert. Am Anfang des Tagebuchs ging es um positive Energie und Lebensfreude. Dieses letzte Kapitel handelte nun davon, wie voller negativer Energie zwei Leben beendet worden waren. Absichtlich das des Erschossenen und – eher aus Versehen – das von Abheerus ehemaliger Geliebten, die er eigentlich durch den Schuss hatte retten wollen. Wie hatte er nur übersehen können, dass sie mit Handschellen an seinen Gegner gefesselt war? Ganz offensichtlich war sie nun mit dem Erschossenen zusammen ins über fünfzig Meter tiefe Tal gestürzt.
Der Verfasser des Tagebuchs fragte sich, wie das alles hatte so schrecklich schieflaufen können.
Wenn der Schuss für Swami Prem Parvaz allein nicht schon tödlich gewesen wäre – der Sturz war es garantiert für beide.

Swami Anand Abheeru, der Furchtlose, beschrieb auf diesen letzten Seiten sehr klar, wie er von seiner Angst zurückerobert worden war. Er ging zögerlich an den Rand des Plateaus, auf dem er stand. Tief unter ihm sah er zwei rote Punkte leblos im Tal liegen. Er nahm seine Mala vom Hals, die aus hundertacht Holzperlen und einem Bild Bhagwans bestehende Kette, und steckte sie in die Tasche seiner Jacke. Er würde auch die rote Kleidung ausziehen, sobald er genügend Abstand zwischen sich und die Ranch gebracht hatte.

Hoffentlich, bevor die beiden Leichen entdeckt werden würden.
Er würde versuchen müssen, sich ein Leben jenseits des Ashrams neu aufzubauen. Er hatte keine Ahnung, wo und wie. Aber der erste Schritt würde sein, wieder einen eigenen Namen anzunehmen. Er würde sich mit dem Verlassen der Ranch nicht mehr Swami Anand Abheeru nennen.
Von nun an würde er wieder seinen alten Vornamen annehmen: Joschka.
Ergänzt durch den Mädchennamen seiner Mutter: Breitner.

Ich klappte die letzte Seite des Einbands zu und dachte nach.
Ja, es war ein Vertrauensbruch, meinem Therapeuten das Tagebuch zu klauen.
Aber zumindest wusste ich jetzt nicht nur, wer meinen Therapeuten töten wollte, sondern auch, warum.

1 SEX

»Das einzig Problematische am Sex ist die Anzahl der dazu notwendigen Personen.«

JOSCHKA BREITNER,
»GODWORK ORANGE –
MEINE ZEIT MIT BHAGWAN«

SELBSTVERSTÄNDLICH HATTE ICH eine grobe Vorstellung davon, was Tantra ist.

Immerhin erwirtschaftete meine Mandantschaft einen nicht unbeträchtlichen Teil ihrer Einnahmen mit sexuellen Dienstleistungen.

Tantra-Massagen zum Beispiel waren das sexuelle Pendant des Veggie-Burgers.

Nicht ganz so geil wie die echte Befriedigung der Fleischeslust, dafür aber hinterher ohne schlechtes Gewissen.

Für das Gute-Gewissen-Imitat – für den Veggie-Burger wie für die Tantra-Massagen – ließen die Kunden sogar gern mehr Geld springen als für das Original.

Irgendwie schien Askese einfacher zu sein, wenn man sie mit finanziellem Rumgeaase kompensieren konnte.

Meine grobe Kenntnis von Tantra-Massagen hatte mit tatsächlichem Tantra ungefähr so viel zu tun wie ein vor Mayonnaise triefender Veggie-Burger mit gesunder Ernährung.

Dass Tantra eine Philosophie war, in der es nicht um Hunger, sondern um Appetit ging, wurde mir erst durch meinen Achtsamkeitstrainer bewusst.

Tantra ist keine Methode, den Hunger zu stillen.

Tantra ist die Kunst, den Appetit zu genießen.

Zu der Zeit, als ich mir das erste Mal Gedanken über das tatsächliche Tantra – jenseits von Massagen – machte, glich mein Sexleben einem Kärcher-Hochdruckreinigungsgerät. Es war vorhanden, stand aber die meiste Zeit des Jahres unbeachtet in einer Kellerecke. Wenn ich es benötigte, holte ich es hervor, machte mir kurz Gedanken über das alberne Aussehen des Schlauches, war aber erfreut festzustellen, wie schnell doch wieder Druck im System war. Ich genoss nach dem Gebrauch für ein paar Tage das Gefühl, altes Moos von der Terrasse meiner körperlichen Bedürfnisse weggespült zu haben. Der Kärcher stand da schon längst wieder im Keller und sah dabei zu, wie die Terrasse jeden Tag wieder ein bisschen mehr von Sehnsüchten überwuchert wurde.

Tantra ist ein Leben ohne Hochdruckreiniger.

Tantra ist die Freude daran, auf der Terrasse der eigenen sexuellen Bedürfnisse so glücklich tanzen zu können, dass sie gar nicht erst von unbefriedigten Sehnsüchten überwuchert wird.

Dass mein Sexleben in der Tat brachlag und somit jede Menge an Optimierungsmöglichkeiten bot, hatte mich bislang nicht gestört. Ich hatte zumindest schon einmal ein befriedigendes Sexleben gehabt. Ich hatte sogar bereits erfolgreich ein Kind gezeugt. Und ich hatte in den letzten Jahren genug damit zu tun gehabt, mein sich daraus ergebendes Leben als Vater in den Griff zu bekommen.

Darüber ist mein Sexleben dann wohl irgendwie eingeschlafen.

Die bisherigen Konsequenzen meines Intimlebens waren so lebensverändernd gewesen, dass ich Sex seither nicht mehr bloß als unbefangene Freizeitbeschäftigung ansah.

Was ich als nicht weiter schlimm empfand.

Die Optimierung meiner erotischen Aktivitäten stand auf meiner Prioritätenliste irgendwo zwischen »Studienplatz für meine Tochter finden« und »mich über häusliche Pflege informieren«.

Meine Tochter war zu dem Zeitpunkt sechs.

Ich Ende vierzig.

Dass ich aus dem Nichts heraus anfing, mich ziemlich intensiv mit den entspannenden Höhepunkten von Tantra zu befassen, lag daran, dass mein Entspannungstherapeut aus mir nicht erklärlichen Gründen

keine Zeit fand, sich vereinbarungsgemäß mit mir um die Vermeidung meiner seelischen Tiefpunkte zu kümmern.
Seit mehr als zwei Jahren besprach ich mit Joschka Breitner alles, was mein Seelenleben bewegte. Jedenfalls alles, was nicht justitiabel war. Er half mir, Ordnung in meine Gedanken zu bringen, meine Seele aufzuräumen. Joschka Breitner war ein Mann, der Klarheit und Struktur schätzte. Wir hatten einen festen Termin im Monat: Jeden zweiten Donnerstag klingelte ich Punkt 17.30 Uhr an der Tür seiner Praxis, um mich anschließend für zwei Stunden mit ihm auszutauschen. Ich gab ihm meine Ängste – er mir seinen Rat. Das funktionierte nach dem immer gleichen Prinzip. Entweder ich hatte eine konkrete Fragestellung, mit der ich zu ihm kam. Diese wurde meist außerhalb des Antwortrahmens gelöst, der mein Denken bis dahin eingeengt hatte. Oder ein Thema ergab sich aus dem, was ich seit der letzten Sitzung erlebt hatte. Ereignisse, denen ich ohne Herrn Breitner meist gar keine Bedeutung beigemessen hätte.
Manchmal brachte mich Herr Breitner auch mit einer Fragestellung zum Nachdenken über etwas, was ich für mein Leben bislang gar nicht als relevant betrachtet hatte.
Kurz: Es brachte nichts, mir vor 17.30 Uhr vorzustellen, wie eine Sitzung bei Herrn Breitner verlaufen würde. Ich war am Ende immer überrascht. Positiv überrascht.
Auch Anfang August stand ich um Punkt 17.30 Uhr vor der Tür des Altbaus, in dem sich seine Praxis befand. Aber auf mein Klingeln hin geschah zunächst einmal gar nichts.
Ich war weder zu spät noch zu früh.
Ich war weder schlecht gelaunt noch euphorisch.
Mein Leben spielte sich zu diesem Zeitpunkt in verschiedenen, mehr oder weniger strikt voneinander getrennten Kreisen ab.
Da war zunächst der äußerste Kreis: meine Arbeit.
Mein offizieller Job als selbstständiger Einzelanwalt wurde von niemandem angezweifelt. Mein inoffizieller Job als Geschäftsführer diverser ebenso illegaler wie mittelständischer Betriebe im Produktbereich

von Drogen, Waffen und Prostitution wurde von keiner der beteiligten Personen infrage gestellt. Ich war beruflich angekommen.
Dass ich auf dem Weg dahin mehrere Menschen achtsam ermordet hatte, weil ich meine ganz eigene, ganzheitliche Lebensphilosophie befolgte, schien niemanden zu interessieren. Im Gegenteil.
Ich hatte vor über zwei Jahren unter anderem zwei Mafiosi getötet.
Um meine eigene Haut zu retten, hatte ich gegenüber deren Mitarbeitern die schöne Geschichte erfunden, die beiden Chefs seien nur kurz untergetaucht. Und ich als ihr Anwalt würde lediglich vorübergehend und ausschließlich zur Vermeidung von Gefahren in ihrer Abwesenheit die Alltagsgeschäfte führen.
Mit jedem weiteren Tag der vorübergehenden Ausnahme hätte diese Geschichte unglaubwürdiger werden müssen.
Wurde sie aber nicht.
Ganz im Gegenteil.
Je länger diese vorübergehende Lösung andauerte, desto gemütlicher richtete sich meine Umwelt in diesem Provisorium ein. Je offensichtlicher meine Lügen wurden, desto begieriger waren die Mitarbeiter, sie zu glauben. Meine Anweisungen wurden nicht nur nicht hinterfragt, sondern in vorauseilendem Gehorsam befolgt.
Wenn die Wahrheit die Erkenntnis ist, belogen worden zu sein, dann glauben die Belogenen offensichtlich lieber die Lüge, sie seien selber Teil einer besseren Wahrheit. Auch das war eine Erkenntnis für mich.

Da war der nächst innere Kreis: mein Privatleben.
Es war überschaubar, aber geordnet.
Ich war vor einiger Zeit einen Monat lang auf dem Jakobsweg gepilgert. Dabei war ich zu der Erkenntnis gelangt, dass der Sinn des Lebens darin bestand, das eigene Leben voller Lebensfreude zu leben. Und beides – die Freude wie das Leben – weiterzugeben.
Die Energie dieser Erkenntnis trug ich immer noch in mir.
Ich war kein Mensch mit ausuferndem Freundeskreis.
Ich hatte ein sehr entspanntes, freundschaftliches Verhältnis zu meiner

Ex-Frau Katharina. Wobei ein Teil der Entspannung auch der Tatsache geschuldet war, dass Katharina am Ende meiner Pilgerreise in meinem Beisein ihren damaligen Freund erschossen hatte.
Es vereinfacht eine Beziehung ungemein, wenn man mehr über die Morde des Partners weiß als umgekehrt.

Da war außerdem Sascha. Zu ihm hatte ich eine Beziehung, die einer Freundschaft ziemlich nahe kam. Er wohnte im selben Haus wie ich, war der ehemalige Fahrer eines der ehemaligen Mafiosi und nun der Leiter des Kindergartens meiner Tochter. Dass er von einigen meiner Morde wusste, verband uns. Ebenso wie seine Mithilfe dabei.
Sascha und Katharina waren die einzigen Menschen in meinem Umfeld, die von meinem Achtsamkeitscoach wussten.

Und schließlich war da noch die Sonne meines Lebens in meinem innersten Kreis: mein geliebtes Töchterchen Emily.
Sie hatte mein Leben umgekrempelt. Sie trug das Leben in sich, das ich voller erfüllender Lebensfreude weitergegeben hatte.
Und ich stellte jeden Tag aufs Neue fest, mit welch großen Schritten sie in ihr eigenes Leben trat.
Vor ein paar Jahren hatte ich noch mit Mafia-Methoden einen Kindergarten übernehmen müssen, um ihr als liebender Vater einen Kindergartenplatz zu sichern.
Nächste Woche sollte nun ihr erster Schultag sein.

Die anstehende Einschulung meiner Tochter war derzeit das einzige Thema, von dem ich wusste, dass ich es mit meinem Entspannungstherapeuten besprechen wollte.
Als ein meinen innersten Kreis betreffendes Ereignis betraf sie unmittelbar mein Seelenleben.
Nächsten Mittwoch würde ich meine Tochter in das System der Schulpflicht übergeben müssen.
Je näher der erste Schultag kam, desto nervöser wurde ich.

Ich merkte, wie alte Gefühle aus meiner Kindheit in mir emporstiegen, über die ich gern sprechen wollte.
Mein Eintritt ins Schulleben war damals von einer ganzen Reihe negativer Empfindungen geprägt gewesen.
Von der Sorge, Freunde zu finden.
Von den Ängsten, in ein fremdes Haus gehen zu müssen, das noch mal so viel größer war als der Kindergarten, den ich bereits gehasst hatte.
Von der offen ausgesprochenen Drohung meiner Eltern, jetzt beginne der Ernst des Lebens.
Von der von allen Seiten an mich herangetragenen Erwartung, mich die nächsten dreizehn Jahre in ein System außerhalb der Familie einzuordnen, damit ich dann – am anderen Ende der Schulzeit – eventuell meinen eigenen kleinen Anspruch auf Glück geltend machen könne.

Eine gute Woche vor der Einschulung meiner Tochter durchlebte ich all diese Ängste erneut.
Verbunden mit der Sorge, meiner Tochter könnte es emotional genauso ergehen wie mir damals. Und ich könnte ihr womöglich keine große Hilfe bei ihrem Schulstart sein.
Ich brauchte Herrn Breitners Ratschlag, wie ich den emotionalen Spagat hinbekäme, meine Tochter aus den Zwängen eines Systems herauszuhalten, dem ich sie dennoch übergeben musste.

Mit der realen Situation meiner Tochter hatten meine Sorgen dabei nicht das Geringste zu tun.
Meine Tochter hatte ihren kleinen Kindergarten geliebt und freute sich mit der gleichen positiven Energie auf die größere Schule.
Sie war anderen Kindern gegenüber aufgeschlossen und hatte keinerlei Probleme, Freundschaften zu schließen.
Emily war schon längst ein Schulkind im Geiste.
Täglich machte sie neue Schritte in die Selbstständigkeit. Am anstehenden Wochenende, dem letzten vor der Einschulung, wollte sie

sogar zum ersten Mal allein bei ihren Großeltern – Katharinas Eltern – übernachten.
Emily bot im Grunde keinen realen Anlass zur Sorge.

Aber ich besprach mit meinem Coach ja auch nicht die realen Probleme meiner Tochter, sondern meine realen Empfindungen.
Herr Breitner war der einzige Mensch, dem ich den Inhalt meines Seelenlebens offenbarte.
Niemand aus meinen anderen Kreisen kannte Herrn Breitner persönlich.
Bis auf Katharina kannte sogar niemand seinen Namen.
Und so sollte es auch bleiben.
Herr Breitner war mein ganz persönlicher Zufluchtsort.
Einmal im Monat.
Jeden zweiten Donnerstag.
Um 17.30 Uhr.
Nur an diesem Tag eben mit dem Unterschied, dass Herr Breitner auf mein Klingeln hin nicht öffnete.

Lesen Sie weiter in:

Karsten Dusse

ACHTSAM **MORDEN** IM HIER UND JETZT

ROMAN